春山可望

《黄河文学》生态散文作品集·②

代晓宁 主编

《黄河文学》编辑部 编

天津出版传媒集团

百花文艺出版社

图书在版编目（CIP）数据

春山可望 / 代晓宁主编；《黄河文学》编辑部编
. -- 天津：百花文艺出版社，2024.6（2024.7 重印）
（《黄河文学》生态散文作品集；2）
ISBN 978-7-5306-8815-1

Ⅰ. ①春… Ⅱ. ①代… ②黄… Ⅲ. ①散文集–中国
–当代 Ⅳ. ①I267

中国国家版本馆 CIP 数据核字(2024)第 085432 号

春山可望
CHUNSHAN KEWANG

代晓宁　主编

出 版 人：薛印胜
责任编辑：王　燕　徐　姗
装帧设计：彭　泽
出版发行：百花文艺出版社
地址：天津市和平区西康路 35 号　邮编：300051
电话传真：+86-22-23332651（发行部）
　　　　　+86-22-23332656（总编室）
　　　　　+86-22-23332478（邮购部）
网址：http://www.baihuawenyi.com
印刷：天津海顺印业包装有限公司
开本：710 毫米×900 毫米　1/32
字数：200 千字
印张：9.625
版次：2024 年 6 月第 1 版
印次：2024 年 7 月第 2 次印刷
定价：68.00 元

如有印装质量问题，请与天津海顺印业包装有限公司联系调换
地址：天津市东丽经济技术开发区五纬路 62 号
电话：(022)84840016
邮编：300300

目 录

绿染白芨滩

◎ 彭 程

走下车来，环视周边的广袤风景，一瞬间，我竟然感到呼吸有几分不同。

这是初秋的宁夏，天空碧蓝如洗，阳光炽烈酣畅。沿着一条坑洼不平、接近原生状态的沙石道路，车子一路颠簸，在一道沙梁的背脊处停下。这里居高临下，视野开阔，景色尽在俯瞰中，一座座舒缓起伏的沙丘错落叠加，一直延展到天地相交的远方。

屏住呼吸，并不是因为初次见到沙漠。在新疆塔克拉玛干，在内蒙古阿拉善，我都目睹过黄沙漫漫、浩荡无垠，已经见怪不怪。此刻的类似撞击感的新鲜体验，正因受到一种全然陌生的东西的触动。如果说此前见到的沙漠风景都是荒凉孤寂，是大自然荒蛮力量的体现，那么眼前的画面，却分明让你感觉到人与自然之间奇妙的关联。

一

这里是白芨滩国家级自然保护区,在宁夏灵武市以东,位于毛乌素沙地的边缘。我所在的地方是保护区中的一个管理站。此刻映入眼帘的,是一片经过治理的沙漠景观。

身旁是一棵十分茂盛的灌木,有四五米高,枝条发散,冠幅伸展,繁密的羽状树叶间,绽放着俏丽的粉紫色花朵,颇像豌豆花。我得知它的名字叫作花棒,既耐干旱,又能适应严寒与酷热,且萌蘖力强,即便被牲畜啃得光秃秃的,也能迅速萌发出新芽,被称作"沙漠姑娘",是名副其实的"护沙巾帼"。

旁边不远处,分布着几簇叫作柠条的植物,叶片同样窄细,是为减少水分蒸发而进化出的形态,印证了适者生存的生物学原理。它只有一米多高,但根系极为发达,扎得很深,并向四周伸展蔓延,寿命长达数十年甚至上百年,抗风固沙能力很强。它同样有个亲切的名字,"沙漠汉子"。为事物命名是一种灌注了感情的行为,从这些称呼中,能够想象人们对这些生命力顽强的固沙"功臣"的喜爱。

身边几十平方米的范围内,还有其他几种植物:沙棘、沙柳、银沙槐、骆驼刺……我向同行者打听,并通过手机上的植物识别软件,努力辨识并记下它们的名字。蹲下身去,看到它们根部周边的细沙表面已经凝固成一层结皮。更远处,在一片舒缓起伏的沙坡上,是一大片密密麻麻的草方格,毛茸茸的,就像一张大网,牢牢地罩住了地面。讲解员介绍，每个草方格中交错种植了柠条、沙柳、花棒、沙拐枣等沙生植物。

我转身，目光缓慢地掠过视野所及的范围。就在大约两公里外，有一片沙丘吸引了我的注意。它正是典型的沙漠样貌，在阳光照射下呈现为一种单调荒凉的灰白色，寸草不生，与周边被条状或块状的绿色点缀的区域形成了鲜明的对比。讲解员的介绍印证了我的猜想：这是特意保存下来的，是为了展现未经治理的沙漠的本来模样。这种反差，能让人更深刻地认识到变化的明显。

同行的一位年轻女子的讲述，则提供了更多具体生动的细节。她说自己小时候就住在这一带，每天早上起床，鼻孔、耳朵里都灌满了面粉一样细细的沙子。与小伙伴玩耍，一阵风裹着流沙吹来，彼此都看不见人影。那时候的沙丘也不像眼前这般固定，而是流动不居，随时被强劲的风推拉撕扯。几天不见，同一处地方就变成了另外的模样。

风沙肆虐，曾经是白芨滩的寻常状态。白芨滩是一处广袤荒滩，生长着两种耐旱植物，一种叫白刺，另一种叫芨芨草，它们正是"白芨滩"地名的由来。白芨滩紧邻的毛乌素沙地，是距宁夏首府银川最近的沙漠，离黄河最近之处也只有五公里。长期以来，毛乌素沙地不断侵蚀进逼，灾害性天气频仍，严重危害群众生活。有一首民谣，便是当年情形的生动写照："十天一场沙，三天一场风。风吹沙子跑，抬脚不见踪。"

中华人民共和国成立后，为了保护黄河流域生态环境，党和政府高度重视沙漠治理工作。一九五三年，中国科学院在白芨滩成立了治沙试验站，即白芨滩自然保护区的前身——白芨滩防沙林场，拉开了宁夏东部沙漠治理的序幕。

二

万事开头难。治理茫茫沙漠，更是难上加难。白芨滩年均降水量不足两百毫米，天气极度干燥，给绿化带来了极大困难。流沙松软，随风赋形，变幻不已，人在流沙上站都站不稳，要固定它们谈何容易？

经过长期的摸索实践，人们总结出了有效的方法：先用草方格固定流沙，再以雨季撒播草籽、穴播灌木种子、营养袋育苗造林、春秋植苗造林这四项措施作为补充。在植物的种类上，要注重灌草结合，合理搭配树种：在沙丘丘顶撒播草籽；在迎风坡、丘间低地种植耐旱灌木，比如柠条、花棒、沙拐枣等。

这些措施写在纸面上并不费事，但落在沙漠上，每迈出一步都要付出很大努力。就拿治沙最基础的工作扎制草方格来说，每个步骤都有严格的要求。首先要将麦草整理码放好，踩压整形，几个人一起用铁锹把麦草牢牢轧进沙里，露出地面三分之一的高度，做成一米见方的麦草方格；再将方格中心的沙子拨向四周麦草根部，用力踩实，使麦草牢牢地直立在沙地上，这样才能够有效地阻止流沙被风吹走。看上去单调枯燥的动作，做到位并不容易，需要力道，需要精确，还需要协调。

"宁可掉下十斤肉，不让生态落了后。"数十年间，白芨滩流传着这句话。这句誓言般的口号背后，是一种强大而决绝的精神力量。正是在它的驱动下，这一方天地自然的面貌才不断地发生着深刻笃实的变化。

不妨在脑海中勾勒出这样的一幅动态画面：白茫茫一片沙漠中，星星点点的绿开始冒头，然后变成一簇簇、一排排，进而连缀拼接成一片广阔浓郁的绿色。就像在电影慢镜头里看到的一朵花的开放、一只雏鸟的破壳而出，但那是高速摄影机将几个小时的过程浓缩在一分钟里，而眼前大自然的变化，则是徐徐展开在大半个世纪的漫长时光中。

三

自一九五三年建立防沙林场至今，七十多年间，几代白芨滩人艰苦创业，共治沙造林六十八万亩，控制流沙近百万亩，在毛乌素沙地西南边缘，构筑起一道南北长约六十公里、东西宽约四十公里的绿色屏障，不仅挡住了沙漠南移西扩，而且将沙漠推后了二十公里，保护了黄河以及银川河东的生态安全，成为"三北"工程精准治沙、科学治沙的样板区，创造了世界治沙史上的奇迹。这些卓越的成就，无疑是对于白芨滩人辛勤劳作的犒赏。

数字尽管翔实准确，总是不若具体场景来得生动直接。看过了今昔对比的沙丘景观，重新上车，继续前行大约十公里后，就来到沙漠边缘地带。

眼前的绿意骤然变得葳蕤茂盛，道路两旁挺立着挺拔的松树和杨树，树龄应该在十年以上。后面则是乔木灌木混杂的区域，能够看到成片的果树。浓密翠绿的枝叶间，果实累累垂垂，有紫红色的李子、金黄色的苹果等等。林木下面的草坪上，几名女职工正在清理落叶。阳光透过树冠筛滤下跳跃的光影，落在她们的头上、肩上。

讲解员介绍，正因有效治理了流沙，今天的保护区发展起四大支柱产业，种植林果、苗木和蔬菜，还建起了奶牛养殖场，走出了一条绿色的致富之路。

走不多远，眼前是一段长城状的围墙，蜿蜒起伏，寓意众志成城的白芨滩人在大漠中筑起绿色长城的决心和毅力。拾级而上，站在最高处的城堞旁，就像刚才站在沙丘顶端一样，又一次获得了寥廓邈远的视野。不同的是，弥望中皆是青翠的绿色，各种郁郁葱葱的防风固沙植物，从乔木到灌木再到草本，从高到低，层层叠叠，组成了一个生机勃勃的立体植物群落。在这片绿色中间，躺卧着一个人工湖泊，波光激滟，不时有鸟儿从水面上飞掠而过。

忽然想到了一首在此地广为流传的歌谣："一年一场风，从春刮到冬；天上无飞鸟，地上无寸草。"望着眼前的无边葱郁，不由得有一种梦幻般的感觉。如果不曾知晓历史，谁会相信歌谣所描绘的荒凉景象,曾经长久地属于这个地方?

但这是毋庸置疑的事实。是白芨滩人的信念和力量,是他们久久为功的努力,改变了这片土地贫瘠荒凉的面貌。在肆虐了多少个世纪之后,不可一世的沙漠被降伏,止步于这一道道绿色生态屏障面前。

人与大自然和谐共生的美好,其间丰富的意味,只要看到眼前绿色染遍的白芨滩,一切便得到了生动形象的阐释——此刻的风景,是那样自然而熨帖,一阵轻风拂过,花棒紫红色的花朵摇曳着,沙枣花轻淡的香气飘散弥漫……

彭程,入选全国文化名家暨"四个一批"人才工程,国务院特殊津贴专家。著有散文集《漂泊的屋顶》《急管繁弦》《在母语的屋檐下》等。获中国新闻奖、中国报纸副刊金奖、丁玲文学奖、丰子恺散文奖等。

(《黄河文学》2024 年第 2/3 期合刊)

沙湖

◎ 傅 菲

　　湖汊隐约，水光漾起灰霞色。芦苇荡映入天际，芦花白白，被风掠起。水浪在湖面扑腾，白额燕鸥有三只，站在一个漂浮的短木棍上，随浪逐波，像独木舟上的水手。白额燕鸥穿着灰白色的防水服，神情专注地盯着湖面，一旦有鱼跃出湖面，就扑杀下去。鹗在湖上空盘旋，呈"O"形环飞，翼长有一米多，网状的趾骨、圆形的爪子、等长的脚趾，构成一张坚硬的钢丝网，罩住游鱼。距湖面约三十米，它伸直、并拢双脚，头部垂直而下，翅膀收拢，流星锤一样砸下去，可逆的外趾抓住了胖大的鳙鱼，身子腾出水面，水花四溅，湿淋淋的翅膀举起、拍打、扇动，拖出滑鱼掠空而去，水珠溅得湖面如沸水。鹗是猛禽中唯一可以扎入深水的鸟类，是鸟类中凶悍的"渔夫"，对湖边的游人视而不见。

　　凤头䴙䴘孤单单的一只或两只，在芦苇与芦苇之间的空阔水面游荡，摇着头，挺着脖颈，悠然自得。灰头麦鸡飞过芦苇荡，咕咚一声，凤头䴙䴘潜入深水，水面翻出一团水涡，一圈圈扩散，半分钟之后，从百米之外的水域冒出来。这是我第一次看见凤头鸊鷉，蓬松的冠羽俊俏、优雅，仪态万方，低调华贵，作为沙湖的夏候鸟，在蒲草或莎草或芦苇等高草丛结巢、育雏。与凤头鸊鷉一起栖息的，还有白骨顶和黑水鸡。

白骨顶是游禽，戏水如梭。冬季的南方，在宽阔的河流、湖泊及山塘，常见白骨顶。白骨顶全体灰黑色，具白色额甲，边游边"咔咔咔"叫，体重400克~600克。在沙湖，我看到的白骨顶，体重在600克~800克，令我惊讶；数量之多，也让我惊愕不已。在沙湖水质自动监测站大门前，有一片约25亩的空荡荡小湖，我细细地数了数，游在湖面的白骨顶有96只。在睡莲、荷花、茭白等水生植物密布的湖面，白骨顶如葫芦一样浮在水面，密密麻麻。它们在不高的密草丛营巢，三至五月是繁殖季；八月，雏鸟长成了浑身乌黑黑的亚成体。

八月，荷花渐败，仍有荷花如炬，映照着荷叶。睡莲一茎独白。浅滩上，黑水鸡七八只，在芦苇根下，啄淤泥下的根、茎块和水虫、螺蛳。黑水鸡属涉禽，脚略长，身姿挺拔，头具额甲，嘴和额甲色彩鲜艳，又名红骨顶、红冠水鸡。

鸊鷉科鸟类脚趾柔软似无骨，不擅地面活动。秧鸡科鸟类脚趾坚硬、细长，擅于泥地奔走。沙湖丰富的鱼类、水生植物，使得鸊鷉科与秧鸡科鸟类相安相生。

沙湖，是临沙丘（面积22.52平方公里）的碟形湖泊，绿白相映，处于银川市以北42公里处，是宁夏的主要湿地之一，其中沙漠面积22.52平方公里、中心湖泊面积21平方公里、湿地沼泽面积 12.58 平方公里，西依贺兰山，东濒黄河。贺兰山似苍龙，黄河如雄狮，镇守北疆。沙是坚硬的、粗粝的、飞走的，水是柔软的、细腻的、静流的。沙与水，两种不同的物质，呈现了截然不同的两种物理性质。沙是死亡之水，水是沙的复活。在沙湖，沙与水紧紧地拥抱在一起，滋生出鲜活的生命，丰富且生动。

沙丘在流动，被风推着。沙来自黄河。黄河水夹裹的泥沙沉积以后，在这个银川平原北部凹陷处，形成河湖沉积；湖水退却之后，在风的侵蚀、搬运、堆积下，有了广漠的沙丘。由于贺兰山的屏障作用，沙湖地区以东北风居多，北风、西北风次之，两组风向不同的风产生了绞合力，上风向形成风蚀坑，下风向形成流动沙丘。

时间在催化，自然在造化。黄河河道东徙，沙征服了广袤的绿色平原，湖水蒸发，泥被风刮走，土地在盐碱化、白僵化。时间是恩慈的，让万物以平等的姿态接受生与死。时间也是残忍的，让大地千疮百孔，沦为沧海也沦为桑田。作为时间的见证者，自然也会面目全非，这就是时间的伟大之处。沙湖，满眼风沙，灰绿的是柽柳、盐爪爪、碱蓬、梭梭、柠条等盐生植物。

一九五二年，第一代农垦人来到一个叫西大滩的贺兰山边陲，垦荒造田。荒蛮之地，渺无人烟，望不尽的风沙，吹了一年又一年。当地传着乡谚："风吹石头跑，遍地是蒿草。"农垦人筑沙窝、扎草窝为房，驱狼逐豹，改良土壤，种树种草，挖渠引流，养鱼养鸭养羊养牛。风沙线下，有了村户。西大滩的碟形洼地终年蓄起了水，有了小岛与湖泊，长了泽泻、睡莲、水蓼、海乳草、鹤虱、山苦荬、羽叶千里光、早熟禾、苦豆子等植物,麝鼠、褐家鼠、小家鼠、虎鼬、猪獾、狗獾等哺乳动物来到了这里。鹏䴔科、秧鸡科、鹤科、鹭科、鸭科、鹬科、鸥科、鸻科等南渡北归的鸟类,也在此栖息。

水给予洼地以新生,焕发出湖的盎然生机。一九九〇年,被当地人称作前进湖的垦区,被命名为沙湖。

沙湖是一个封闭湖,湖水不循环,降水量小,蒸发量大,因固体垃圾、生活污水的污染,以及鸟粪、鱼粪与腐殖物的沉积,湖水渐渐褪去了碧色,发黑,有了腐臭之气。一九九七年一月,沙湖自然保护区成立,开始清淤、植树,建垃圾处理厂、污水处理厂,种植荷花两千亩、芦苇千亩;二〇一六年,种植芦苇、香蒲、水葱等水生植物千亩;二〇一八年,又种植水生植物近两千亩。此外,在湖东湿地养鱼,在渔村养鸭、鹅、珍珠鸡、欧洲雁,在环湖堤岸、水渠边、隔离沟、人行道边、码头等处种植红柳、沙枣、榆树、垂柳、刺槐、油松、桧柏、云杉、旱柳、侧柏、白蜡、木槿、榆叶梅、连翘、丁香等乔灌木十数万株,播草、植草十余万平方米。二〇一八年十月闭园,实施生态综合治理和修复,对中心湖底污染物彻底清淤,淤泥运到隔离沟外用于植树,引黄河水补水入湖,居民外迁,污水外迁。

二〇二三年八月,如同苍鹭,我深入沙湖万亩芦苇荡。芦苇是一种烂贱的禾本科植物,被人轻视,易被秋风倒伏,像断了脊梁骨。芦花有白有紫,随风而去,哀哀而令人老。而眼际的芦苇亭亭而立如鸾,依风摇曳。它发达的根系紧紧抱在一起,无节制地分蘖,秆粗壮如竹棍,秆衣浅棕黄,如伫立在舟上的蓑笠翁。芦苇与菖蒲、水葱、千屈菜、香蒲、黄菖蒲、长苞香蒲、水莎草、剑苞藨草等水生植物一样，涵养了水，又净化了水质。密密的、潮湿的、阴凉的草丛，还是鸟类的家。

每年十月，芦苇衰黄，沙湖人开始割芦苇。芦苇沉水在来年即腐烂，化为腐殖沉淀。每年都要来鸟岛上割芦苇的马师傅，长着一张圆脸，俊黑，手又大又硬又粗。他对我说："每一丛芦苇都有鸟窝，有油鸭（䴙䴘）窝，有秧鸡窝，斑嘴鸭也在芦苇筑巢，芦叶上还挂着好多小鸟窝。"马师傅虽已年过花甲，仍有孩童般的野趣与天真。马师傅说："水獭、娃娃鱼也来到了沙湖，很神秘，这是外人不知道的。"

马师傅又说："麝鼠啃烂了芦苇秆，和上泥浆，垒成一个圆形的泥壁，一层垒叠一层，像个泥盆。麝鼠窝在泥盆里睡大觉，生养小鼠。"马师傅边说边做出麝鼠睡觉状。

我见过麝鼠。麝鼠体型大，绒毛细密，背部棕黑或栗黄，腹棕灰，尾长呈棕黑色，有鳞质的片皮，头浮在水面游泳。芦苇荡庇佑着以水为生的野生动物，芦苇是它们的神。

芦苇割一部分，留一部分。未割的芦苇供白鹡鸰、灰伯劳、贺兰山岩鹨、北椋鸟、山鹛、贺兰山红尾鸲、小蝗莺、大苇莺、灰头鹀、田鹀、苇鹀、树麻雀、白头鹎等留鸟过冬，也留给来年的夏候鸟筑巢、育雏。三月水暖，野鸢尾、马蔺、马塘草、圆叶牵牛、蒲公英、艾蒿、刺儿菜、花花柴、隐花草、黄花菜、藜、泽泻、龙须眼子菜等植物，萌了早芽，羞答答的，娇嫩；湖中的鲫鱼、鳊、赤眼鳟、高体鲦鲅、团头鲂、黄河鮈、麦穗鱼、圆尾斗鱼等鱼类，游到了浅水区，落草结窝；小天鹅、大雁、赤麻鸭、普通秋沙鸭、青头潜鸭、白额雁、须浮鸥、䴙䴘、小䴘䴘、普通秧鸡、白骨顶、凤头麦鸡、草鹭、大鸨、扇尾沙锥、普通燕鸥等夏候鸟来了，有的在此繁殖，有的在此逗留。湿地是涉禽、游禽的生命线，也是唯一的归属地。三至六月，超百万候鸟栖息在沙湖，湖面、沼泽地、荷花池和芦苇荡，鸣声四起，引颈交欢。沙湖人摇船入湖汊，防偷猎，守候一年一度来此安歇的客人。

金雕是终年在湖面上盘旋的。它捕食小家鼠、兔，捕食鱼或叼食腐鱼。在冬天，它以坚硬的喙，铁锤一样敲碎冰面，钩起上浮的鲢鳙。领角鸮、红角鸮、短耳鸮、长耳鸮、纵纹腹小鸮、雕鸮等鸱鸮科鸟类，一直潜伏在稀疏林、附近村子、养殖区、种植区、半荒漠区，捕捉小鸟、蜥蜴、蛙类、鼠类、鱼类。这里，是它们亘古未变的家园。高高的榆树上、白杨树上，脸盆大的鸟窝属于喜鹊。在这里喜鹊最多，四季出没。

一片湖，一片沙丘，是自然的造化，也是生命的造化。自然所接受的，也是人所接受的。这就是万法的妙境。

傅菲，资深田野调查者，《南方周末》书院散文写作训练营导师。出版散文集《深山已晚》《元灯长歌》等三十余部。获三毛散文奖、百花文学奖、储吉旺文学奖以及多家刊物年度奖，入选芙蓉文学双年榜等。

（《黄河文学》2024 年第 2/3 期合刊）

泾河的源头

◎ 草白

　　从彭阳梯田下来,天色已近黄昏,一路向南,汽车行驶在去往泾源县的高速公路上。某一刻,我竟忘了自己置身西北内陆干旱少雨的土地上。车窗外,黄昏像头水汽淋漓的大象从湿漉的河谷盆地被打捞上来,转身遁入绵延群山之中,灰白、模糊,好似山谷底部藏着暗河。

　　此前,我的脑海还被彭阳梯田的状貌占据,那盘旋、上升、延展、错落的纹路似大地繁复的指纹,又似灰绿色的水纹或波浪。梯田之上杏树、桃树的叶片明显较别处浓缩和精炼了许多,其花瓣的姿容和果实的甜度却毫不逊色。连松塔也如此,修长、内敛、紧实,像极简主义的作品。水是这片干旱少雨土地的奇迹,而如何保存生命活力也成了旱地物种的共同期盼。

　　这个黄昏,我分明感到有漫溢的水汽从峡谷底部升起,远处灰白色山体与天空似乎融为一体,近处树木宛如一块块模糊的几何造型,快速位移,一一消融在带水雾的空气中,就像在河边行走所见。

可这里明明是西北内陆，眼前浮掠而过的风景中并没有河道的影子，也没有湖泊与水渠。想起一位叫塔可的摄影师，携古老的《诗经》去黄河边漫游，拍下《诗山河考》。银盐及铂盐印相，避开黑白对立，专注于中间区域，灰蒙、隐约，就像黎明或傍晚时分的光线，也像我此刻所见。

黄河在宁夏境内从西南向东北方向流去，流经中卫、青铜峡、吴忠、银川，至石嘴山后出宁夏，流入内蒙古。而车子所经的彭阳位于宁夏南部边缘，根本无黄河之水流过。当从彭阳进入泾源县境内，眼前秋果缤纷、香气四溢，街上行人气息从容，面色温润，水汽淋漓的感觉更为强烈了。过泾河路，猛然想起"泾渭分明"中的那条泾河，原来泾河的发源地藏在这里！

与泾河有关的最早记录来自中国第一部诗歌总集《诗经》："泾以渭浊，湜湜其沚。"到了唐朝，杜甫却在《秋雨叹三首（其二）》里感叹"浊泾清渭何当分"——到底是泾清渭浊，还是泾浊渭清，历来说法不一。河流本就处于永恒的流动变化中，因朝代、地域的不同而清浊难辨也是常理，唯有它的源头清澈如许。

关于泾河源头的具体位置也是说法不一，最多记录指向泾源县六盘山东麓马尾巴梁，而六盘山森林公园恰在我们的行程范围内。资料显示，不仅泾河发源于此，它还是清水河与葫芦河的源头。在此之前，我只去过岷江的源头，海拔三千多米的高原，空气凛冽、稀薄，有种来到时空尽头的苍茫与恍惚。掬水在手时刺骨难耐，离去时凉意仍在掌心盘桓数日。所见黄花与紫花也不是平常模样，花瓣单薄，色泽艳丽，微风中有种清凉与苦涩的风致。这便是我仅有的关于江河源头的记忆，乍见时并不觉得如何惊异，多年后意识到再也无法看见才感到遗憾和可惜。很多事物都是如此，惊鸿一瞥后再也没了下文。

六盘山又是一座怎样的山脉？据史料记载，它是各方人马、各种道路及各类思想的汇聚地。夏日气温保持在十五摄氏度左右，可作避暑胜地。秦始皇、汉武帝、唐太宗、成吉思汗等都先后来过这里，留下或确或疑的遗迹。据传，此山还是穆桂英荡秋千、柳毅传书及魏征梦斩蛟龙之地。环绕着六盘山的圆圈越扩越大，宛如七彩云霞给后来者平添诸多遐想。

而距今最近的一次历史事件是，一九三五年十月七日，中央红军主力在翻越六盘山后给漫漫长征路画上句号。从瑞金城西不知名的云石山到六盘山，人类军事史上的大迁徙、大流亡、大聚散，在山脉、沼泽、雪地间腾挪转移，历时两年，横跨十四个省、无数地区。就像小溪奔流入海，这不分昼夜的长途跋涉不知要经历几世几劫。

第二天一早，我们上六盘山寻找泾河源头。如果不是亲历，很难想象在广袤的西北内陆还有如此绿得化不开的山脉，每过一道溪流、一处坡地就像是换了一批物种，或是上一眼所见的更新或进化，由此催生了更多的绿意与更浓郁的香气，简直目不暇接。山崖与树木融为一体，就像油画里的山、树与石头交织重叠在一起，构成美的典范，组成一个坚固而不可逆转的世界。

我们由水声召唤和指引，隐隐知晓那水的上游便是泾河源头，心里怀了期许和好奇之心，不知那是怎样的面貌，那水又以何种方式汩汩冒出、不绝如缕。黄河、长江之水皆自天上来，是雪山上的水，而此处并无雪山，只有丘陵、草甸和谷地。

一路上，我有一种时刻得以聆听或见证圣迹之感，生怕遗漏掉什么。

缘溪行，出现在水边的植物灌木一概向着水的方向蔓延而去，树枝倒垂在水面上，更多枝条千方百计往水上伸展、挪移，地面上的植被也纷纷往水花四溅的地方延展、推进。峨参、魁蓟、蛇莓、野棉花、秀丽莓、覆盆子、石生蝇子草等齐整有序地来到我眼前，它们是同一列队里的成员，披覆在右侧山体上，织物般井然，中间了无罅隙。而一旦换一面山体，织物的组合便自动做出微妙调整，好似离源头越近便蕴藏着更多可能性。

灌木丛中有我平时很少看见的那些：五加、灰栒子、岩生忍冬、绿叶小檗、球花荚蒾等——它们以整体形象出现，高低错综，叠加有序，又有轻纱般的雾气常年滋润和加持。

流水在卵石上温顺地滑过，如遇山石阻挡，微波与水花也相继出现。粼粼波痕荡漾开去，直至被河床阻挡、止住，才缓缓消散。水花的旋生旋灭更在须臾间，这水的游戏和声音大概只有静观之人才能看见和听到。我很想知道其上游会出现什么，是更湍急、汹涌的水，垂直而下的水，还是一座平静深阔的蓄水池，就像神话中的天池，取之不尽。

沿途已经出现写有"泾水源头"字样的木牌，说的是六盘山上出百泉，泉泉汇成泾河源，又说其发源于六盘山腹地的马尾巴梁，全长 455 公里，六盘山内流 29 公里。

无疑，我就行走在这"29 公里"上，且溯流而上。河流的源头并非唯一，就像一个人成长过程中所得的教化与滋养绝非单一路径的演绎。果然，越往前走，山体越陡峭，流水越湍急。落差给了水前行的动力，只见绿树掩映之下一条条白练似的水，离开了河床在跑，跑成云朵的状貌，却没有跑到天上去。

继续前行，各种姿态、面貌的水不断出现，有垂直崩泻的瀑布，有旋涡，更不乏暗流——后者从路边一块大石中不断渗流而出。各种水态一路攘攘，前赴后继，向着河道奔赴、集结而来。人行小径湿漉、狭窄，仅容一人侧身而行，又有旁逸斜出的枝条拼命朝向水边开枝散叶，浩荡而行。

沿途，野荷不断出现在平坦、安静的水域，好似河流一路撒下的记号。它的学名叫大黄囊吾，菊目菊科，开管状小花，黄色，如一面旗帜倏忽升起在水边。它与水为邻，择地而栖，长于海拔 1900 米~4100 米间。

那天，因各种原因，我们终究没有走到这 29 公里的尽头。源头存储着河流的秘密，这秘密人概唯有少数人可知。同行中倒是有亲历源头之人。在那人的讲述中，眼前出现一片云雾迷茫的沼泽之地，枯木野树生长其中，新生与衰朽同步进行，宛如大蛮荒时期。草甸之上，野荷开得硕大而夸张，枝上花瓣直径约达一米，比回溯路上见到的最大的野荷还要大。

那人说，泾河第一滴水不是从石崖中渗出，而是沼泽草甸下暗潮涌动，一点点翻涌、汇聚而成，先是无声无形，无法瞬间目睹，至草甸断裂处才成潺潺之势，才引起轰动。

我没见过那种厚达几米的草甸，由腐殖土堆聚而成的草甸，底下全是水，全是涓涓细流与暗流涌动。最终，它们成为一条河流取之不竭的动力之源。不知为何，我竟完全接受这样的生成方式。水的源头是无声的，它的生成是缓慢的，由微弱至磅礴，不易察觉。

据说，从那片沼泽地发源的三条溪水一经合流，便呈现河的雏形，向山下扑腾翻滚而去——这真是惊心动魄的一幕。

"百度百科"上有关于泾河的流向表述，由宁夏六盘山发源，至甘肃的平凉、泾川，再经陕西的长武、彬县、泾阳等地，于西安市高陵区陈家滩注入渭河。沿途不断改道、吸纳、侵蚀，塑造出不同的地貌与风物，这既是河流的跋涉之旅，也似一个生命体不断汲取、存储、改造及融入世界的旅程。

草白，一九八一年生，浙江三门人。北京师范大学文学硕士。著有短篇小说集《照见》、散文集《童年不会消失》《少女与永生》等。获联合文学小说新人奖短篇小说首奖、《上海文学》奖等。

（《黄河文学》2024 年第 2/3 期合刊）

入侵者

◎ 冉令香

一

沿环山路慢走，刚转过山坡，就见一只松鼠从槐树的老干"噌"地蹿到树梢，在枝杈间跳跃撒欢儿。一转眼，它从槐树梢荡到旁边的老橡子树上，长尾像女巫乘坐的魔力扫把，流畅的运动弧线牵连起两棵树之间的私语。

我屏息敛声，眼睛追踪它灰褐色的小身影，唯恐惊扰这只松鼠愉悦的晨练。突然，一截截惨白在黑褐的树干之间格外显眼，那是被剥了皮的苦楝树，暴露在外面的木质部白晃晃的，约一米高，像赤裸在风寒中的腰腹，让人悚然。我满腹疑虑，走下山坡，环山路北的石堰下，凌乱的樱花树枝躺了一大片，残留的树根被化掩埋。

庚子年春天，本是万物萌生、百花争艳的时节，因新冠病毒肆虐，无人欣赏的大自然落寞而凄清，没料到这些树木竟被施以"活剥皮"和"砍脚踝"的酷刑。隔着几十米的距离，我质问修剪树枝的老农,为什么要这样?原因简单而残酷:这些树连续几年找不到买主,白白占用了有限的土地资源。别说这些带不来经济收益的树,山梁上那片核桃树也在劫难逃,因为松鼠抢食或埋进沙土储存越冬,核桃减产,核桃树将被栗子树取而代之。

这就是极其简单的农民生存逻辑:一棵树如果不能换得一沓实实在在的票子,连活着的资格都没有。

那么,核桃树即将遭受屠戮的厄运,原罪在松鼠吗?泰山上原本没有松鼠,因民众盲目放生,山林中又没有狼、豺、鹰、蛇等松鼠的天敌,才造成松鼠泛滥。放生不当,无异于杀生。核桃严重减产,林业专家呼吁控制松鼠数量,山民捕杀松鼠的行为又似乎天经地义:下铁丝套牢、放笼子捕杀、点鞭炮驱赶、把掺杂了农药的花生放在树上诱杀,但都收效甚微。这些小家伙逃脱了一次次劫难,在人类膨胀的欲望面前,欢跃、飞奔如闪电。

就在我敲下"松鼠"这两个字的隔天,一只松鼠似乎获得感应,造访了我楼下的飘窗。清晨五点,窗外的乌鸦和麻雀正互致早安,我开窗抓拍一楼小院里摇曳的黑牡丹,一个灰黑色的身影倏地蹿上紫藤架,闯进了镜头。紫藤的花蕾像垂下枯藤的香蕉,包裹着透明的鱼鳞形荚膜,似睡未醒。松鼠的长尾拂过花蕾,竟然跃上飘窗,簌簌前进,而后,略停顿,再簌簌向前,伶俐的尖爪子在飘窗落下几串省略号。也许它捕捉到了我轻微的惊呼,于是跑到飘窗尽头纵身一跃,尾巴挺直,像撑开的降落伞,落进花丛,不见了踪影。

就在去年冬天一个雪后的清晨，我见一只浅灰色松鼠安坐在横斜的树干上，面向朝阳，捧着松球享受早餐。我站在十余米外，悄悄用手机给它录像。它旁若无人，吃得虔诚而专注。只见它前爪扒开球果鳞片，尖嘴"吱吱吱"啃噬种皮取出松子的声音，像叩醒冷寂清晨的悦耳铃声；蜷曲的身体构成的旋转纹样，恰如一只硕大的蜗牛外壳；黑水晶一样的眼睛，乌溜溜鼓出眼眶，时而环顾四周保持警觉状态，时而双耳竖立，机敏地捕捉周围的动静。这自如、灵动、洒脱点活了沉睡的山谷，甚至有城区居民以松鼠出现的频率和活动范围作为衡量环境绿化程度的指标。而现在，松鼠竟然要承受造成农家经济损失的责罚，连带这些核桃树也惨遭不测的命运。

换个角度看，土质资源有限，一棵带给我们绿荫和果实的树尚且没有存在的资格，那么大地上有多少疯狂生长的东西是人类生存的必需呢？

如今，我们随便选取一条城郊公路，近一两个小时的行程中，充斥视野的除了林立的公寓楼、小高层或别墅，就是密不透风的苗圃。苗圃占据的都是良田，粮食低廉的价格湮灭了农民的耕作热情。一茬茬速生林在地里一栽一砍，在利益的斧头下演绎生死，这到手的快钱像刚出炉的烤地瓜，烫手，却喷香、刺激。

每逢出远门，从黑龙江支支脉脉的黑色沃土到黄河流域的黄褐色大地，再到江南水乡和四季花艳灼灼的岭南，一路绵延的楼房矩阵蔚为壮观，一不留神就有陷进迷宫的茫然。穿行于大自然编织的斑斓色彩,也总有难以屏蔽的场景穿插出现:拆迁中的瓦砾废墟场,像大地皮肤的疥疮;钢筋水泥和旋转塔吊组合的建筑工地上,影影绰绰的身影背后是挣得盆满钵满的承包商肥嘟嘟的脸。更有大片绿色编织物覆盖的地块时时冲击视觉,那是被征用后尚处于酝酿中的土地,没有生命的编织物暂时掩盖了一切欲望。有的被铁丝网围起,闲置两年、三年,也许五年、八年。荒草萋萋,虫蚁游荡,一把满腹耕种欲望的镬头却没有资格伸进去。

终年为食物奔忙的松鼠,就能决定这些核桃树的命运。我们负重累累的土地应该养育什么呢?难道在重重叠叠崛起的楼体和欲望之间,一只松鼠赖以生存和玩耍的缝隙也要被剥夺吗?

生命力顽强的苦楝树、扮靓绿化带的樱花树,已惨遭杀戮,正慢慢死去。我不知道这些风摇叶舞、悬垂密匝匝的果实在山坡迎风冒雨几十年了的,核桃树将以怎样的方式在山坡上消失。但我在网络上读到过杀死一棵苦楝树的方法,令人发指:因苦楝树生命力非常顽强,在各种类型的土壤都能生存,耐寒,但不耐荫蔽,杀死它们的方法之一就是用遮光罩遮蔽,让它们在时间的流逝中自行消亡;方法之二,锯掉地上部分,在创口上撒盐,使其在剧痛中渐渐枯死;方法之三,环状剥皮,断其养分供给,自绝其身;方法之四,用硫酸灼烧……每一种方式都是血淋淋的杀戮。剥皮、腰斩、车裂、凌迟等古代酷刑早就废止了,而人类施加给植物的酷刑却在变本加厉。

生与死，是人生起止的两个端点。对于一只沉迷于觅食、储存，为食物奔忙的小动物，也是非此即彼于生命的两端。那天，我见到了松鼠面对死亡时的挣扎和绝望。

菜市场外，一只被关在铁笼里的松鼠在奋力腾跃，脑袋顶到笼盖，白毛肚皮向后翻，滚落在地；再跃起，再撞到笼顶，又一个后滚翻。它心急火燎地跳跃，想挣脱铁笼的束缚，但每一次都碰壁。它愤怒地把自己腾跃成一个不停翻转的球，却赢得了旁观者的喝彩。它突然倒地，绝望地抽搐。一只手终于打开了铁笼门，它却再也没有了冲出牢笼的动力。

初冬的薄暮时分，一只瘦弱的小松鼠溜进了山边的住宅小区。它轻盈地跃上院墙边的核桃树，树枝上存留的几个果球格外有诱惑力。它沿着树枝一蹿一蹿，东瞅西瞭，试探着接近核桃。靠近，靠近了，那颗核桃竟自动跌落下树枝。小松鼠纵身一跃去迎接，就在落地的瞬间，松鼠永远定格在一张电路板上：全身毛发竖直，尾巴直挺向天，嘴巴大大张开，上唇正扣着那个裂开的核桃。就是这个想逃脱追击的核桃，摄走了这只松鼠自由的灵魂。

画面触目惊心，最让人揪心的是那双眼睛，那对鼓凸的黑眼仁直盯着核桃。可以想象，电流击穿身体的刹那，它所有的注意力都聚焦在食物上，这是它最大的不幸。松鼠的智慧远超出我们的想象，这个每天都在为食物奔走的小家伙，既能凭嗅觉和记忆辨别果实质量的优劣，把坚果分门别类储藏，又能将百分之九十五的食物埋在地下而不忘记。它的嘴巴一次性可填塞的食物量更是惊人:吞进一个带皮花生,还能再塞进六颗榛仁。即使两侧腮囊鼓得像揣进了两个苹果,它照样可以蹿上跳下,洒脱不羁,即便受到惊吓也不轻易放弃食物,而是含着果球奔逃。

这双眼睛曾经那么灵动、可爱,那么警觉地预测身处之地的安危,但那个瞬间,它们骤然战栗,聚集起全身的愤怒,穿透黑暗,质问苍天。

二

取道天烛峰一路,气喘吁吁爬上山呼门楼洞,深吸缓呼,面对威严对峙的大小天烛两峰,我情不自禁放声高喊。遥听山林共鸣,回音激荡,乘兴沿石阶而下,进入幽深的风魔涧。周身山风咆哮,松涛澎湃,松香氤氲,满眼都是郁郁苍苍的劲松:片生的,密密重重,笔直挺拔齐问苍天;夹在岩缝的,肃然孑立,不言自威;倒挂山崖的,虬枝交错,如飞龙腾空;斜依山坡的,扇形铺展,如孔雀开屏;而攀生在峰顶的最妙,翘身张扬,若烛焰燃烧。

置身于松的世界,正与松贴心对话,树枝间悬挂的圆筒形诱捕器引起了我的好奇。走近细看,里面吸纳了密密麻麻的黑色虫体。那些枯干的身体彼此叠压,交互埋葬;细碎而透明的断翅在风中微颤,竟让人心生些许悲壮和不忍。我皱眉,一股异样的感觉冲击喉头,赶紧离开。

迎面,那几个人是突然从密不透风的灌木丛冒出来的。粗重的喘息声渐渐靠近，他们异常的装扮格外引人注目：正值酷暑，一律长衣长裤，裤腿扎了绑腿，浑身密封。走在最前面的，随时挥起绑在棍子上的镰刀，清理杂草，为后边的开路。他们就是泰山的"森林医生"，翻山越岭，穿荆度棘，正以徒步丈量的方式拉网全面普查，防虫治虫。泰山正值高温多雨季，植被进入生长旺盛期，虫害也进入发生的高峰期。

泰山林区森林植被主要由松柏、刺槐、橡子等树种组成，人工林密度高，混交林少，生态相对脆弱，极易受到有害生物的侵袭。泰山、泰城，山城一体，一条约二十六公里长、沿泰山海拔两百米等高线逶迤而行的环山路，像优美的飘带一样落在山脚，担纲了泰山与泰城之间的分界线。景区边界与城区接壤地域长，抵御外来生物入侵难度大。"森林医生"们只有严密监控山林，才能将入侵者控制、消灭在萌芽状态。

简单的交谈后，我暗自粗略地算了一笔账，悬挂诱捕器，布置趋避剂，调查美国白蛾网幕、生物多样性，他们每天迎着晨曦走进大山，穿行于遮天蔽日的林区，日复一日地重复这些枯燥的工作，每人除了背着一天的水和午饭等给养，还要背一套足有二十斤重的工具：开路的砍刀、观察树木的望远镜、取样本的器皿、收集虫子的试管等。而脚下根本没路，眼前是荆棘丛生、杂草密布的山沟，转过山坡可能正面对危如累卵、高不可攀的陡壁。这一路，手忙眼忙，落地的脚就没了准头，扑通跌一跤，爬起来，顾不得扑打扑打满身的泥土，直接赶往下一个诱捕器。即便森林防护员个个全副武装,穿得严丝合缝,在山里转一天,身上仍会被蜱虫等毒虫叮咬出一个个红点。傍晚,他们走出大山,把衣服换下一抖,落下一地虫子。

目送"森林医生"们的背影渐渐远去,细观他们的几件防身"柔器",颇有趣味:头顶的是黑色长舌遮阳帽,贴头皮的帽檐儿泛出了汗碱;脚蹬的是黑色高靿靴,橡胶鞋底足有两指厚,有的已磨飞了边,这可是专门防止崴脚、刺棘扎的厚盾;至于绑腿,以柔克刚的功力大焉,预防荆棘树枝刺扎、牵拉及毒虫顺着裤脚钻入,长途跋涉时可适当防止腿肚子胀疼,遇到陡崖攀爬下落时可解下连接绞成绳索⋯⋯

泰山林地面积近一万公顷,其中松林面积九万两千亩。每当走进森林的绿色汪洋,随时都会与防护人员不期而遇,这广袤的森林就是防护员与入侵者斗智斗勇的超级竞技场。泰山百岁以上的古树名木多达四十五个树种、一万八千一百九十五株,包括山胡椒、丁香、山里红、金银木等稀有古树种,其中二十三株千年古树被列入世界自然遗产目录,唐槐汉柏六朝松等古树蕴含着千余年的历史文化内涵,已成为生命的文物。这些古树的入侵者,则是防护员关注和防护的精准目标。

仅以古松的防护为例。泰山中路的朝阳洞与南天门之间的对松山,五百九十五株古松桀骜参天;玉皇顶北侧的后石坞,一千一百一十六株古松盘根错节、姿态奇崛,或峻拔如利剑出鞘,或俯冲似迎敌一搏,或屹立危崖而傲视,或深居壑谷而翘首;而掩映于古寺红墙黛瓦之间的老松，树冠低垂，顶部平整如削，似跨越世纪饱经忧患的老者在额首深思；后石坞青云庵西北角半山崖上那两棵"姊妹松"，年逾六百岁，依旧亭亭玉立、风姿绰约，傍依"五岳独尊"的巨石，与巍峨的泰山一起，成为第五套人民币五元纸币背面的图案。

泰山北面，千年古刹玉泉寺内的"一亩松"是遮阴面积最大的古松，历经八百年苍然而立。北宋诗人王令作诗《大松》以赞颂它的高亮气节："十寻瘦干三冬绿，一亩浓阴六月清。莫谓世材难见用，须知天意不徒生。长蛟老蠹空中影，骤雨惊雷半夜声。却笑五株乔岳下，肯将直节事秦嬴。"据说秦始皇登封泰山突然遇雨，云步桥附近的老松遮雨挡风护驾有功，因而被封为"五大夫松"。遗憾的是，明万历年间泰山骤雨，"五大夫松"被冲毁，清雍正八年（一七三〇年）补种了三棵。离"五大夫松"不远处的"迎客松"，树龄已达两千三百岁，堪称"老松之冠"。

当然，还有泰山西麓扇子崖等处的古树名木在"专职保姆"的精心呵护下，安度年华。如何让泰山古树更长寿，"森林医生"们殚精竭虑，步步精心。

十年前，一千六百岁的"六朝松"之死，成为泰山人心中难以抹去的痛。二〇一〇年四月，山东画院年届八旬的刘宝纯院长等四人来普照寺写生，专为山东博物馆新馆落成而创作了一幅高三米、宽两米的巨画《六朝古松》。那时，刘宝纯已发现古松疾病缠身，濒临死亡，特向景区管理人员建议挽救。管理员采取换土、喷雾等措施,甚至请北京的专家诊治,但最终没能从死神的掌心将它抢救成功。细究"六朝松"的死因,更主要的是环境恶化、人为破坏等因素。如今,它"丁"字形合抱的枯干依旧高大遒劲,全身却无一叶松针,它倔强的生命曾绝望地呐喊过吧?它有冠大如棚、偃盖婆娑、盘空龙舞的气势,向来喜欢迎风冒雨,而禁锢它自由的铁篱笆、僵硬困锁的水泥混凝土框,让它呼吸困难、筋骨难展,一旦有病虫害侵入,则如枯朽老者奄奄待毙。

松毛虫和松扁叶蜂是危害泰山各类松树较严重的昆虫,它们的幼虫喜食针叶,针叶被吃光的松林似惨遭火烧而成片死亡。松毛虫擅长打游击战,常在晚上和冬天避开"森林医生"的巡查,向松、柏、杉发动猛烈攻势。且幼虫有个撒手锏,其后胸有毒毛,人的皮肤一旦碰到,就会引起红肿,甚至造成关节肿痛。即便谨慎防护,森林防护员也难免受其毒害。松扁叶蜂对泰山"迎客松""姊妹松"等松树情有独钟,五月初,树木萌芽,新叶乍成,松扁叶蜂幼虫甩开口器,大嚼松针。若放任自流,一个月内,绿绿的松针会全被吃光,森林防护员必须抓住时机,以迅雷不及掩耳之势,猛然出击。于是,苍翠的山林间一条条雾龙喷射,只消十五分钟,正处于孵化高峰期的松扁叶蜂幼虫,便纷纷从枝杈间脱落。

翻过玉皇顶,坐缆车而下。中天门的古树旁,更有趣、更人性化的一幕让人不禁莞尔——森林防护员在古树干底部钻小孔,把塑料输液管插入,给古树挂上吊瓶,进行自制药品和营养液输送。

松材线虫害被称为松树的癌症。

二〇一八年八月，傲徕峰西侧一片林区，满山坡苍绿间杂着一树树预示死亡的枯黄，触目惊心，这就是松材线虫兴风作浪后的结果。松材线虫原产于北美洲，美国、加拿大均有分布。自二十世纪八十年代初入侵我国，三十九年来，警报连连，随着南方某些经营性林场大规模砍伐木材制作的包装箱、电缆线盘转卖到全国各地，寄宿在木材中的线虫也随着包装箱到达各地，病虫害随之四处侵袭，已波及江苏、安徽、广东等十八个省。

松材线虫是长约 0.1 毫米的蠕虫形，肉眼难以看见，只寄生在松褐天牛身上。松褐天牛化蛹过冬的时候，松材线虫幼虫已聚在蛹室周围，成为搭乘松褐天牛"航班"的"旅客"。一旦松褐天牛羽化外出，身上搭乘的成千上万只松材线虫也就被恣意撒播到松树上。松树被松材线虫纠缠，针叶渐变为黄褐色或红褐色，萎蔫下垂，树脂分泌停止。仔细观察感染松材线虫害的树干，其上有不规则的扁平坑道，那是天牛侵入孔。再往里，蛀入木质部，有产卵痕迹，整株松树会逐渐枯死，最终腐烂。松材线虫的幼虫最喜蛀食衰弱松树的皮层和边材，四十天左右即可致一株松树死亡。

"清理了百分之九十九的疫木，若有百分之一的遗漏，所有努力或将前功尽弃。"

一句话绷紧了泰山森林防护员的神经。防护员果断甩开"三板斧"与松材线虫展开搏杀：集中清理病死松树，对其就地粉碎、焚烧；对松树伐桩采用防逸钢丝网罩处理；创新设计地下火炕式和铁制可拆卸式两种野外安全焚烧炉，用以解决高海拔区域疫木运输难、费用高和森林防火等难题;利用专业队伍,借助精准定位和二维码技术,对疫木进行可追溯管理,并通过打孔注药,预防松材线虫病。

夕阳衔山,我沿山溪的去路欣然回返,湿润凉爽的风从脚底拂到长发,全身毛孔浸润着绿的气息。绿山、绿水和绿树,汇集了绿融融的风,在四周荡漾。河底的乱石披一件青苔编织的绒衣,柔软滑腻,轻抚溪水每一寸欢悦的肌肤。水底的蓝天,有山峰、树梢和草尖的濡染,说不清哪一个更清新、更明亮。水边,茅草耸着细长的叶片,倾听着风与水的耳语。

舟令香,作品散见于《青年作家》《作品》《黄河文学》等刊,并入选多种散文选本。出版散文集三部。

（《黄河文学》2022 年第 6 期）

南洞庭西洞庭

◎ 谈雅丽

我信任太阳的语言，我看见远方的晨曦。我期待全世界的光明，从春色的大地上升起。

——勃洛克

白鹤蹒跚南洞庭

惊蛰到，雷声出而万物生，在春色无边的洞庭湖上，到处散发着新鲜的生命气息。洞庭湖的爱鸟人静静地守在初生绿意的芦蒿地里，他们与自然融合一体的宁静神情，证实了他们就是自然的一部分。

这天，雨后初晴，薄云轻罩，青蓝无限，我们一起去洞庭湖看候鸟。西洞庭湖的刘克欢帮我们联系了南洞庭湖的李剑志，南北相聚，他们都是洞庭湖湿地保护志愿者协会的会长，我们可以与两位可爱的公益护鸟人一同环湖而游。

南洞庭湖有大大小小湖泊三十多个，我们要去的是其中之一的漉湖。春天涨水季未到,漉湖在春寒料峭中变成了一座绿意盈盈的湖洲。水浅草满,一道宽不过几百米的清浅湖水隔开了青草洲和环湖长堤。堤下是无边无际铺开的草洲、纵横交错的沟港、大大小小的湖沼,春风尽情描摹洞庭湖湿地保护区,春意点染着这一块绝佳的风水宝地。

这些日子,志愿者在漉湖监测到了国家一级保护候鸟——白鹤,一共十二只。李剑志老师收到这个信息,决定带我们做一次鸟类调查。上午十点,我们从他家出发了,他开着有些破旧的小跑车,随行的还有他的夫人爱云。爱云皮肤白皙,声音柔和,一路笑意盈盈,看起来温柔娴雅。她是协会秘书长,也是李老师爱鸟护鸟的好搭档。李老师带着他的高倍望远镜和摄像机,爱云带了一个可以随时拿出来观鸟的小望远镜。我们往漉湖行驶。来到漉湖大堤边,来不及喘口气,李老师就把观鸟设备拿出来,架在大堤泥地上。视野里并没有出现那群白鹤,湖面浮着几只黑鸬鹚和三五只野鸭,还有几只脚杆高高的苍鹭兀立水面,听有人在堤岸说话,便哗的一声展翅飞走了,只在湖面留下了它们苍青优美的镜影。

苍鹭体型较大,羽毛灰白,只有翅尖长有黑羽,飞起来有点像灰鹤,但是体型比灰鹤小,而且飞翔的姿势与灰鹤完全不同。候鸟都如传说中闲云野鹤,怕人,最好的观察方式是用无人机或高倍望远镜远远地从它们飞动的姿态和羽毛色彩来观察、鉴别,这是一门需要在实践中长期修炼的好功夫。李老师是湖南鸟类研究的专家，出版过《洞庭湖百鸟图》和《洞庭湖鸟类图谱》，其中《洞庭湖百鸟图》详细列举了洞庭湖的几百种候鸟。我手上有他赠送的《湖南鸟类图鉴》，图谱中记载湖南省的鸟类有四百多种，还有一张张清晰美丽的鸟类图片和一段段详细解说，其中百分之九十的鸟类图片都是他自己拍摄的。去年，江西省鄱阳湖举办了一次国际观鸟大赛，来自国内外的观鸟高手云集湖边。赛制规定，在规定区域、规定时间内辨认出鸟类数量最多队为优胜队。李老师和队友一共三人，凭借长期在野外拍鸟识鸟的过硬实力，在最短的时间里观察到一百零八种候鸟，一举获得金奖。李老师是沅江职业学院的普通高校老师，也是南洞庭湖志愿者保护协会的会长，更是"洞庭湿地护鸟第一人"。一路同行，他对我娓娓道来的都是洞庭湖上的观鸟经。有时车窗外传来鸟叫声，或天空中随意飞过几只鸟，他随耳一听或抬头一看，便能准确地叫出它们的名字，令我讶异、佩服。

李老师人到中年，花白头发，瘦高个子，不苟言笑，戴着深度近视眼镜，穿着有些旧的多口袋迷彩背心，一副儒雅书生的模样。说起候鸟来，他沉稳、笃定、细心、耐烦，话语中总有一种暖人的气息。一路上，他跟我们说了很多关于护鸟和拍摄候鸟的故事。一九九九年，沅江有个农民捡到一只受伤的猴面鹰，拒绝了别人的重金收买，把它交给了当地林业部门。因李老师爱好摄影，林业局的同学便邀他一同去拍摄。他当时给鸟拍的一些照片，刊登在了当地的报纸上，反响很大。这件事也开启了他拍摄鸟的梦想,从此他拿起相机,开始了拍鸟、护鸟生涯。从在南洞庭湖拍摄候鸟,到走遍西洞庭湖、东洞庭湖,每个周末,他都深入洞庭湖区拍鸟,也曾经历过不少危险。二〇〇四年一月二十七日,为了拍摄天鹅、小白额雁等珍禽,他顶着寒风,独自骑摩托车数十公里,来到东洞庭湖自然保护区的最南端。白天,他躲在洲滩上守候大雁游近;晚上,借住在别人的鸭棚里。第二天,他独自一人驾船来到湖心,整整守候了六个钟头,才拍到成群大雁在水中嬉戏的镜头。二〇一〇年冬天,他去南洞庭湖拍鸟,租了当地渔民的一条小划子。出发时是上午,天气晴朗,因为着迷于拍摄,他不知不觉就待到了下午,天气忽然急转直下,不一会儿就起了狂风,接着下起瓢泼大雨。四周天昏地暗,洞庭湖变成了一个翻江倒海的世界,他战战兢兢,恳求老渔民将船划到芦苇丛中避雨。老渔民告诉他,只要进了芦苇丛,小船马上就会被苇草绞缠住,不但救不了命,而且会船毁人亡。最后,他们逆风行船,与暴风雨搏斗了近两个小时才幸运靠岸,捡回来一条命。还有一次,他去西洞庭湖靶场附近沿着湖岸线拍鸟,由于芦苇丛生,一不留神,差点儿被沼泽吞没……一桩桩野外观鸟的惊险故事,让我对李老师更添了几分钦佩之情。

李老师说,洞庭湖湿地中危险之事常有发生,但大多数时候是安全的,而且拍鸟确实是一件令人身心无比愉悦的事。他换了五台相机,拍摄了鸟类照片数十万张。与鸟们亲密接触更是一件愉悦的事,他就是从拍鸟开始,到后来深深爱上了这些鸟。前些年他去湖上，常常看到一些渔民毒鸟、网鸟，血腥的杀戮现场令他痛恨且无比惋惜，他决定开始做义务护鸟员。二〇一五年，他号召成立了沅江市环保志愿者协会，很多洞庭湖区的老渔民加入了他们协会，很多学校的老师学生与政府的工作人员也加入了他们。李老师成了带头人，平时义务巡逻、义务护鸟。虽然这些工作没有报酬，但或许是受他的精神魅力所感召，先后有几百人陆续加入南洞庭湖的这只庞大的护鸟队伍。

我们往芦苇荡里行驶，浅水湖里有几只小䴙䴘，这是洞庭湖常见的水鸟，当地渔民也把它们叫"王八鸭子"。它们悠闲自在地漂浮，稍有动静便钻进水里不见了身影，原来它们是游泳健将，能潜入水底游几分钟。往芦苇深处走，我们渐渐进入一个候鸟的天堂。湖边时而飞过一些体型略小的鱼鸟，它们是鹬，羽色灰白，嘴细长而微向上翘，可以把湖边的沙子扫开，然后过滤出鱼虾。湖洲里一个小湖连着另一个，有时整片湖面黑压压落满了一层野鸭，人一来，它们便呼啦啦地飞走了，但盘旋一会儿，又会轻轻地落在更远的湖面上。

我们拨开芦苇丛，站在湖岸，年轻的候鸟监测员刘鹏把望远镜架好，望向远处的湖面。我们清晰地观测到一群群游弋湖中的野鸭，数目最多的是罗纹鸭。罗纹鸭雄鸟和雌鸟差别较大，雄鸟的颜色鲜艳，头顶暗栗色，颈侧和颈冠呈铜绿色；雌鸟头顶黑褐色，满杂以浅棕色的条纹。而野鸭的雌性几乎都是灰褐色，但雄性无一例外都有较为鲜艳的羽毛，因此，光从雌性的样子来分辨,很难判断出它们属于什么品种。

南洞庭湖常年监测到的白鹤数量有七十多只,李老师对这些珍贵的候鸟都做了详细统计。我在他的书房里看到过一张表,是他在车便湖上对中华秋沙鸭的每日监测数据。中华秋沙鸭是第三纪冰川期后残存下来的物种,也是我国特有的珍稀鸟类,属国家一级重点保护动物,数量极其稀少,据估算,目前全球仅有一百对左右。今年元月,李老师沿着万子湖巡湖,看见湖中有几只稍大的野鸭,便拿出望远镜观察,发现野鸭的头部有一丛冠羽,初步推测为秋沙鸭。他连忙取出照相机,对着野鸭连连拍照,经过仔细辨认,确定其为中华秋沙鸭。车便湖的这片水域由此引起了他的高度关注,他每天都要开车到湖边监测,湖中的中华秋沙鸭从最初的五只增加到二十三只,直到最近它们才从车便湖飞走。

此时,一幅动人心弦的画面忽然出现在眼前,一群群候鸟在湖面盘旋,黑压压一层,铺天盖地而来,使漉湖的早春变得无比生动和壮观。我们惊叹不已,继续往前走,直到在道路尽头看见三个水泥闸道,这些水道就是当年设置矮围的地方。这几年国家开始洞庭湖湿地的重点保护,下大力将矮围彻底清除,畅通的流水终于给南洞庭湖带来新的生机和活力。从那以后,南洞庭湖的候鸟数量每年都在增加,从二〇一九年监测到的一万五千多只变成二〇二一年监测到的五万只左右,而且不断有国家一级、二级保护候鸟飞抵湖上。

湖洲空旷，绿野无边，候鸟一览无遗，李老师用小望远镜四周看了一下："刘鹏，快过来，这边有十只白鹤。"小伙子把望远镜调到最清晰的角度，我的视野里出现了一群长颈高腿的白鹤，它们群聚一起，远远觅食，伸颈、展翅、飞舞。我细心数了一遍，一共是十二只。这些白鹤通体洁白，飘逸雅致，鸣声不凡，站立在水草丰美处欢叫，这是我人生中第一次看到舞姿蹁跹的白鹤，它们如同一群飞抵漉湖的精灵。

天近黄昏，我们起身回程，远远的，我听到天空传来一阵阵鸟鸣，抬头一望，头顶有一群大雁正排成"人"字形往湖水深处飞去。这是早春第一批离开洞庭湖的候鸟。灰蓝的天宇中，它们尽情勾画着一幅神奇的候鸟迁徙图。堤岸上的我们就像最小的点，由于美的加入，我们与万物的距离消失，而成群的候鸟自带神秘的指南针，带动更强大的力量飞翔，使这个世界变得更加神奇而美妙了。

天鹅飞越青山湖

三月阳春，气温回暖，刺骨凛冽的寒风忽然被长驱直入的晴朗扫荡，消失得无影无踪了。青山湖岸点染春风，织就出一幅湛蓝、明黄、浅绿交织的柔和画景。暖风吹袭，氤氲的水汽中弥漫着阵阵油菜花的甜香。

这里是"涨水成湖，退水为洲"、位于东经 111 度、北纬 28 度的西洞庭湖，是洞庭湖最明亮的一只眼眸。沅、澧两水在此交汇，目平湖、安乐湖、孔家湖、青山湖等大大小小的湖泊相连，沟港纵横。青山湖只是洞庭湖西的一片小湖，当我意外路过这片湖中之湖，微风吹动的水波荡漾出了一股柔情，仿佛是命运的琴弦奏响了相遇的乐章，青山湖的冬候鸟和那些教我看鸟的人从此长久地盘旋于我心中。迁徙之鸟和爱鸟之人令我迷恋，也让我隐隐生出相见恨晚的遗憾。从湖上回来后的夜里我时常做梦，梦见一群群从西伯利亚迁徙而来的小天鹅，它们翻越莽莽苍苍的内蒙古大草原，飞抵巴彦淖尔盟的青草湖，再穿过黄河"几"字形的拐弯，不惧风雪，一路南行，终于降临西洞庭湖这片水清草绿的湖洲。青山湖是这群小天鹅最好的居所和乐园。整个冬天，它们留在大湖，嬉戏、觅食、引颈高歌，寻找伴侣，互相呼唤，彼此应答。而不远处成群的野鸭和大雁，是它们的友邦近邻。

十一月明晃晃的月光，照着小天鹅飞抵青山湖的那个夜晚，影影绰绰的"人"字、"一"字形剪影，一双双闪闪发亮的翅膀，半空中传来的排山倒海的叫声，那神奇的呼唤声分明叫醒了青山湖的守护者。那时，我梦见自己肩臂微耸，竟也长出一对修长而洁白的翅翼。当我趁着夜色振翅落下，身后竟是微笑不语、日夜守护青山湖的爱鸟人，是沅水航道纵横交错的水道，是刚刚萌生新绿的半边湖，是半湖秋月映照湖面的万顷碧波。

也许就从那天起，从爱鸟人调好焦距、将我带进了他的候鸟世界开始，我就被深深吸引了，因为他创造了我新的梦境。梦里有无数只小天鹅，它们圆润洁白，是世界上最长情的生物——天鹅夫妇一生只恋爱一次，忠贞不渝，一只天鹅死掉，另一只也会绝情断翅。这是它们带给我们关于生命的一次最美好的想象，雪片一样飞落却不会融化的洁白，那是展翅相拥的爱之憧憬。

冬天啊，即使是在大雪纷飞的日子里，我都想每天去青山湖看候鸟飞。因这日渐生出的情愫，因为对美的依恋，我对那些湖上飞翔的生灵生出了大过对人类的情感，世俗烦恼重重包裹，让我们从来不曾接近内心的自由，不曾从心灵深处萌发对这些纯洁事物的相信和依恋。小天鹅在飞舞，它们自带神秘的磁针，何曾惧怕过伤害与困厄，仅听凭爱的牵引力指引自己的命运。它们勇敢无畏，穿越千里的决心必定超过人的智慧和情感，它们将生命中最重要的时刻都托付给了青山湖。我们何其短暂的一生，像春花秋月，易于流逝，又何曾勇敢地对一汪风雪中的湖泊有过不离不弃的守候？

暮雪初晴，湖风凛冽，那是我初次见到这群小天鹅的日子。我们坐上了机帆船从芦苇丛中穿过，小湖被一丛丛枯黄的芦苇包围，贴地生出一层绿茸茸的藜蒿，我们辟开一条小径，才看到深青的湖水。小湖里漂浮着一群群怕人的野鸭，我们一走近，它们便哗哗地拍打着翅膀飞走了，我们只能借助望远镜远远地看着它们。爱鸟人教我认识了众多的候鸟，游弋湖中的青头潜鸭、姿态优雅的斑嘴鸭、个头招摇的大雁等等。罗纹鸭头颈铜绿，求偶时脖子上那一圈羽毛才转为深棕；赤麻鸭羽毛赤黄褐色，更吸引人的注意。当爱鸟人把望远镜调到最理想的角度，我不禁惊叹了，一群小天鹅才刚飞抵我的视线，便到达了我的心上。

湖水轻柔荡漾，天鹅蹁跹绿野，这通体洁白的大鸟让世界上的一切都变得不真实了，长长的湖堤在春风中呈现新萌的绿意，我第一次见到它们，就迷恋上了这自然的尤物。博物馆曲折的观鸟长廊里，候鸟标本定格某个春风荡漾的时刻，它们栩栩如生，却不再有鹤鸣长空的生动与活泼。只有这些湖上的使者，创造着整片湖的盎然春意。

在青山湖的七彩长堤上，人们在造一个关于湿地保护的梦。一架高倍望远镜，细心调好视距，一片嫩绿的湖洲，深蓝的湖波荡漾，一群小天鹅雪片一样覆盖着，它们或在湖洲走动，或漂浮湖面。一如法国作家普吕多姆的《天鹅》：

> 湖水宁静，似一方幽清的明镜，天鹅的巨翅无声地划着水纹，它滑翔着，羽翅上的白绒宛如那四月的积雪，在阳光下消融；然而，天鹅的巨翅却坚实白厚，在轻风中微颤着，如一叶白帆。它美丽的长颈高昂出芦苇丛，钻水又屈伸，水面上引颈漫游，优雅的曲颈好似浮雕的花纹，黑色的尖嘴藏在明亮的喉颈。

在苍茫的天色下，唯有这翅膀洁白的天鹅让人心存美好的情感。它是那样美丽、洁白，让我觉得自己看到了大自然的梦境；它是那样年轻、纯净、温和，深深地打动着我的心。

绿茸茸的河洲是我心之所向，一共有八百只小天鹅，这是爱鸟人细细数过的。春天越来越近，暖风越来越热烈，每天清晨，爱鸟人都要到湖岸观测天鹅。三月初，第一批小天鹅飞走了；第二天阳光明媚，只剩下了三百只；三月十日清晨，青山湖上的小天鹅全都飞走了，只剩下空荡荡的湖面，剩下深蓝的湖水托起我的梦境在湖上飞。小天鹅待过的湖洲一边是绿草，一边镶嵌着金光灿灿的油菜花，仿佛小天鹅来此不是为了啄食水草鱼虾，而是为了给青山湖穿一件美丽的衣裙。

　　春天很快就到来了，人们忙着谈情说爱，赶赴一场场约会，只有我还待在原地仰望空荡荡的天空。我常常忆起十一月的那个圆月夜，夜空静谧，天幕净蓝，宽阔无际的湖水被银亮的月光照耀，由远及近，从模糊到清晰，隐隐约约地传来了一阵阵响亮而奇妙的叫声，那是小天鹅刚刚飞回来。

　　我还想起我们生命中偶尔遇到的那些人、那些事、那些在时光中变迁的物事和情感，仿佛天鹅的翅膀带动了春风，在西洞庭湖流动不止。

　　谈雅丽，湖南常德人。出版诗集《鱼水之上的星空》（入选"21世纪文学之星"丛书）、《河流漫游者》，散文集《沅水第三条河岸》《江湖记》。获丁玲文学奖、丰子恺散文评委奖等多个奖项。参加诗刊社第 25 届青春诗会。

（《黄河文学》2022 年第 6 期）

山谷里的居民们

◎ 安 然

赣西之地，有巍巍武功山。山中有大峡谷，名"羊狮慕"。我在大峡谷前后待了七年，记录下了与山中万物的一场又一场对话。到如今，那些无言对谈依旧响如洪钟，一记又一记……

金花鼠和它的芳邻们

黄昏来临，斜阳远照，彩云徐卷，无数道暮光自西而来，倾泻在群山之巅。我静立在一面巨崖之下，望向一道深壑。

壑谷里，生活着美丽的白鹇家族。看见它们不容易，要待清早或黄昏，空山人静，它们觅食之时。晴朗温暖的秋季黄昏，白鹇常在这里聚餐，齐齐发出欢乐而粗哑的低鸣。

这是大峡谷的秘密，也是我的秘密——林间动物很怕人，我偶尔与它们同在已经是一种干扰，又怎么舍得让更多人类的脚步和目光去惊扰它们？

自古白鹇颇得雅士钟爱，但它鸟性耿介、野性十足，不好驯养。大诗人李白就没养成功。他听说黄山隐士胡公有一对白鹇，因得家鸡孵化而十分驯服，不惜题诗《赠黄山胡公求白鹇》而夺人所好。白鹇形体优雅，飞起来有若林中仙子。翩翩白鹇的风范，和诗仙李白的气质大概很是相契。唯有灵气相当的生命，才会有缘相聚相守吧。

上山一周了，我还没能看到它们。不料山道将尽处，一天访山将尽时，两只白鹇悠闲踱步在密林里，圆满回应了我的思念。

巨崖下，我稍有失望，友好的目光从壑谷里收回来，不经意看到一只黄白色蝴蝶，在宽阔的山谷上空自由飞舞。在这片野性十足的高山峡谷看到一只蝴蝶，带给我的讶然快乐，就好像看到一处小小神迹。

暮色尚浅，山月已然悬对夕阳，虫始动鸣。万仞巨崖之壁，有无数只山雀喈喈，归向崖壁各处的暖巢。我牵挂着那只孤独的蝴蝶，不知它飞驻在哪里。群山苍茫，万物安详。在宇宙的怀抱里，蝴蝶那么小，我也没比蝴蝶更大。蝴蝶并不知晓也不需要我的牵挂，那么我是在无端地牵挂自己吗？

继续背着斜阳趱进远山。

几处高高的岩柱顶上，总有个别鸟儿向晚而立，看似站得比月亮还高。它们自带王气，俯瞰着四野山林，这样的鸟儿很能赢得我的好感。它们享受孤独和思考的样子，就像一个个哲学家独立遗世。

继续走，一路没少遇见金花鼠。山道上、山岸下、树林里、崖壁上,四处能见。

这一周,早早晚晚遇见它们多回。在清早,只要听见林中朝露纷纷滴落,我就停下步子,果然看见金花鼠们在树上觅食穿梭。

近晚六点,走累了,在一处石头上坐下,有趣的事情正在眼皮底下发生:两只乌鸫和两只金花鼠在不远处打闹嬉戏。我的动静最先惊飞了乌鸫;而后,一只金花鼠和我对望一眼,也跟着同伴吱一声溜了。

我默然。几年前这里还是原始森林,它们的游戏里少有过人类的目光。如果它们懂得抗议,最该遭到驱逐的,是我这个入侵者。

金花鼠是一种小松鼠,棕褐色,背上有五道花纹。尾巴接近身长,总长二十几厘米,寿有四至六年。它们在地球上生活几百万年了。

如此推论,金花鼠是羊狮慕最早的居民之一。换言之,千秋万代,这里是金花鼠古老的家园。

再往里走,山岸下一方密林深处,一群金花鼠在树间游窜。它们任性地把林子闹出些动静来,全然不顾及林下觅食的一只彩羽锦鸡有多么孤独。两只金花鼠排着队在树干上比赛谁跑得快;一只金花鼠抱着大树一动不动,它睁着明亮的眼睛,像在思考什么。

但是金花鼠并不住在树上,它们住在铺有树叶的洞穴里。它们的两颊内有两个富有弹性的袋子——颊袋,就像带着两个饭盒,可以装不少浆果种子。饿了,随"手"拿出来吃一顿就好。长夏将尽,初秋已来,我猜,它们正忙着为冬眠贮存粮食呢。

一俟太阳落下山去,凉风就乘兴而来,簌簌而起。

归程上,打量崖壁各处高低不同的杂草树木,感念着金花鼠族。正是它们,使各种植物的种子尽可能地疏散开来,千年万年百万年亿万年,才有了如今植物茂密的大峡谷。在大自然中,在森林生态学中,金花鼠扮演了播种者的角色,同时,也让自己的种族得到了很好的繁衍生息。

就是这样,在时间的悠悠长河里,金花鼠把自己活成了大山里的小精灵。

求爱者,以及其他伙伴

曙光初透,木舍外的杉林中,有沉闷单调的声音依稀传来。我稳住心神,努力听辨声音中包含的情感。

"哆哆哆,哆哆哆",如此往复,毫无节奏美感,却因来自广袤森林而自带神秘。

怯怯的、木木的,有焦虑,有渴盼,更有无以言诉的寂寞。

初听此声,是来大峡谷的第四天。午后,春阳晴好,我在青山白云间读书,西边山谷里一下一下,"哆哆哆,哆哆哆"地响。可笑的是,无知的我,想当然地以为是啄木鸟在上工。

真的,不身处大峡谷,不置身于依照神秘法则而存在的大自然,不直面宇宙万物日月星辰,我们永远不会知道自己有多么的自大无知。

这些天,行走于大峡谷的四面八方,"哆哆哆"无处不在,一会儿在谷底,一会儿在山坡上,一会儿在山脊处,过一会儿,它竟然就在木舍窗外。它漫山遍野地响着,提醒着山林访客,不要忽略了一群隐匿的共生者。

山里人对这声音给出了两种解释。大多数人说是大峡谷里成年野山羊发情了,春雾迷蒙的森林里,它们焦急地寻觅着配偶以尽传种天职;极少数人则相告,是一种凶猛的大鸟进入了繁殖期。

在南方山区,一些山民会把黄麂和野山羊等同。"麂子?就是野山羊哦。"我总会听到类似回答。其实它们是两种动物。黄麂是鹿科,野山羊属牛科。经过多次究证,我始终对第一种说法抱有怀疑:那响遍山林的"哆哆哆",似乎既非来自野山羊,也非源自黄麂。它到底是什么声音呢?

这无法准确拟声的山林春歌,权且就当是一群隐匿的求爱者所唱吧。我想象着,其中有那么一只,终日孤独地在森林里转悠,餐风饮露不觉辛苦。相比林中的画眉、山雀、夜莺等鸟类,造物主并没有赐给它动听的嗓音。在这方面,自然界中的大多数动物都没能得到造物主的青睐。

有什么要紧呢?它迟缓凝重的爱情信号在其同类听来,一定是世间最美妙的情歌吧。它的求爱之歌,本也不是唱与人来听的。

至尊的大自然本身,包含天地间的无边大爱,没有分别心,万物从其怀抱中各领其爱的食粮,小草大树,飞禽走兽,貌美的相丑的,身壮的体弱的,高大的瘦小的,共领恩宠又各守其位。一只动物想谈恋爱了,必有另外一只来呼应其生命。它们的爱,将带来新生、繁衍、死亡。何止动物,宇宙一切生物,无不纳入生生死死的自然法则里。你和我,皆逃不脱。

这个大早,"哆哆哆"的情歌又吵醒了我。

空山静谧,生灵们在陆续醒来。迷蒙晨光中,莺莺鸟语里,我在曲折蜿蜒的山道上且走且停,想着这一些,不惆怅,也无伤感,豁然中有些超然于生死之外的巨大安宁。

就像山林中的求爱者一样,当下只要专注地行走于爱的路上,就大可不必把惶恐和忧愁交付于那遥远的暮途。

独步黎明之山林,"白鹇——小松鼠——",我默默喊着它们的名字,像迷失在野山的行者,急急不安要寻找同伴,又怕惊动了山林中的他类。

野山羊、白鹇、小松鼠、黄麂,这些动物于人,如今已成为林中的神秘之物。每一个幸遇者,都会忍不住津津有味拿来炫耀。有意思的是,每个讲述者眼里都含着兴奋之光,那是中了彩的意外之喜。

"这里有很多呀。每天早晚六点多都有。那白寒(山民称'白鹇'为'白寒',意为高山寒林生长的鸡)现在是小崽,到了冬天,每只能有六七斤。我目测过一只,七八斤不在话下。松鼠就更不用说了,多了去,都在树梢上。"小陈在山上待了三年,寡言朴拙,说起动物话就多了,表情很是生动。

志勇说:"我那天遇到一只白鹇,竟然拍到了,奇怪这只它不怕我,一动不动让我拍。"

听来诱人, 好想自己的手里也可以捏着几张彩票:嘶啦一下,是白鹇;再嘶啦一下,是松鼠;再嘶啦,黄麂就在身边吃草才好呀。一个暮春,在峡谷南端,一只萌萌的小黄麂不知出于什么考虑,走出了山林,在与众人怯怯打过照面后,又隐身而去。

它真是令我怀念不已。

就在峡谷东段,总有一群猴子朝鸣暮泣,声如婴啼,像一群找不到妈妈的娃娃那么伤心。我每回听到,就无端地忧虑着不知猴群里发生了什么事。据说除了研究者,猴的悲调喜调,常人听起来都是哀腔。从猴啼中听出欢乐快意的,大概只有诗人李白了。"两岸猿声啼不住",诗人这天是有多少开心事,连三峡的猿猴也陪着他高兴呢!

有一个关于大峡谷短尾猴会酿酒的传说。有著名摄影家欧阳氏,生前因倾慕故园风景,曾在峡谷里跟山民交朋友。山民跟踪过猴子,奇的是在猴洞门口闻到了酒香。山民告诉摄影家,那是猴们乖巧学了人,把野生猕猴桃摘了做酒喝。

今天,斯人已逝,传说还在流转,无以对证。但是峡谷中的访客,是乐于听到这样的传说的吧?更何况,故事并不久远,它发生在我们依然可触摸的刚刚逝去的昨天。

初时,人类远离山林,永别了林中伙伴,逐水而居,筑城而栖。到如今,少数人短暂地回头进山,去寻觅血脉基因中久违的记忆,无奈间怅然发现,那些美丑不一、善恶有别的种种相伴过我们远祖的伙伴,早已消匿于时间的长河里,不知所往。

西方人给大自然命名了一个女性名字——伊西斯。几千年来,世人普遍认为,伊西斯藏在一张面纱里。揭开伊西斯的面纱还是任其藏在面纱里尊重它的存在,在人类的文明中相执了几千年……

当我日日徘徊于峡谷,眺向千山万壑,奢望于其间遇见会酿酒的猴子、美丽的白鹇、活泼的小松鼠,以及终日发出觅爱之音的求爱者时,我知道,这几乎是一个梦,但又不全然是梦。因为,它们的确就在山林中,与我同在这个春天里,只是,绝不轻易露面罢了。

一八〇九年,瑞士最后一只野山羊灭绝了。瑞士人急于让这个活了一万八千年的物种复活。在合法地求助于意大利被拒后,一九〇六年,几个动物学家从意大利偷猎者手里走私买回了两雌一雄三只野山羊。二〇〇六年六月二十二日,在瑞士举行了"庆祝野山羊回归瑞士百年庆典"。

这一年,瑞士国土上有了一万四千只野山羊。

今天,同样受益于国家公权庇佑的何止是野山羊,大峡谷里上百种动物都受到了保护。这预示着,到达这里的访客,正行走于一个可触摸的梦沿:遇见了它们,是现实;遇不见,便是梦。

晨风不起，森林里流动着令人愉悦的气息，我在透亮的晨光中且行且思，耳畔是百鸟的合唱，眼际是呼啦啦飞起又落下的小鸟。

蓦然，我心有所牵。目随心往，抬首，只见右侧的山岭上，一只美丽的不大不小的白鹇正在林中觅食。它背对着我，张开长长的白尾走了几步，又侧身和我打了个照面，三两分钟后，消失在了林中。

白鹇有多美？到唐代去，问问大诗人李白就知道了。这个君子，以诗为礼，彬彬夺爱。李白的白鹇，与我眼见的，可是同一只？

去岁清秋，是我第四回在羊狮慕遇见白鹇了。奇怪的是，别人常遇一家一家的，唯独我，四次所遇皆是独行白鹇。难道是因为我总是独步于峡谷吗？

白鹇在我眼前又一次消失不见，一声"哆哆哆，哆哆哆"却又从林间深处传来。

我不敢萌生见到求爱者的奢望，想着这神秘的叫声在夏天到来后不会再有，竟有几丝快怏。唯有祝愿来年春天，这并不动听的爱情之声会比这个春天响起更多。有爱就有繁衍，有繁衍就有生长，有生长就有希望。

有一群神秘的动物，在大峡谷的千山万壑里安全地活着，与我一道领着造物主的庇佑，我的见与不见，不重要。

听得见生命在爱的祈求声中成长，也该心满意足。

萤火虫飞呀飞

山中饭早。每天晚饭后，往西进入山谷恭送太阳落山。等到星星月亮出来，又出山谷，顺着一条无名溪谷往东下行。一来，可倾听蜿蜒的水之天籁；二来，是去溪谷岸边相会流萤。

时已仲秋，入夜后的秋山远比山外清凉。溪谷岸上，是一坡高大笔直的水杉，它们玉树临风、模样谦谦，让我很有安全感——这分明是众多卫士，正齐齐护佑着我的浪漫夜行。

一棵一棵水杉之间，间或生长着一些杂草野花。芒草结穗了；各色小野菊已成年，或紫或黄或白各竞芳华；也有各种草药，如野茼蒿、獐牙菜、珠光香青、秋分草、长穗兔儿风、小头蓼、千里光等等，陆续开了红黄白紫的小花。有一种比人高的植物，枝疏叶瘦，整株垂满圆圆的紫红大花球，等到成熟时，白絮轻飞。几年来我一直误认它是蒲公英，然而不是，它叫三角叶凤毛菊，是一味草药。就如我常常认错人一般，等我明了它的身份，几分愧意要给它，可惜它不懂。

相比之前的纷披绿衣，到了此时，凭借开花，各类草药终于舒展了个性。如若不能，遇我这种"植物盲"，根本无法注意到它们的存在，更别谈认出它们。想想世间女子，命运也多如此：再朴实无华的人，也还是要尽力开出自己的花朵来，才算不负此生。

若是天气晴朗，在星月的照护之下，踏着一川秋水的节韵慢行，放空身心，就能看到草林间有流萤起舞。起先是一点弱黄微光,在眼前忽闪而过,很是惊讶:难道有萤火虫?

这一个惊动,就像不经意间被什么触动了岁月之钟,有回声如涟漪,在心海里轻漾开来。

停下脚步,目光投向林坡中,静等几秒钟,三五点荧光,十几点、几十点荧光就会陆续点亮起来,忽而亮在眼前,忽而又熄灭于草林中。还有亮得更高的,那是从山道另一侧更高的林子里飞出来的。于是,走在路中间的我,就夹在了高低两岸相迎的荧光中,就好像这是萤火虫们商量好,专为我举办的一场荧光舞会。

明明灭灭的微光,在暗夜的背景上点亗着诗意点点。这些诗意,令我既陌生又熟悉。

萤火虫是童年的遥远记忆了。确认之后,怡然就如羽毛拂过周身——相对萤火虫的微小,一个女子和虫虫相遇的喜悦,当然以轻轻盈盈最为宜,只怕兴奋的分量重了,会把萤火虫吓跑。

这实在不容易,有太多他乡遇故知的滋味。春梅、秋娥、花婆、小红、冬英,多少小伙伴在这点点荧光中露出小脸……人生竟是如此荡荡悠悠!我和她们,共同拥有过暗夜里捉流萤的日子。可惜,如今星月下独行的我,身边连一个分享的伙伴都无。

春梅、秋娥,你们都去了哪里呢?仲夏夜,从火车站看完露天电影,村路上夹道送我们回家的萤火虫,飞了几十年,飞到了这座大山里,在每一个秋夜忠诚地陪伴着我。而你们,却没入人海杳无音信。

逝者如斯。我的村子早就没有萤火虫了,很多村子也早就没有萤火虫了,我的女儿到现在不知萤火虫为何物。忆旧事,怀旧人,止不住一片怆然。眼前,萤火虫飞来舞去,忙着在草林间寻找安静的爱侣。沉醉于求爱之欢的它们,全然不知怎么就触动了我的心事,怎么就牵起我的衣角去往了发黄的光阴里头。

"虫虫虫虫飞,飞到花园里,花园里有双新鞋子,把给我妹妹穿下子。"祖母的声音响起来了,乡村里很多祖母的声音响起来了。童谣已远,童谣里的"虫虫",却在高山之巅依水而居,忠诚地为我发出如同往昔一样的光。

一川山溪水,轰轰去向江河。水往低处去,往山外去,往未知去。我却逆水往高山来,往自然的怀抱来。我想弄明白,这一路走啊走,除了萤火虫,除了祖母的歌谣,我失去的,到底还有些什么。

曾经,我以为小伙伴们和我的关系会是天长地久,以为生我养我的土地会永远不变,以为那些给我们快乐和想象的萤火虫会在我的乡村永生……

年幼不解世事,当时的我哪里能够知道,世界的本质,就是"变""易"两个字。如果失去是一种必然,费神梳理失去了什么反倒不重要了。

人和人会失散,土地和乡村会变革,而古老的萤火虫,逃离了所有工业化的魔地,在一座海拔一千七百米的高山溪谷间飞舞了一年又一年,等着与我重逢。

这种充满神性的失而复得,才是真正值得珍惜的。而懂得这份珍惜的人,必定也在童年拥有过萤火虫。

嗯，你我成为知音，是因为彼此经历过同样的事情，并因之而具有相同的情怀。

山里的夜，出奇的安静，万古安静。有些萤火虫，飞得比几十米高的水杉更高，我不得不引颈抬头，目光循着它们划过的点点光亮，望向更高更远的虚空。

然后，它们飞累了，滑了下来。少顷，又有几只从花草间飞了上去。这些活不过二三十天的小虫，轻盈自在，无忧无虑，借夜幕呈现自身的美丽。造化之神赐予了它们别于众生的生命——还有哪样生物能够自带发光武器，既成全自己的爱情（荧光是一种求爱的语言），又扮美平庸的暗夜呢？

我好奇，这些萤火虫会落在我目光投注过的哪朵草药小花儿上？如果可能，我希望它们把每一朵草药小花儿都光顾一下，用它们虽微弱却切实的光芒，给花儿们一点照耀和抚爱。这些草药远在深山无人来采，在一年又一年的生死轮回中自生自灭，自美其美，无用其用，而仅仅是凭其好看的花朵，被我偶然间看见、相认乃至相惜。白天尚有日光的陪伴照耀，夜晚呢？那遥遥的长河星月，到底不如近身的刹那荧光来得更明亮真实，更有意外之喜。

有时候，我觉得自己也是一只萤火虫。

任职副刊编辑十余年，在以文字谋饭票的职业生涯里，我不仅仅是一个编辑，有时候也要充当知心姐姐。我就把自己变作一只萤火虫，尽己所能发光，去照一照在暗夜中摸索的求助者，即便只是刹那的相会，即便光芒的亮度实在不值一提，但我一直相信，因为我真诚而全力的回应，给他们的确带去过意外之喜和薄薄暖意。甚至有人的确沿着我的这点荧光，走出了黑，走进了亮。

而我的身心能长到今天的好状态，又得感谢多少人举着内心的火把，照亮过我的路？

萤火虫发光，自有其美。人心向善，也自有其美。

转眼秋分已过，秋更深了。一场冷空气席卷山中，两天内温度骤降。冷雨斜风中，有人穿起了棉袄。寒意初现，那溪谷边的萤火虫是否安好？

今天黄昏，风停雨驻。天一擦黑，顾不上衣单不抗寒，忙忙往溪谷走去。萤火虫的舞会是在天更黑些时启幕的。当报幕的头一只与我赤诚相见时，悬了两天的心终于放平。我喜上眉头，轻声细语道安："你好，终于看见你了。"

哦，奇迹这时出现了——

这只萤火虫从空中滑了下来，停在了我的脚边，一动不动。今天云层很厚，没有星月。即便夜色很黑，凭直觉我依旧能判断，它就在我脚下，没打算要飞走。

我掏出手机，打开了闪光灯，还是凭直觉，弯下腰，往脚下拍了个照。点开照片一看，端端的，萤火虫真的就在镜头里了。

我细细地端详着它：淡金色的头部，有触须，中心有一点红；两扇黑羽翅镀了一道金边；尾部凸出一团，同样淡金色，这无疑是自带的发光武器了。

蛮好看的一个样子！就是说，今天晚上，有一只帅帅的萤火虫,把它的好模样大方地给我看过了。我惭愧,几十年风来雨去,早就把它们的长相忘得一干二净了。

到底发生了什么,能让一只飞翔着寻找爱侣的萤火虫,停到我的脚边来,给足我机会,让我重新记住它的样子?

这确乎是一个谜。这其实就是一个谜。

回木舍的路上,更多的萤火虫为我点亮起身躯。它们总是扯住我的步履,令我走走停停、停停走走。看着山路两边林子里的点点流光,一种无可言传的美四袭而来,令我柔软如同秋水。

"虫虫虫虫飞,飞到花园里,花园里有双新鞋子,把给我妹妹穿下子……"古老的歌谣又在心头盘起。祖母早已不知去向,唱响歌谣的是我自己。

安然,作品散见于《青年文学》《北京文学》《天涯》等刊物。出版长篇小说《水月亮》、散文集《麦田里的农妇》《浮世的恩典》等。获老舍散文奖、《散文选刊》首届"新经验散文奖"、《北京文学》双年度优秀散文奖等。

(《黄河文学》2022 年第 6 期)

雪域之上

◎ 刘群华

苍鹰

雪山硬戳在天穹,乳白如一张纸。鹰猛钉在了雪山,像一粒嵌刻的墨。

我不知是羌人的神灵太不小心,还是刻意为之,鹰狡黠彪悍的气质,在牦牛和羊的犄角上,放射着幽蓝、古拙的光芒。它有时像钉子被凌空拔起,斑斓的翅膀倏地张开,羽毛细碎如丝,掠过了雪山尖尖的头顶。这时,雪山瞬间活跃了,目光里的空旷、灵秀、幽远,在青稞上缤纷、顾盼。看着这些,我顿时有一种错觉,鹰和雪山的关系,其实像羌人和牦牛的关系,似乎雪山是因鹰而生的。

雪山上的牦牛,用舌头舔舔土盐。过一会儿,它的头颅会高仰,仰望矗立的雪山和纯净的太阳。小牦牛夹杂于大牦牛之间,被精心护佑,稍有疏忽,鹰就从雪山上飘移、坠落。它坠落的姿势很猛,抵达的速度很快,像一道闪电。它的坠落可以用秒来计算,用一眨眼来形容。它宽大的翅膀仿佛一条黑色的面巾，蒙在了小牦牛的眼睛之上。小牦牛眼前一黑，不知所措，仓皇乱窜。但鹰的爪子宛若一根粗藤蔓，狠狠地缠绕在脖子上。鹰的尖喙如锥，插入小牦牛的嫩肉里，几个血洞如汩汩的泉眼，喷涌出高粱般的猩红。

鹰的眼睛很毒，看得很远，一两公里远的猎物都可被其窥视到踪迹。在它锋利的爪子下，猎物会被征服，雪山上，没有一头小牦牛可以逃过这般扼杀。这只雪山的鹰，像一颗出枪的子弹，不管滑翔还是蹲守，都会将风和云溅起起伏的惊悚和慌乱，在草地上纷纷扬扬。

不远处，一只野鸡已经瑟瑟发抖，喉咙里发出的尖叫含糊不清。它也是鹰吞噬的对象，甭管它在雪山捡拾的是风遗弃的草籽，还是羌人不理不睬的苦涩坚果。只要野鸡从草丛一露头，危险就骤然来临。它的生死由强悍的鹰来决定，并且自己还浑然不觉。

野鸡有时也学到了逃生的本领，在与鹰的搏击中，以驴打滚的方式野蛮地挣脱爪牙，然后奋力逃窜而去。更多的时候，野鸡听到风响，料定不妙，马上身手敏捷地钻进灌木之中，让鹰望着蓬乱、突兀的枝叶，精神被打击得萎靡不振好一会儿。

对于鹰，雪山上的羌人对它褒贬不一。尽管鹰的脾性与羌人如出一辙，但鹰动了羌人的奶酪，羌人还是会心生恶意。在羌人的眼里，鹰是在羌寨肆意流窜作案的贼子。这不，从雪山底下的羌寨传出了阿婆攥鹰的咒骂声，一只刚出石板屋的小羊羔被鹰逮住，身上被咬出了十几个血洞，腔部已被鹰啄去了细肉，只剩下了几根大骨头。

秋天的第一场雪，在雪山瑟瑟降临。有一家羌人要扩大石圈，准备盖牦牛圈的石头是一项不小的工程，需要花费很长一段时间，付诸难以计数的心血和精力。不过，人总是要改善牦牛的居住环境的。羌人在石板屋里忙忙碌碌，就在这个节骨眼上，他家的鸡被雪山上的鹰叼走了。一只鸡可抵一个羌人一天的工资，可以换四只冬虫夏草，可以换几朵雪莲花，可以换几斤窖藏的青稞酒。羌人对鹰油然生出的憎恨，夹杂着难以言说的遗憾。

在羌寨，因为雪山，不可能没有鹰。同时，没有哪一户羌人可以幸免于这样的损失，邻居巴贝家也不例外。这一年，巴贝在草地上放牦牛，一只小狗追逐着一只小牦牛，前脚刚搭上天池的湖岸，鹰便从天池的北面突袭而来。风凛冽苍劲，天池微澜如皱褶，小狗被鹰按在石砾上，动弹不得。当巴贝发现时已是黄昏，橘黄的夕光中，小狗红色的骨架发出惊骇的呻吟，似乎狗的灵魂还附着于上。

雪山上的鹰，饿急了也会扑人，这种概率很小，但不是没有。十多里外的松坪沟，一个老人在上坪上晒太阳。老人头发蓬松，正宁静悠闲地体味着亘古如斯的时光，像牦牛咀嚼青草一样舒畅。碉楼上有只蹲守的鹰，见罢，一个俯冲，像箭矢，从碉楼上腾空而下，动作行云流水般连贯、熟稔。老人的头被啄得鲜血淋漓，无力的双手抓住了鹰的翅膀,鹰被狠狠地摔在了坚硬的石头上。

一只雪山的鹰,脑浆四溢,尸体横搁在土坪,它因为错误的选择而销声匿迹了。这一切,都发生在雪山的眼皮子底下。或许在雪山眼里,鹰对世间可食之物发动攻击,是天经地义的。是与非,体现了大自然相生相荣的道理。

某一天,雪山的草地上倒下了一头苍老的野牦牛。野牦牛似乎知道自己的归期,在它欲倒下之前,孤零零地离开了牦牛群,踉踉跄跄地行走在逶迤的雪峰上。它需要一个安静的地方、一个没有瑕疵的地方、一个可以安息的地方。天穹一尘不染,如牦牛脚下的绿草地。野牦牛像雪里的一个黑点,攫住一处水草丰茂的地方,轰然倒下。鹰停留在天空的深处,其实它已料定了这头野牦牛的归途,只是在等待一个合适时间,以一个合适的方式,接近,慢慢嵌入。

天空中除了鹰的身影,连一朵浮云都没有。鹰落在了野牦牛嶙峋的身上,这时,野牦牛对鹰有莫名的好感,粗重的呼吸里传递出最后的感激。鹰站在野牦牛身上,深沉地鸣叫,像是给逝去的老人祈祷。阳光拉开了洁白的长幡,空阔的雪山显得格外孤独、悲戚。

雪山牦牛群

风吹动了牦牛的长毛,雪山的凛冽像钢尖锥,扎入了它的骨骼、血液、神经。

风有停的时候，冷有退却的时候，可雪山就不见低矮。在海拔三千多米甚至四五千米高的雪山上，牦牛四肢矫健，毛发飞扬。

我心中刚有了这么一头牦牛，远在阿坝的羌人朋友就给我寄来了一块风干牦牛肉。这份馈赠带我进入了川西，进入了羌寨。

羌寨是我不可遗忘的地方。岷江像高速路上的车流，川流不息；草地像蔚蓝的天穹，飘逸的几朵白云如同牦牛和羊的蹄印；层林洇染着大地，每上升几百米便有一种颜色，我数过，红、橙、黄、绿、蓝、靛、紫，没有少一个。

牦牛在这么美丽的地方生长，我觉得是它的福分。我在川西的时候，常跟羌人朋友放牧牦牛。牦牛群在雪山悠闲地啃草，它们的粪便晒干后，成了火塘里温酒煮酥油茶的燃料。阳光每天都会光顾我们的帐篷，像雪山上的时钟，十分准时。但也有不准时的时候，阳光躲在乌云里，风雪飘扬，这时候羌人就骑着一匹快马，不断巡视着雪山。

在雪山，牦牛的天敌不少，狼、雪豹、鹰。狼我见过几次，鹰天天会见，雪豹没有见过。狼是狡猾的野兽，会不时出现在雪山上瞭望、长嗥。有一次，朋友刚好不在，一匹孤狼闯入了牦牛群。我骑在马上，惊慌失措，只是把油黑的马鞭挥得更响，似乎都要震动了雪山。狼瞪着绿眼，胆怯了，拖着尾巴长嗥了几声，万般不舍地离开了牦牛群。

它其实已经瞄准了一头小牛，只是惧于我的存在，未能下手。这匹孤狼空瘪着肚子，肯定好久没吃上食物了。

牦牛群中有一头公牦牛，它也卯上了狼。在孤狼转头之时，它坚硬的头颅朝狼抵撞而去，它的犄角像刀剑船锋利，让狼因疼痛而战栗。牦牛撒开四蹄，踢得风、碎草和泥石咔啦啦响。孤狼见势不妙，放弃了快到嘴的小牛。

这头公牦牛是牦牛群里的护卫之一，其他几头牦牛也这般凶猛、暴躁。牦牛群其实有严密的组织分工，护卫的牦牛都分散在牦牛群的四周，它们只有在安全的情况下才啃草，否则会一直昂首挺胸地张望，对着雪山不时长哞。有时，雪山上飞来一只老鹰，护卫的几头牦牛就会抬头仰望，威武地走来走去。如果鹰在牦牛群上空盘旋不去，这时总有一两对牦牛用头颅抵撞，抵得鹰头晕脑涨，眼冒金星。我起先看不出这番斗架的门道，后来发觉，它们是在用力量威慑潜在的危险，让企图偷袭的猛禽恶兽知难而退。

牦牛群是雪山最忠诚的陪伴者。高处不胜寒，雪山很孤独，牦牛朝远方的雪山坚定地走着。雪山上的败酱草、夏枯草、丝衣草、虾米草、透骨草、满天云，还有许多叫不上名的草，诱惑着牦牛深入。一只岩羊有时会蹿进牦牛群，它是来找朋友的。但牦牛对这只善良的岩羊十分排斥，一头牦牛悄悄靠近它，猛地挥下犄角，吓得岩羊一蹦一跳。岩羊对牦牛没有恶意，它们都是食草动物，岩羊之所以被牦牛驱赶，是因为它身上的气息让牦牛感到陌生。

牦牛对岩羊如此,对陌生的同类也是如此,甚至对人也是如此。记得我刚来雪山时,与朋友放牧,刚靠近一头牦牛,它的头颅就朝我抵撞而来。朋友迅速吆喝,吓住了牦牛,否则我的肠子都会被牦牛挑出来。后来熟悉了,我还可以骑在它们的背上,趴在它们的身上。牦牛的体温比人高,遇到雪山上突降大雪,又没带足衣服御寒,可以窝在牦牛群里,甚至趴在牦牛的肚子上取暖,听牦牛反刍青草的咀嚼声。这些咀嚼声,是雪山一层绿色的诠释,零零碎碎的野草从牦牛的肚子里回转到口腔,声音细碎而繁密。

　　离雪山很近的地方是悬崖峭壁,那里总有一些可食用的果实。我放牧的时候,离开牦牛,去悬崖上摘果实。野栗子、乌泡、沙棘、野莓、酸枣,它们的队形凌乱,从稀疏的叶片探出,或者一簇,或者单个,或者圆润,或者呈锤形或菱形,有的也呈不规则的多边形。果实有的外表光滑,有的生绒毛,有的带尖刺。果肉也多样,红的、青的、黄的、紫的,但都玲珑精致,像一件件绝美的工艺品。牦牛也喜欢吃我摘的野果,有时我采些喂它们,它们的舌头舔在我的手掌上,痒痒的酥酥的。此时的牦牛样子乖巧,看起来温驯又善良。

　　每年三月到九月,是雪山上青草充沛的时候。早了,冰雪没有融化,草还没醒;晚了,枯草都被冰雪覆盖了。沿着时光温暖的轨迹,牦牛群在雪山长得膘肥体壮,草也长得繁茂青翠。远方的小溪,像碧如翡翠的玉带,潺潺而流;近处的蘑菇,像苍穹中闪烁的星星,迷离而空渺;不远不近的层林,仿佛一幅水墨丹青,煞是诱人。雪山的阳光也像格桑花次第开放,在早上,花瓣羞涩,光线有点弱;到中午,花瓣舒展,没有一丝皱褶,光线最亮;到了夕下,花瓣又收拢了,黄色的花蕊隐藏其间,光线渐渐隐匿了下去。

牦牛看着与众不同的四时,发现雪山的变幻也耐人寻味。当风扬起,月光流泻于雪山,黑夜如暗绿的海子一样深邃。牦牛已躲在土坎处,相互依偎,相互取暖。我和朋友在帐篷外的火塘边,烤着前心或后背,抿着青稞酒,嚼着煨馍馍,领略雪山下繁星点点的苍穹。苍穹有点寡欲,没有一点激动的涟漪,像岷江的一处回湾,平阔的水都静止了。

有时,牦牛群里一头牦牛病死了,就会被放在雪山上。鹰拖着翅膀,啄食着雪山馈赠的食物,边啄边发出深沉的鸣叫,如吟唱旷古的长歌。生死都在雪山,人也一样。在雪山的一处,逝者的骨骸就埋在堆垒的石砾里,好像生时爱这片巍峨的雪山,死了也要与雪山融为一体。

一头牦牛死了,整个牦牛群都很哀伤。它们低垂着头,没了胃口,因一个伙伴的离去,眼前的嫩草都失去了诱惑。有几头牦牛呆痴地仰望雪山,如果浓雾慢慢散去,雪山尖上有金光倏地来临,染红了云朵,它们才会在风的热情迎接下,恢复往日模样。

当然,如果牦牛被人捆绑了四肢,动弹不得,任由尖刀锋利地挑破它脖子上的根根血管,则属于正常死亡,这是雪山对人弥足珍贵的馈赠。这时,牦牛被放在石板屋里,龛下的烟云像透迤的青峰,从石板屋一直飘到雪山。火塘上,有青稞酒,也有酥油茶。

牦牛群在雪山的命运,大致如此。人站在了食物链的顶端,像是巍峨的雪山。

刘群华,作品散见于《人民日报》《星星》《草原》《滇池》等报刊,部分被《小小说选刊》等转载、入编多省市高考模拟题。获孙犁散文奖等。

(《黄河文学》2022 年第 6 期)

离家的猫头鹰

◎ 杨文丰

猫头鹰亦是人心善恶的一面明镜。

——手记

一

三十年前,六月里的一个黄昏,晴而空。我正想下班,晴川小跑着来到我办公室:"爸爸,有人想送我一只猫头鹰,快跟我去看。"我半惊半喜,右转左拐,跟着儿子就走过去,迎面见一人笑吟吟地走过来,手掌上蹲一只两叠拳高、翅膀下垂、病恹恹的家伙,双眼却深黑如龙眼,喙与爪子都尖利。它本来正慢慢地转着脑袋,忽然小喙张合,"咕咕"叫出两声。晴川见了很兴奋,但不敢伸手去摸。那人说:"我弟弟前些时候在山林写生,刚感觉有冷飕飕的东西扑腾着袭来,随即左肩就被硬爪紧抓了,他急用右手一拍摸,就捉到这只小猫头鹰。它还不会飞,好几人出高价他都不卖,几天前送给我女儿,女儿养不好,也不太敢养,如果你们要,就送给你们……"我听着，觉得这猫头鹰可怜，还病着，不禁心生怜悯，虽也心存些许忌讳，但还是感谢对方，留下了这只猫头鹰。

童年时，我听过"猫头鹰叫，有人要死了"的话。在长江、赤水河汇合的四川合江城街头，一天中午，我抱着正牙牙学语的晴川站在报栏前阅报，猛然一抬头，冷不丁就吓了一跳——一只被细铁链拴了脚、公鸡大小的猫头鹰，正站立在报栏上头，圆睁着大眼，睥睨尘世，离我仅一两尺。

那时，我还未曾与猫头鹰朝夕相处过，不知道面对凶猛的猫头鹰时不应该固守人类天生害怕凶禽的惯性思维。若想与它相与和解、相处和乐，就应该去爱它，与它亲近，像善待自己的生命一样善待它。"感情用事"一词，用在人与自然的关系上，未必就是贬义词，只要付出恰当的足够的爱，完全可以将它化为褒义词。当然，在最初决定收留小猫头鹰时，我的确心有忌讳，这也在情理之中。

二

猫头鹰到我家之初，我曾一度想，这该不会是只笑猫头鹰吧？如果是，那就好，倒也吉祥。可几天下来，我并未听到它发出什么笑声，仅是"咕咕"地叫。而天地间，笑猫头鹰是有的，叫声听起来就像炫耀胜利般的大笑。至于笑猫头鹰是否笑自己也笑天下可笑之猫头鹰，却未可知。看来，笑猫头鹰还是习惯固守新西兰南北部岛屿,不愿意飞来南粤。

　　猫头鹰无疑是思想致远的鸟,所以在我家常常颇为安宁。白天,我在客厅铺一张大报纸,将它轻轻地抱上报纸。猫头鹰是恒温动物,身子暖暖的,或许它是将报纸当成自己的地盘了,总是直直地坚定地站在延绵的汉字上。独立一夏,难得见它怎么走动,或许它小,显得报纸很空阔。

　　或许是猫头鹰享受了相当级别的待遇,病态很快就消失了,气色日趋正常。家人都很关爱它,尽管头几天对它的关注度不算太高,但猫头鹰毕竟是猫头鹰,擅长受人之善,也善于保重身体,没多久,我们就无法不认真天天"读"它了。我下班回到家,首要任务就是"读"它。我拉来一张小矮椅,靠近它,坐下,人鸟相看,当然是我更专注地"读"它。"读"猫头鹰,也成了妻、岳母和晴川的日课。以前一直反对喂养宠物的妻,"读"得比谁都来劲。可能是猫头鹰要比散文有更强的可读性吧。你或坐或站,看风景似的看它时,它也看你,颇有李白"相看敬亭山"的意味。想想,除了在蜀地合江城,我什么时候如此近距离地"读"过猫头鹰呢?

　　我家的这只猫头鹰,身上的羽毛褐色纷披、细斑散缀、稠密松软,钩状的扁嘴和利爪总不忘前端钩曲,而且掩在几根羽毛后,真有些瘆人!值得一提的是那张鸟脸,还真与众鸟不同。眼周围的羽毛呈辐射状,似猫的面盘,想来这就是它被称为猫头鹰的原因吧。生物学家说,如此的面盘就像卫星电视信号接收锅,可以集聚接收的声波,判断声源,这无异于给它整个脸盘都缀满了耳朵一样。再细看其瞳孔，真大得惊人，双眼根本不像其他的鸟是长在头的两侧，而是固定在面盘前方，显然这样利于光线入眼。久闻猫头鹰的视觉极度敏锐，再漆黑的夜，它眼前的能见度也比人高出百倍多。

一天，家人在围观猫头鹰，晴川突然发现猫头鹰的双眼不会转动，它要望不同方向时，总是先转动脑袋。她还说，幼儿园的老师讲过，猫头鹰的颈部能旋转 270 度。我听后想，咦，还真是，它看向我时经常是头颅缓缓地朝一侧先一歪，面盘似时针那样要旋转 45 度角的幅度，"横眼"成了"竖眼"。

我更发现，这猫头鹰虽尚且年幼，但举止行为，已尽显山林之气，此鸟非凡鸟也。

一次，它可能瞬间获得了什么大顿悟，突然右腿独立，左腿爪用力，一下子就朝身后笔直蹬去，左翅贴左腿随之也使劲地朝后一伸展，那威势，霎时让我想起大将军张飞。这是猫头鹰本有的威猛，这是睥睨一切的大英雄气，它绝非目中无人，而是目无天下万物也！我这时也突然醒悟：只有大自然才是猫头鹰真正的家，它怎适合被宅入我家这小小的天地呢？对于昼伏高山深涧、密树荒草，夜飞阔原沃地，扑食威猛的野禽，夏山秋漠、冬野春岭、长河落日、松疏月凉才是它的伊甸园。我家"笼"它，等于在剥夺它的生活环境……

我开始萌生出将它放生的想法。

日出日落，人鸟相对，如此这般，又过去几日。一天黄昏，下着细雨,我在客厅翻阅《羊城晚报》,见报上写:人养宠物,人会向善。我突然就似抓着宝贵无比的线索,马上向家人传达了文章的大意,家人都认为说得很有道理,说宠养猫头鹰嘛,单一个"养"字,已含善举……家庭会议还产生了分歧:放生猫头鹰,有些可惜;纵然放生,也还未到时候——如此小的猫头鹰,被放生了又该如何生活?我心明镜一般,这是人和鸟有了感情,但凡沾染感情的事,都甚难理智处理。

三

又一个周末到了。我甫入家门,岳母就对我说,猫头鹰下午在客厅突然发出一声长啸,阴风飒飒的。

夜里在山间,我也听过猫头鹰的这种叫声。从前,我很难想象猫头鹰在山林黄夜的啸叫是怎样地恐怖阴森,可是很奇怪,知晓它能啸叫后,我却更敬畏它,更关注它,乃至对它有些着迷了。我和妻一起,将阳台上的榕树盆景搬进客厅。我双手抱起猫头鹰,轻轻引导它稳稳地抓上枝丫,随后,我退后几步,一看,宁静兀立于枝头的猫头鹰,愈加霸气四射,已焕发"前无古鸟"之势……翌日,堂弟来到我家,本来他正坐在客厅高声说话,无意间转头,一见到榕树盆景上站立的猫头鹰,顿时沉默下来,好一会儿才说:"这样凶的鸟,你家也敢养?"经他这么一说,我读书人"想法不坚定"的毛病,就像按入水的皮球,手一松又浮了上来似的又暴露出来："还是赶紧放生吧，只是……"正踌躇时，猫头鹰却病了。

文章至此，想必读者也能明察秋毫，我们一家都非常爱猫头鹰，而且对猫头鹰的伙食，我们不仅奉行高规格的计划管理，更施行高质量的落实举措。可猫头鹰还是病了，怎么会病？问题大概还是出在饮食上。

猫头鹰天生以鼠类为主食，上天赋予其超强的捕鼠能力。据考证，一只成年猫头鹰，不说能吃多少昆虫、小鸟、蜥蜴和鱼，单是老鼠，一年就可以吃掉一千余只。猫头鹰吃食物，喜欢囫囵吞入肚，这恐与它具有独特"食术"有关，入肚后难以消化的骨骼、毛发之类的残渣，会被"揉"成丸子，被它从嘴里吐出来，此谓"吐食丸"。显然，我们从未见过猫头鹰吐食丸，因为在我家，它压根儿就没有见过老鼠这样"硕大"的食物。

这充分说明，它的饮食需求我们难以满足。根据食谱，我们每天喂它的猪肉全是精心选出的瘦肉，还加工成细丝。它每次就餐其实都蛮欢快的，总是伸出爪子抓起一团肉丝，悬悬空，上下抖两抖，再低下头，以喙和爪慢慢拉扯着，有滋有味地吃，吃得相当用心。出于改善猫头鹰生活质量的考量，晴川还专门从楼下的灌木丛中活捉来几只禾蝉，每次吃毕，猫头鹰即报以"咕咕"声，这可能是它表示感谢的方法吧，因此，晴川的积极性更高了，还陆续捉回金龟子、菜青虫、鼻涕虫等喂它。但这些，可能都比不上它最适合吃的鼠类吧，加上吃得太杂，消化不良，猫头鹰患了肠胃病,屎稀不成条,尿中泛白,半小时不到就会拉一次。妻急坏了,赶紧喂它保济丸、藿香正气丸。没想到这治人的药,对它竟没有用,一两天下来,猫头鹰变得羽毛松弛,眼睑下垂,活像写失败的散文"形神俱散"起来。

妻想打电话咨询,却不知到哪里去找医生,情急生智,取出书柜上的《家庭日用大全》,翻到鸟肠胃条目,才明白可用木炭灰疗之,遂找来劈柴,烧木成炭,再碾成粉,用新鲜瘦猪肉丝沾裹喂之。果然是对症下药了,吃过两三次炭粉拌肉丝后,猫头鹰痊愈了,似乎还长大了许多,更惹人怜爱了。

在这段时间,它强烈地表现出想学飞的欲望,妻见状,找了根红色长绳,拴了它的一只脚,没承想绳子才刚拴住,猫头鹰竟误解了,突然就哀眼看人、哀声阵阵,偌大的客厅回响着它凄惨的啼叫声。妻只好赶紧为它松绑,并回头对晴川说:"要善待猫头鹰。猫头鹰可是国家二级保护动物……"

四

现在回头看,在对待猫头鹰是否应该马上放生的问题上,我的心情是颇为复杂的。当然,我情感的主基调还是呵护,是关爱、怜爱,自然也心含敬畏。敬畏,主要源自它有些吓人。敬畏是离不开惧怕的;有惧怕,敬畏才有基础。当然,敬畏与文化有关,没有文化根基的敬畏不可能是自觉的敬畏,只算是盲目、盲从的敬畏,乃无本之木。

即便在动物界,属于鸟类的猫头鹰也是文化积淀最深厚者之一。西方的猫头鹰,其翼翅就披挂着文化色彩。古代的中国人更视猫头鹰为神异之鸟,"天命玄鸟,降而生商"(《诗经·商颂·玄鸟》)。在商代,猫头鹰被奉为军队的保护神,是人们崇拜的对象,猫头鹰的造型甚至被刻上祭祀礼器青铜卣。我无从考证从何时起,猫头鹰变成了国人眼中厄运或死亡的象征。诚然,"不怕夜猫子叫,就怕夜猫子笑"之说,在现代科学看来不无道理,因为猫头鹰嗅觉非常灵敏,病入膏肓者散发的异味,很可能就会被它敏锐地闻到……

当然,猫头鹰不会知道这些。我敬畏它、以爱心待它是应该的,而它最期待的假如不是广阔天地,或许就是我们能够善待它。我不会期望一只鸟会对人产生感恩之心,但我能感到它依恋我们……

记得猫头鹰学飞后,客厅就无条件地成为了它的飞行天地。我还谓妻:"要定做一个大鸟笼,做得漂亮些、空阔些。"当时并未想到,家养它,对它再好也是囚养;它也不可能认同人的家是它的家……何况,家人已明显觉察,近几天来,只要夜幕降临,猫头鹰就显得非常兴奋,总在客厅飞来叫去,可惜我们却未能认真地深入地去想——室外那无边无际无涯的夜,才是属于它的;它的自由是在夜的天地间。作为黑夜天地间的精灵,只有在无边的夜里,它才能享受自在、快乐和完美,它才能看到其他动物无法看到的一切，捕获自己钟情的一切。

现在看来，那夜是一个饱含预示的夜。我在卧室灯下喝茶，妻倚床头看书，猫头鹰竟悄悄顶开虚掩的室门，一摆一晃地步入卧室，边走边"咕咕"地叫唤，一偏一扭着圆盘似的脑袋，轮番细看我们。突然它又张开双翅，身子一蹲，双翅朝下一扑，醉酒般一颠一簸地向我们飞来，飞上床沿，甫一站稳，又"咕咕"叫了两声。那淡定可爱的小模样，惹得我们哈哈大笑……我后来才知道，猫头鹰羽毛柔软，翅羽又密生天鹅绒般的羽绒，纵然飞如闪电，其声频也不到一千赫兹，人和别的动物都难以听到。

一直以来，猫头鹰的"夜寝"都由我亲手操办。每夜，我都是将它抱入大纸箱，箱盖上再压一把生锈的大铁锤。这样的做法我也说不清是何原因。许是冥冥中有什么启示，就在猫头鹰步入卧室的当晚，我居然没有去操心这事儿，由妻代劳了。

翌晨，我和妻都在厨房，突然听到岳母在阳台上惊异地喊："猫头鹰哪里去了？猫头鹰飞走了！纸箱盖开着，里头空空的。"

我急急和妻来到阳台，晴川这时也从卧室小跑出来说："我昨晚做了一个梦，梦见猫头鹰冲开纸箱盖，一下就飞上阳台的防盗网，扭转头看了看我们家，又飞回客厅，朝爸妈的房间走去，见门关着，就又走回客厅，'咕咕'叫了叫后，又飞到阳台的防盗网，稳站了一会儿，最后低了低头，才朝阳台外一跃，飞了。"

我一听，就问妻："箱盖压了铁锤，猫头鹰怎么还能冲开？"

妻忙说："昨晚我只压了一根小小的竹竿……"

妻未想到竹竿太轻，猫头鹰终归还是通山林的。我有些气闷，有些感动，有些醒悟，也有些惋惜，更多的却是解脱。望着清晨阳台外辽阔高远的天空，我顿感所有的心事都消失了，似乎什么都没有发生。这一切，都是天意吧……

假如猫头鹰继续被"囚"在我家，既悖逆它的天性，也有违天地伦理——纵然猫头鹰和人相处得再不错，也不能说猫头鹰和人的关系就已臻入和美，何况这也只是人单方面的理解。人与自然也好，人与鸟也罢，彼此的关系不仅是相互关联、相互依恋，还需相互尊重。唯有彼此自在，各自独立，各美其美，才算真正臻入和美。

猫头鹰飞离我家三十年了。或许，它飞离时是有些不舍的，它飞回真正的家，也是共鸣了大自然对它的召唤。

杨文丰，散文作品被选入《新中国 70 年文学丛书·散文卷》《中外生态文学作品选》和十余种教材。出版生态散文集《自然笔记》《蝴蝶为什么这样美》《自然书》《病盆景》等。获老舍散文奖、《散文选刊》年度华文最佳散文奖等。

（《黄河文学》2023 年第 1 期）

盛大的覆盖与悲悯

◎ 李佩红

一

面对冰雪世界,内心风起云涌、翻江倒海。穿古越今,血管燃烧着整个宇宙的烈火,灵魂在沸腾,外表却安然平静。心不动声色地看着自己,身体成了无色无味的透明水母。此时的我,既是世界的王者,又是可以忽略不计的存在。

深达一米厚的积雪表面,闪着莹莹的光亮。它的美,不是一味的温和苍白。

雪有大自在,来有形而去无影。

雪花自天而降,这美丽的冰雪世界,这纯洁的单相思,这依附于寒冷的忧伤和快乐,怀着盛大的悲悯覆盖尘世间。雪的轻就是重,它有坚定的意志和深藏不露的力量,无论在高处还是在低处。雪又是极敏感易碎的,一声尖叫、一口吹气,哪怕一个轻描淡写的动作,都可能打破雪的形态。想到这干净的世界,也抵挡不住"泥污燕支雪"般血淋淋的炙烤,一点点变形,瘦骨嶙峋,撕碎了梦的婚纱，骄傲也被踩在脚下，到头来，所有的一切消失殆尽。白雾慢慢升腾，孤独深入骨髓。可我并不悲观，雪长而不宰，复杂丰富的和声在内里岩浆奔涌，蓄势待发，时间一刻不停地在积淀和进化，宇宙幽冥，无始无尽。

雪是结束，也是肇始。

二

天山、昆仑山脉和阿尔泰山脉是新疆面貌硬朗的骨骼。天山挺拔、俊朗、灵秀，昆仑山脉巍巍、厚重、大气、神秘，阿尔泰山脉水绿、山青。三座大山勤勉地收集起所有的雪花，用身体暖成水，毫不吝啬地劈开身体的一条条河流，浇灌新疆九十六万平方公里的大地，哺育万物，生生不息。

以阿尔泰山脉为例，最低海拔一千多米的阿尔泰山脉，自西北至东南斜跨中国、哈萨克斯坦、俄罗斯和蒙古国境，中国境内大体长达五百多公里，属山脉中段南坡。

从克拉玛依出发，朝东北方向驶上奎阿高速行至和什托洛盖（蒙古语"两个山包"）。起风了，大风无遮无挡地横扫褐红色的平坦戈壁，路两边有许多风力发电塔，巨大的风扇朝不同方向转动，轿车行驶其中如穿过白色椰林。公路的黑色线条无限延伸，在目力所及的远方微微上翘，消失在尽头的地平线之处。时间与空间的交糅，冷寂与热情、动与静，在极简的线条上冲撞又和解。

在辽阔的新疆,这种感觉尤其强烈。

新疆人出门就是长途,车轮在无尽地转呀转,感觉将要行至世界的尽头,前方却突然冒出一座城的轮廓,房屋如雨后顶出的蘑菇,新鲜夺目。夕阳通红,余晖锐利的光芒像是一条条笔直的射线从中穿过,像武士的利剑串着硕大的冰糖葫芦,寒光闪闪又无比诱人。

布尔津到了。

过布尔津再往前就进阿尔泰山了,因此,布尔津是城市的断绝地,也是另一种风景的起始点。

布尔津面山临河,有老码头。二十世纪五六十年代,这里仅有一条街、两排平房,却聚集着来自五湖四海的淘金者和生意人。他们掏空大山,掘出人所需要的黄金和矿石,生活是攫取的唯一目的。辽阔的土地、高耸的雪山收养众生,困乏的人在这里有水喝,饥饿的人在这里有食物。后来,一些淘金者和生意人走了,一些人留了下来。我上海文学院的同学康剑六岁随父母从江苏移居布尔津,在此生活了半个多世纪。康剑晚年在这不足四万人的小城开了一家书院,起名"金山书院"。借此书院,新疆文学界常在布尔津举办活动,给这座小城添了几分文气。县城小而精致,每栋建筑的面貌各不相同,既有异域风情,又和谐流畅。夜晚,灯光中,白日里一些普通的建筑也变得温情迷人。

三

通往阿尔泰山的路早在我来之前就已修通。沿前人开辟的路前进或后退、深入或浅出，我不是第一个抵达的人，也不会是最后一个。路是人了不起的开拓，也是人的自我限制。进入大山，离开路等于离开了可以掌控的空间，山峦和山峦的背后有太多的不确定性，那是狼、熊、北山羊、狐狸、野兔和山鼠的领地，危险四伏。但动物不轻易侵犯人类，冬季进入阿尔泰山最大的危险反而是人筑的道路。在阳光照不到的阴面，推雪车未能及时清理路面，松软的雪花被车轮碾轧成厚硬的雪饼，光滑如镜，一来须换雪地胎，二来司机也得具备雪地行驶的经验。一路上，我们看到四五起车祸，一辆车撞断围栏冲下山坡雪地，一辆车直直扎进雪墙，一辆车倒扣在雪堆，还有一辆则侧翻着……虽然有厚厚的积雪保护，不用担心危及人命，多数是虚惊一场的危险，是大山给远道而来的客人开的玩笑，但有时也是致命的。可人们并没有因为雪的致命而讨厌雪，雪比雨更受青睐。

过了无数个弯道，横峰侧岭因覆盖了积雪而神情温和，如年老的父亲，没了年轻时的盛气凌人。路边的雪墙有一米多高，雪薄处，公路防护栏上卧着一排"小白兽"。路上，时不时能见到摩托车被扔在路边或雪地里，前不着村后不着店的，有的摩托车顶着厚厚的积雪，显然放了很久。问路上遇见的人，他说："摩托车这个卖钩子（方言：不要脸）的，天暖和嘛它是个好东西，比马跑得快;一到冬天就生病,没一个地方得劲儿,跑着跑着不走了,油门踩烂也没用。扔掉它。"

"不要了吗?"我问。

"钱买来的,勺子(方言:傻瓜)吗?开春转场时拉回去,加上油,比发疯发情的公牛跑得欢实。"

"扔在这儿不怕丢吗?"

"摩托车和羊一样,是谁家的,味道不一样,我们分得清楚。没人拿别人家的东西。"

在远离城市、远离科技的大山里,人类最厚实淳朴的原始情感得以保存延续。在没有交通标志的山地草原,当地人能把普通摩托车骑出赛车的感觉。越来越多的人放弃了马,驾驶摩托车或更高档的汽车。他们说,摩托车和汽车是好东西,至少有两大好处,一是不会让人的腿弯成"月亮门",二是开车跑山虽说舒服不到哪里去,但能带着他们更快地到达目的地。唯一的烦恼是摩托车和汽车轮子碾轧过的地方,好几年长不出草,整块的草原被车辙"切割"得七零八碎。

人都想图舒服,顾不了那么多,反正过不了几年,几场雨雪之后,草照旧会长出来。可植被恢复的速度哪儿能追赶得上摩托车和汽车增加的速度,车辙很快渗透到了草原深处,一些汽车常年轧过的路,再也没能长出植物。

四

到达禾木的第二天清晨，汽车里的温度计显示室外温度为零下三十四摄氏度，我们体会了一次啥叫车上下乱响，没一个地方得劲儿。

SUV冻僵了，发动不着，暖气也打不开。车冻得咔咔脆响，真担心塑料外壳冻裂。费了很长时间才发动着的车像个醉汉，摇摇晃晃前行。路面积雪完全没冲开，车速只能控制在每小时二三十公里，稍不留心就侧滑。这让我想起小时候克拉玛依运输处的司机，每天出车前，一桶一桶地提热水浇水箱，晨光在打开的引擎盖上"吞云吐雾"。司机把"Z"形摇把子插进车头前的圆孔，用力摇，汽车像脾气倔强的娘儿们和男人较劲儿，没有半个小时别想启动。

天空飘起雪花，冬天的山里遇上大雪是危险的。好在雪不大，时断时续。有人站在路边招手，他的车发动不着了要借电瓶线搭火。

路过禾木游客集散中心，又遇到个中年男人迎面向我们招手。他头戴棉帽，面颊通红。原来他的车冻坏了，防冻液漏出，到这里熄火了才发现。车里没暖气，冻得受不了，他只好不停地绕着汽车跑，等待来往车辆救援。

弟弟当过职业司机，他说当室外零下二十五摄氏度时，人在外面一个小时就会冻伤。于是，唤这位仁兄进车里暖和暖和。

"冻死了,冻死了。"中年男人钻进车里搓着冻红了的手和脸。

时间退回到四五十年前。新疆北部十月进入冬季,一直到第二年三四月冰雪始化的时间段里,如果是进山,不管是昆仑山、天山还是阿尔泰山,总有些路面常年积雪,出车很艰难,棉帽子、皮大衣、毛毡筒靴,外加喷灯,是司机的标配。每年冬季,跑长途的司机冻死、冻伤的事时有发生。恶劣的自然环境拉近了陌生人之间的距离,团结互助是生存本能的需要,功利得失退为其次。司机与司机间特别友善,路上遇到谁的车坏了,不管认识不认识,都会停车帮助修理。

在恶劣的环境中行车,救助他人就是救助自己。

五

饥饿迫使动物冒险接近人类。

弟弟和中年男人聊天,我下车去方便,回来时忽见一团红色的火焰沐雪飞奔下山,定睛一看,是一只拖着毛茸茸大尾巴的狐狸。

狐狸跑到我脚边,三角形的小脑袋高高仰起,两只黑眼珠望向我,眼神里有悲忧,毛发也没想象中光亮美丽,乞求的神态如此明确。

我开后备厢取馕和点心,它始终跟在我身后。我蹲下,把点心放进手心伸给它。它警惕地向后缩了缩,和我保持了一米左右的间距,犹豫片刻,确认没有危险之后,舌尖轻轻地舔了舔我的手指,快速叼着点心跑了。它的舌尖湿涩,一点温气通过手指神经迅速传至全身,这种难以言说的心灵感应让我莫名感动。

它一定是饿极了,吃完叼着的点心再次折返回来吃我手中的,一次次跑开又回来,每次返回时,两只煤球似的小眼珠都可怜巴巴地望着我。点心很快吃没了,我掰了一块馕给它,它快速把馕叼到山坡上,埋进雪堆里,又兴冲冲地跑到我跟前。狐狸的聪明还在于它每次藏食物的地点都不同。这时,一群饥饿的乌鸦黑云一样从天而降,快速抢食散落在地上的残渣,狐狸从山坡上俯冲下来驱赶乌鸦。乌鸦飞走了,落在不远处的树枝上。它们还在等待。

确认真没食物了,狐狸才悻悻离开,走到雪坡上还一步三回头,它一定盼望我的手能再变出奇迹。

狐狸跑远了,消失在雪山后。

救援车快到了,中年男人下了车。乌鸦再次落下,捡食地上的点心碎渣。车出发了,中年男人用力挥手表达感激。世界这么大,人与人的缘分有的很长,有的只是擦肩而过,更多的人永远遇不到,每个人都有各自的生活轨道。转了那么多弯道,走了那么长的路,跨越半个多世纪的时间来到这里,难道只为这一刻相见,以这种方式建立起彼此的信任?相遇虽短,也是生命中的缘,无论是与人还是动物。

它,不是童话故事里狡猾的狐狸,不是跟在老虎屁股后狐假虎威的狐狸,也不是蒲松龄笔下的妖狐女子。狐狸就是狐狸,是大自然中为生存而奔波的普普通通的动物。它和我曾经养过的那些狗、猫、兔子相同又不同。我真想把它抱回家，使它免受大雪极寒之苦，但我知道，它永远只属于阿尔泰山，属于自然，而不属于我。

与同学见面，提起此事，他说："你错了，不该给它投食，你让它丧失了野性和寻找食物的本能，你的好心是对它的戕害。"

十多年前，巴音布鲁克草原的天鹅第一次来到库尔勒孔雀河过冬，热心的市民给天鹅投食，我也抵触，因为我知道"此以己养养鸟也，非以鸟养养鸟也"（《庄子·外篇·至乐》）。如今，人类无限扩张疆域，动物的活动领地愈加逼仄，人与动物能和谐相处已是进步。雪山里，野生动物艰难生存，家养的动物也好不到哪里去。一路上，遇到向我乞求食物的有狗和猫甚至马，车里自备的食物被我分发给了它们，以至在回来的路上，人烟断绝，我们挨了一整天饿。饥饿的滋味不好受，可总不能为了刻板的"以鸟养养鸟"就忍心让它们饿死。

六

昆仑山帕米尔高原中的塔吉克族人、阿尔泰山里的蒙古族图瓦人，许多人不远千里万里奔赴大山，不光为了看风景，还为了看他们。

康剑曾在喀纳斯湖做了十几年的管委会领导，他赠我一本他写的书《喀纳斯湖》，里面有图瓦人来历的描述。有关图瓦人的来历各有版本，极富传奇色彩。我不关心他们的来历，我只关心他们的现在，现在的他们和几百年前一样，世代以放牧、狩猎为生，居深山密林，沿袭传统的生活方式。

阿勒泰现存三个图瓦人自然村，共两千五百人，散布于近百公里区域的山沟里。大山里的生活离外界太过遥远，尤其在漫长的冬季，大雪封闭了人也封闭了牛羊，人与动物生活外的欲求降到最低。生孩子的女人死于难产，放牧的男人死于暴风雪，患病的人得不到救助。再高的呼救声也传不出山，逃离、挣扎都是徒劳，于是围火炉、喝烈酒、说故事，沉于烟雾和酒醉中。但他们安于大山，安于简单，始终警惕地和外部世界保持距离。文明，某种程度上是对原始生态的干扰与破坏。

七

喀纳斯村是最早被开发的村庄。

第一次去喀纳斯是夏，上山的路没修通，车沿河走山路，山路崎岖，大石头连着小石头，大坑连着小坑，大轿子车行至山下，再也无力前行。于是，一车人下车步行，穿密林，跨河道，过村庄。一位同事下车时，西装革履，戴着礼帽，一副去重要场合的装扮。三个多小时后，再看这位仁兄，裤管高挽，领带歪斜，一瘸一拐，拄着根木棍。被城市里水泥路惯坏的双脚，在大山里现出原形。

那次，到底还是没能见到喀纳斯湖的真容。

遗憾是下一次行动的理由。二〇〇三年，我第二次去喀纳斯，这里已经成为国人追捧的热门景区，景区中心及周边建起许多木屋。国家禁止随意狩猎，当地人改游牧为圈养。他们学会了迎合客人，纷纷把自家房屋腾出来供游客居住，村里会"呼麦"（一种古老歌唱方式）的图瓦人为游客们表演。大巴车运来一车车游客，观湖、骑马、漂流、登山，村里人声嘈杂，忙乱如市。无所事事的图瓦人喝醉酒躺在草地上，头沉沉地陷在绿草里，眼睛安静地闭着，进入了另一个世界。游客嬉笑着从他们身边走过，落在他们身上的目光一闪而过。语言阻隔，没人读懂他们内心的苍凉和孤独。

后来，禾木村和白哈巴村也开始拥入大量游客。游客带来了金钱，试图用现代文化唤醒他们的"灵性"；游客也带来了垃圾和无止境的欲望。欲望极其危险，一旦被点燃，会把人烧得连骨头渣都不剩。白哈巴、禾木和喀纳斯三个村的图瓦人逐渐搬离世代生活的家，避开景区，在相对宁静的远处另建房屋，守着旧时光，把原来的房屋以一万元到两万元不等的价格出租给商人改装为旅店。夏秋旅游旺季，这些木屋旅馆非常紧俏，每间房单日价格高达千元，商人赚得盆满钵满。

或许，只有冬季进入阿尔泰山，他们才能找到久违的宁静。

但当下，冬季也变得喧嚣，阿尔泰山成了网红打卡地，越来越多的自驾游爱好者到这里滑雪、观景，体验极寒天气的刺激。

近三年，疫情原因，旅游业遭受重创，恢复了宁静的阿尔泰山，雪仍旧在落，落在山峰，也落进低谷。

同属图瓦人村庄，同样的松树木屋，同样的依山而建、傍水而居，白哈巴、禾木和喀纳斯却显出不同的个性。白哈巴安宁小巧，禾木整齐俨然，喀纳斯视野开阔，木屋连排，厚重沉稳。

要想真正了解他们，必须融入他们的生活，最好在夜晚。夜晚从不设防，只有到了夜晚才更易走入人心，而我从没有这样的机会。

黄昏时，夕阳轮番轻吻每座山峰，像给亲爱的孩子道晚安，深深的母爱动人心魄。低处，枯瘦的白桦树、松树、楸树、槭树如装饰大山摇床的花边，立在阴影里。细高的树，枝枝丫丫顶着或浓密或稀疏的雪花，模糊了界限的黑与白，将一首站立的古诗读了又读。

雪原犹如凝固的马鞍，两棵树插在马鞍中间，树脚下凹出一个雪窝。一棵是松树，另一棵也是松树，两棵树肩并着肩，一棵高大，一棵瘦小。"山头斜照却相迎""也无风雨也无晴"，落尽叶的枝条彼此抚慰，相互温暖，像参透世事的一对老人，又像一对双胞胎姐妹。光影掠过树梢，创造出一种幽远、枯瘦、寂寥但又宁静、淡泊的意境。

到达网上预订的云悠客栈，一位年轻姑娘接待了我们。两间小木屋没上锁，推开可入，门上挂着厚实的棉布帘。屋里没电视，只有两张床一个床头柜，陈设简单。卫生间地面铺瓷砖，头顶挂热水器,有热水可洗澡,这是悄然融入的现代元素。

接待我们的年轻姑娘是个舞蹈系的大学生。她身材高挑,走路一跳一跳,像云雀在雪地上觅食。她从广州万里奔雪而来,已在这儿流连半月有余。客栈只她一人,有游客就接待,打扫打扫卫生;一日三餐自己做,晚上自己睡,白天有大把的时间去滑雪。她打开手机里的视频,我看到她穿着汉服滑雪的优美姿态,几位滑雪的当地小男孩在身后追逐,像是在扑捉宋词里飘出的蝴蝶。

我倒吸了一口气,这可是零下三十多摄氏度啊!为追求精神上的愉悦,人有时多么勇敢。

清晨和黄昏遥遥相对。

冻了一夜的村庄,空气都成了透明的冰块,每走一步如破冰而行。

淡灰色的天空闪烁着寥落的星星,晨雾在山坡上移动,山峰、树木和屋顶都沐浴在通红寒冷的朝霞里。三五家烟囱冒出炊烟,炊烟从白色屋顶飘过桦树林,缓缓上升,消失在蓝天之上。

过了禾木河桥,有五六个哈萨克族男人拉着爬犁在这儿等候游客。他们包裹得严严实实,仅露出两只眼睛。哈气凝结的白霜把他们的眼睫毛和眉毛全染白了,深眼窝里射出的光深邃迷人。为了挣些许养家糊口的钱,他们忍受着难以忍受的寒冷。马肯定也冷,不时挪动脚步,打着响鼻。一条短毛土黄狗倒神情淡定,两条细长的前腿支着坐在桥中间,对从它身边经过的人视若无睹。桥下的禾木河宽阔平缓,河水封冻,河岸的树林披挂一身白衣。太阳很快跳出东方,被一一映亮的山峰金光闪闪,新的一天开始了。

而我在这天早晨被冻哭了。

<h2 style="text-align:center">八</h2>

藏在深山无人识,一朝成名天下知,说的便是白哈巴村。

村子比想象中小,天地洁白,一条路从村中间蜿蜒穿过,把房屋和大山一分为二。路两边的尖顶木屋高高低低,随山坡走势起伏。登上村北坡,一览无余的村庄挤在山坳中,四面雪山苍茫空蒙,村庄被置于狭窄的暗里,楚楚动人。

在村里闲转悠一个多小时,只见到一匹马、一个男人,身后跟着两只胖胖的黑狗,吠声威震八方。

冬天的白哈巴太寂寞、太安静了,寂寞安静得让人心疼。路光滑如镜,我弯腰弓背小心翼翼行走,不时有骑电动车的男人女人从身边掠过。能在这种路上骑车,技术不一般。骑车人两只脚不在踏板上,直直伸着贴近地面。我拦住一位女子,问她是不是图瓦人,为何骑电动车姿势这么奇怪。得到确切的回答后,我兴奋地跟她合照。她五官小巧秀气,笑眯眯的,也并没为我的唐突不悦。她告诉我,村里人人都这样骑电动车,这种姿势可以在车轮打滑侧翻前快速将电动车支撑住,不至于摔倒。电动车方便,家家都有。村里有四五百人,多是老年人和孩子,许多年轻人到城市里打工不回来了。她大学毕业后回到村子，当了一名大学生村干部，工资不高，图的是能和家人在一起。

有年轻人在，村庄就不会消亡。

九

我现在生活的库尔勒，二三十年前也是下雪的。雪不多，每年落两三场，踏雪、滑雪、赏雪、玩雪、堆雪、扫雪、铲雪、融雪、吹雪，发生在北疆雪天的故事，在库尔勒一样不少。向北望，山似白龙，在高处蜿蜒盘踞。腊月雪天出生的我，每逢下雪便如眠母胎，耳畔是肖邦的"玛祖卡回旋曲"，说不出的亲切温柔、恬静安然。但岁月递增，库尔勒的雪，偏与我的意念背道而驰，渐行渐远。

最先感受到全球气温升高的是昆仑山、天山和阿尔泰山。记得二〇一三年，我在天山里的克尔古提乡，与一位开农家乐的蒙古族妇女认识了。她告诉我，三四十年前，周围的山全是绿色，根本看不到裸露的山体，现在全都成了秃山。她手指河床说："这儿曾经是密不见风的榆树林，草有一米多高，二〇〇〇年后，几乎年年发洪水，草场被冲毁，小溪变成了现在的乱石滩。"河滩上，随处可见被河水冲倒死去的粗大榆树，树干如一根根白骨，太快的变化让牧民们感到吃惊和害怕。由于气候变暖，雨量减少，草场退化，乡政府号召他们放弃传统的游牧业转为发展旅游业。

去年冬天，我去北疆天山脚下的玛纳斯采访，飞越天山向北而行，我惊奇地俯瞰往年那一层层盖上去严严实实如羊皮大衣一般的雪被敷衍了事、轻描淡写的"透视装"替代，只在接近北疆的边缘露出淡淡的白边。行至北疆，一路上充塞于耳的话总离不开"今年雪太少，明年要干旱"这样的话。土地用水定量滴灌，分配一减再减，能节约就节约，仍然满足不了土地的需求，一半的土地只得撂荒。

今年盛夏，我从中巴公路前往帕米尔高原，左手边是绵延嵯峨的高山，右手是宽阔的河流，它们是大山珍贵的恩赐，是拓荒千里的行者。道路被高山融雪冲毁，雪水夹着泥沙急速而下，野性而粗糙。

在路上，我看到雪山下的牛羊啃咬着少得可怜的草，我看到慕士塔格峰的雪线又高了一点，我看到一条黑龙般亮闪闪的公路，爬满朝圣者和猎奇者。

李佩红，在《人民日报》《散文》《中国作家》《光明日报》《湖南文学》《文艺报》《海外文摘》等报刊发表散文、小说百余万字。出版散文集《塔克拉玛干的月亮》《行色新疆》等。

（《黄河文学》2023 年第 1 期）

乌蒙草原重生记

◎ 卓 美

　　云的影子在侧面的草坡上跑过，一会儿跑一个，像时光。天空蓝得要兜不住它的蓝汁液，如果蓝汁液漏下来，有可能会漏进长海子湖，它们你中有我我中有你，是那么容易混淆。碗口粗的春风穿过矮杜鹃，穿过牛羊，穿过我们。牛羊正在收割还未泛青的草；草正在尽心尽力地喂养它们。远处的山抹着胭脂，矮杜鹃花做成的胭脂。我们身处的大山，胭脂又浓又厚。真的，我形容不出来，这数万亩在群山之巅、在罡风中决绝怒放的矮杜鹃花，它们所带来的热闹和苍凉。这种热闹跟苍凉让我恍惚——山是假山，花是假花，天空是假天空，我们身处之地，是不真实的故乡。我们在花山上走，像走进了另一种光阴，也像走出了另一种光阴。我有一种重生的豁然，尽管我晓得，真正重生的不是我，是乌蒙草原的草与花，是曾经在草原上开荒薅堆刨生活的乡亲。

　　父亲看哪里都新鲜得很，就像我们来的地儿不是他放了四十年绵羊的山头山脑。在驼峰群景区，在一堆被人们唤作"驼峰"的苔藓堆前，他蹲下来，双手扒开厚厚的苔藓堆，就像当年扒开羊脊背上的毛并拢四个指头量厚度一样。草的阵势从我们的脚下绵延到天边，不是一般的浩荡。如我们所愿，阔阔的草，占据了这片群峰托举出的广袤土地；草原，有了草原该有的样子。父亲讲："这块草原，真的活过来了。"我心头一暖，继而，脑海里冒出来乌蒙草原浓烟四起的场景，然后，有种名叫"热泪"的玩意儿在眼眶里滚。真的，只有亲见这片草原死过的人，才会在活过来的草原上百感交集，涌出热泪。

　　乌蒙草原地处云南宣威、贵州盘州和贵州六盘水城区两省三地交界处，这是一片由乌蒙山脉家族中的众多山峰托举出来的高山草原。站在这片草原上，日出日落的华丽以及裙边般层叠无尽的远山，通通为低处的风物。因为相中这片高高在上的草原，一九五八年一月，国营坡上畜牧场落户于此，我的父母就是畜牧场的第一批工人。从上无片瓦到初具规模，多年后（二十世纪七十年代末至九十年代），来自威宁以及异国他乡新西兰的优质绵羊，也将这片草原当成了家园。而对于坡上畜牧场周边，二十里地以内的村民而言，当时的乌蒙草原还属于谁开荒谁耕种的荒草野地，于是，到草原上开荒的人一年比一年多，成片成片的草皮被揭开，东一块西一块的泥土裸露在大风中。"衣衫褴褛"成了乌蒙草原的样貌。

　　年平均气温十一摄氏度的乌蒙草原，种别的庄稼是成不了大器的，只有种荞麦跟燕麦才能长成人们想象中的样子。想象中的样子，就是稀稀拉拉的样子，是很低很低的收成。庄稼跟肥料是两口子,缺肥的土地,不可能长出苗壮的后代,于是,人们只能想办法烧荒增肥。在古代,烧荒是一种御敌方式:每到秋天,守边的将士出塞纵火,尽烧枯草,以此防止敌人来牧马。近代版乌蒙草原式的烧荒有两层意思:一是将草原烧上一片,然后开垦成庄稼地;二是在早春的大风天,将头年的荞麦地犁开,用钉耙将长满杂草跟荞麦秆的土坨薅成堆,放火焚烧。一块荞麦地,少说也有二十个火堆,这种火堆看不见火苗,它们以煴的形式完成焚烧,以烟的形式宣告存在。点上火,烧荒人就回家去了,或者到另一块地里薅堆点火去了,任凭荒堆煴一天到黑,煴一夜到亮。放眼望去,成百上千堆冒着浓烟的荒堆,为乌蒙草原布置出一种宏大的场景——焚烧人世的场景。草原失火,更是冬末早春时段常有的事。夜晚在山坡上有一条跳舞的火龙,等你第二天去看,一整座山都变成了老黑山。

浓烟让人流泪,也让牛羊流泪。父亲只好吆着一群羊,从浓烟的阵仗里逃出来,往别处逃去。别处,是翻过云裳口子、绕过三个大弯之后的贵州第二高峰牛棚梁子。牛棚梁子也有烧荒的烟,只是相对其他烟稀薄一些而已。转场途中,那些刚出生十天半个月的小羊羔最遭罪,它们边走边往母羊的胯下钻,一路未停止稚嫩的喊叫,一路绊着母羊的脚。迫于生存,乌蒙草原上的牛羊学会了岩羊的本事,尽往陡峭的沟坡上爬,去寻活命的草。父亲披着棕衣,孤寂地坐在半山腰的大石头上,像一只收拢翅膀的岩雕。而真正的岩雕也学着父亲的样子,缩着脖子歇在更高的石脑包上，你无法知道，它是不是已经决定放弃这片草原，以及与之对应的天空。"彝人靠家支，老鹰靠天空，青蛙靠水塘。"再过几年，这块草皮上的牛羊就彻底没得靠头了。彝族史诗般的谚语，被父亲给盘了出来。大风猛劲刮，群山被忧郁的眼睛一遍遍梳理。

矮杜鹃蓬曾经是这片草原上折损过半的生命。矮杜鹃蓬被烧荒人连根刨起，晒干后成了村民做饭、煮猪食的柴火。长在山势稍缓地带的矮杜鹃蓬，被刨得只剩下坡顶的那几蓬，老远看去，山坡像一个光溜溜的人，头上顶着几丛乱发。矮杜鹃花之所以匍匐大地而长，是为了适应风大雪大的生存环境，是为了尽可能地贴近大地的温暖。可在人与自然的生存命题面前，矮杜鹃花的一切努力，败给了我们——一个集体的贫穷。"我请求寸草不生的三月/让杜鹃再站一百年/这是我们唯一的最后的出路。"（阿诺阿布《死去多年的杜鹃站在苍山上》）那时候的我，还没有读过这样的诗句，即使读过，除了给悲伤绝望抹上一点诗意的蜜糖，再无别的用处。

"山是骨骼，水是血脉，草木是发肤。""我们原本是天神放牧在草原上的绵羊，我们领略草原旷世的孤独。"在彝族的文化理念里，崇尚自然，是生而为人的起码底线。崇尚自然，是族人对自我灵魂的一种关照。在方圆几百里流传的彝族毕摩经书里，矗立于乌蒙草原上的牛棚梁子是一座神鹰翱翔的圣山——大梭柏山。很久以前，每年的三月初三，周边的彝族先民在毕摩的带领下,聚集到牛棚梁子山下举行祭山仪式,向这座圣山献上祭品、祝词和歌舞,感谢大自然无私喂养大地上的一切生灵。在二十世纪的后几十年里,这种仪式一度中断。有客观原因,也有人的精神需求与生存现实之间的差距所衍生出的抓狂和浮躁,更或是在千疮百孔的圣山下,在草原的啜泣声里,我们羞于呈现这种仪式。我们吟诵不出诗意的祝词,我们唱不出想唱的颂歌。云裳口子的光芒,一次次显现;放羊人与烧荒人,一次次双手合十。可福禄双至的生活,依旧是遥不可及的远方。

　　没有雄鹰翱翔的草原还能叫草原吗?矮杜鹃花退居山顶的乌蒙草原还能叫乌蒙草原吗?没有草原的牧场,还有多少生存下去的望头?羊吃不饱肚皮,你一个放羊人还称职吗?父亲习惯于用叶子烟那明暗不定的烟火,来缓解他毫无用处的愁绪。从另一个角度讲,父亲毕竟是从农村出来的,对那些烧荒人,对跟他一样挣扎在大地上的布满虫洞的草芥生命,是抱有深刻理解的。尽管种下的荞麦收成极低,但再怎么低,总能解决烧荒人家三月两月的温饱。这已经很值得了,值得村民走上三个小时来山上开荒种地,值得村民将甜荞、苦荞和燕麦当成星星月亮来收割了。日子里的希望,不就是零星的生活火星凑成的光芒吗?长风浩荡,四野苍凉。你看,烧荒人如果愣在地里,活生生就是一把站起来的黄土,脸上有泪痕的黄土。有一段贬低高山姑娘的段子是这样的:"凉山姑娘大花鞋(hāi),大长辫子甩起来,羊皮口袋扛起来,苦荞粑粑滚出来。"有苦荞粑粑装在羊皮口袋里,已是万幸。放眼望去,在这块土地上刨食的,没有一个不是饿怕了的人。在这样的光景里,让村民们停止开荒,保住乌蒙草原,保住水土,困难可想而知。

二〇〇二年一月,有一场意义深远的春风从遥远的北京吹来,吹过乌蒙山脉的沟沟梁梁。国家全面启动的退耕还林工程,不是这绿汪汪的几千丈春风还能是什么?当年,盘县县委就将"建成珠江上游重要生态屏障"作为了盘县经济社会可持续发展"三大战略目标"之一,退耕还林、退耕还草工程在盘县全境开始实施。从此,盘县走上了生态与全域旅游并肩发展的全新征程。毫不夸张地说,以国家出资补贴促进退耕还林、还草的政策,实在是一种釜底抽薪的生态环境治理方式。有国家补贴,把土地还给草原,村民还得心甘情愿。

就在这年的早春,乌蒙草原上的烧荒节气还未结束,无数的烧荒堆还未被村民扒散,甚至烧荒堆还冒着滚滚浓烟,春雷落地了,春雨疏疏而下,春风日夜奔走相告,青草玩命儿长,从每一寸消停的泥土里。让烧荒人没有想到的是,他们亲手薅拢的那些个荒堆,因为自身为肥,堆上生长的苔藓或杂草总比其他地方的壮硕。每到秋冬季节,这种比地面高出一尺多的驼色草堆子,就成了乌蒙草原上的特别风景——"驼峰群"。停止开垦,烧荒人成了大自然的画匠。

二十年的生态恢复,让乌蒙草原的元气恢复了大半。草皮变厚,矮杜鹃花慢慢往山下扩张领地。今天的乌蒙草原,成了国家四A级旅游景区,成了花草的天堂。而身居乌蒙草原腹地的坡上牧场,悄然退出了历史的舞台。除却在外工作打拼的,第二代、第三代牧场人基本都成了景区的员工。曾经的放羊人,成了草原的守护者。

对于草原周边的村民而言,致富的目标有多条道路可以抵达。下排村的杨三哥,曾经也是烧荒人。现如今,在乌蒙草原景区,他家有一间固定的餐屋。每天早上九点,他家的小轿车一准开进景区,小轿车的后备厢里全是牛肉羊肉、洋芋豆腐和瓜瓜菜菜。我们进餐屋吃饭,他们两口子边跟我们讲话边干活儿,忙过来忙过去的,脚底生风。我问杨三哥一年能挣多少,他只是告诉我,现在一年辛苦来的钱,抵得过原来一二十年的收入,"在景区,只要人不懒,即使是卖风筝、卖烤洋芋和烤鸡蛋,小打小闹地也能把日子过活泛了"。在杨三哥看来,只要勤劳,依靠景区致富,并不是什么难事儿。乌蒙草原周边的村庄——落机壳村、下排村、海子村、坡上村、洼泥沟村,这些村庄的名字,是刻在我骨子里的名字。再次走进这些村庄,可以说,是我的身体跟精神的同路抵达。我很欣慰,欣慰我走进的是活着的村庄。活着的村庄,就是当你走进它的时候没有空寂感,当你走进某栋漂亮的小楼,进去的是一个家而不是一栋生冷的建筑;活着的村庄,是通过种洋芋、养蜜蜂、养土鸡、开民宿、开餐馆、在景区就业等多种途径致富的村庄。

鸟群从空中落下来,像一把种子。牛羊或吃草,或半卧打盹儿，它们居然在矮杜鹃花的汪洋里打盹儿。三月初三，牛棚梁子山下旌旗猎猎、锣鼓齐声，我和我的族人在经师毕摩的带领下，举行了一场规模空前的祭山仪式。我们以万分的虔诚为圣山恭献祭品、祝词和歌舞。关于祭品，我想，曾经消失的花草树木，也应当是一种祭品，它们是国家发展所承受的疼痛，它们是为今天的蓬勃付出的生态代价。万幸的是，我们懂得了忏悔，我们将天空还给了白云和岩雕，将树木还给了森林，将秀水还给了江河，将草原还给了草原。祭山仪式，除却感谢自然绵延不绝的奉献，还有一层重要的意义——感恩我们有幸见证的"绿水青山就是金山银山"的伟大时代。

卓美，彝族。作品散见于《民族文学》《山花》《野草》《天津文学》《散文百家》等刊。

（《黄河文学》2023 年第 1 期）

伴

◎ 李 霞

午休,听到有鸟的扑棱声,近在咫尺,没有在意。夏季,鸟多且活跃,在窗外飞上飞下,正常。略久,鸟没有挪飞别处,扑棱声依旧,声音隔一会儿就会发出;更久,同样的扑棱声,依旧在同样的地方发出。我疑窦顿生,一下子从床上坐起,趿拉上鞋子到几步远的炉边,轻轻打开密闭的炉门,果然就在里面,声音出自它。它误闯入烟囱,囿在了炉膛,灰头土脸地待在未清理掉的煤渣上。手伸进,小心翼翼去抓,挨近的瞬间,嗖一声,它飞脱遁入另一个房间。这正是我所担心的,怕它东碰西撞一时出不去。所幸它没有东碰西撞,而是钻入了床底。打开手机电筒趴下,照向里面,没有,或许又钻入了沙发底。它在各个隐秘的小角落躲藏,给飞走增加了难度,这更糟糕。

事后有天忽然想到,或许和人一样,它第一时间不适应从待久的暗黑之地蓦地见到亮光,本能中依然选择暗黑之处。

那刻无果后,只能先忙其他。时间不长,不知此事的父亲看到了它,说在外间屋的门后角落有只小鸟。从里屋到了外屋,这就好办。赶紧将三面门关闭,堂屋门打开,之后驱赶小鸟。很顺利地,小鸟趋光入了院子。它先是慌不择路飞落到无花果树的后面,又在惊魂未定中朝我站的门这边瞄了下,接着挓挲翅膀飞远。我总算放下心来。

可有只小鸟却没这么幸运。

它被发现时,在南屋地面一块粘鼠板上已死掉。不知何时误闯入,再误落粘鼠板上,亦不知在不起眼的角落已死去多久。心下骇然,捡起粘鼠板,板是折叠页,合上,将小鸟夹在了里面,像它的小棺椁,放入了垃圾桶。

近傍晚时分,鸟们异常活跃,院子上空常见颉颃的它们,好似其他时间它们也在躲避酷热,等一天的暑热退去,才是它们的狂欢时刻。每当那时,坐在院子里乘凉的母亲抬头望见,就会连连说:"看蝙蝠子,看蝙蝠子。"她将院子上空的颉颃者们,一律称作"蝙蝠子"。高空,又形貌小,我到底辨别不出其中是否也夹杂蝙蝠。通常作为夜行者的蝙蝠,有的也会黄昏时出现。

不过,夹杂不夹杂又有什么关系?那个时刻,天上有飞着的鸟,地上有观望鸟的人,微风在天地间畅达,带来自然中最原始的不加遮掩的遇合,这就足够。母亲越来越老了,老得一会儿清醒,一会儿糊涂。有时清晨起床,她坐在床沿上开始穿裤子,一条、两条、三条、四条,手边的裤子,她无一遗漏穿到腿上。等我发现时,她大呼小叫说热啊热啊,多余的我帮她一件件脱掉。不定哪天早上,她坐在床沿上,又认真地穿一条又一条。还有她的鞋子,不分左右,时有穿反,她则小孩子样觉不出别扭,任我给调换过来。

"看蝙蝠子,看蝙蝠子。"当母亲仰头望着天那样说的时候,在屋门口另一边坐着的父亲,也在抬头望着天,看不出什么表情,只是默默地望,而后,垂下眼帘,继续陷入他的"沉思"中——如果他的确在沉思的话。比起以前,他们的话少多了,如果没有不得不说的话,就那样呆呆地坐在院子里。幸好,有鸟儿、风儿前来,惹得母亲说一句"有风了,真凉快",或者"真多啊,蝙蝠子"。如果有鸟儿从房顶俯冲下来,影影绰绰在她右手边不远处的花丛和树后,大约又会惹得她说"鸟又来了,打食吃"。

傍晚时分,那处花丛和树后,小家伙们一只飞走一只又来,扑棱扑棱前来报到。它们总是万分小心,就连你稍稍伸长脖子想看清楚些它们也不行,嗖一下就隐向房顶,那慌里慌张的样子,真是大可不必。我就不再刻意侧头,只将眼睛觑过去,觑它在一丛半枯的酢浆草间信步,翻找什么吃的。院子有鸟儿飞上飞下光临,让人心安,似家里喜欢来落脚的小客人,可以不必设防,由着玩闹,当它们是大自然场域的一部分。

为这样的乐意落脚,会自然而然做些什么。酢浆草旁边的僻静角落放着一只盛水的小碗,事后知道是母亲所为。我总以为作为野间精灵的鸟儿,寻食找水是容易的事,不用刻意辅助,以至于起初我发现地上那只小碗时愣了会儿,不知何意。母亲日日面对那方院子,她一定是最了解的,知道该补充点什么,院子才是更完整的院子。

一方院子的完整，一定少不了植栽，花花草草佐着院子的生气。我家院子已更迭了二十七个春秋。一处宅院经历二十七个春秋，已经老了。那棵和宅院同龄的葡萄藤，即使为了保护根部已将土层培得很高，也还是在土层之上大约半米之内，长出许多白白的根芽，像肌体多出的赘疣，很是触目。

还有葡萄藤旁边那棵香椿，碗口粗时不知因何死掉，黑黢黢立在那里，变为葡萄架一根结实的撑木，它也在佐着院子的生气。生命曾经存在过，天长日久，依然杵在那里，就慢慢融进了岁月赋予一个家的肌理里，那么"活着"仍旧在场。有时，我站在葡萄架下，踮起脚，一只手极力伸远去摘葡萄，另一只手攀住它平衡身体，那时丝毫没有感觉它只是一根枯木。树皮粗糙坚实，还是从前的触感，只有颜色浓于以前的深褐色，变得略黑。

无花果树，当初不及小腿高的一棵幼树，移栽进院子已有十几年，如今高大、粗壮。有一年冬天天气极寒，来年，眼看春天已过大半，它还没有发芽迹象。时而糊涂的母亲，对刚过去的那场严寒的记忆是模糊的，或是混沌的，对我的焦虑全然不加理会，每次都说："还不到发芽的时候。"她那么笃定，那么有耐心。她的眼里，春生夏长秋收冬藏的大自然密码永恒存在，年年丰茂的一棵树怎会说萎折就萎折，只管等待就可以了。

等待终没有被辜负，但还是有三根长枝丫没扛过那季严寒的冲击，光秃在那里了。等其他枝叶越长越多，光秃的枝丫就被遮掩其间，少了擎伸的醒目，看上去又是一树生机了。树也在磕绊中生长，像人。风霜雨雪下，人、一座院，在相互印证，也在相互成就。

一日，天极蓝，云朵也美，我举起手机拍照。取景框里出现了堂屋南屋两边各一爿屋顶，它们削出中间的天空亮黑分明，像一帧画幅两边浓重的裱框。和天空同在裱框里的，还有香椿树树顶的两簇绿叶。照完，再次抬头望，想到若把自己调个个儿，人在上方，俯瞰同样在框里的小院，长长方方的"天井"的样子一定更突显。对于无边无际浩瀚的天地，一方天井显得多么狭小、局促。在这样不经意间的仰看或者想象的俯瞰中，我忽然对赖以栖身的这处宅院有了另外的感觉，它是狭小的，也是开阔的，连着大自然的一切：自由来去的风，任意角落洒落的光，雨雪肆意或温和地降临，渐变的晨曦和渐浓的黄昏滑过……它是小而万般皆藏的大自然之盒。

这方敞露的盒子，同毗邻的或非毗邻的其他一方方敞露的盒子，相同又不尽相同。亲切和独特性，是它的标志，得以将它和其他盒子区分开来。带来这亲切和独特性的，除了南屋屋顶平台摞放的一小垛木柴，便是院内的物什了：蹿出屋顶的笔直的香椿树、紧挨香椿树的葡萄藤、一畦绿油油的韭菜、韭菜地边的酢浆草、繁茂起来的无花果树、屋檐下接雨水的小缸小盆、窗台和地上摆放的几溜花盆、一口压水井……

这是大致掠过的物景。宅院建成，从无到有，从稀拉到丰富，从丰富到醇茂,处处氤氲着一个家的深味,这无法不在眼中形成它的亲切和独特性,继而依恋。依恋,来自对日日眼见又日日消逝的日子的记忆。在记忆里,消逝复活。糊涂时的母亲,坐在院子里,瞅着不远处葡萄藤上的两片黄叶,说:"那儿有两个发黄的梨呢。"其实院子里从未种过梨树,她认真地说出那句话,像那儿真有两个梨。母亲的记忆、认知,已被日子的流逝拍击得摇摇晃晃,脚跟踩实归于稳当的时候,得是凭借积聚多大的心力。从往时到现在,她心力的部分补给,一定出自她一点一点培植和照料起来的院子。当地日日挂着拐杖,推开堂屋门,它们就会一下子跳到眼前,接受她眼神的检阅。即使看起来暂时没有什么变化,但天长日久存在的本身,也非常值得面对面默默地打个招呼。每一处,只要她能够忆起,都有她一一连二、一二连三的过往供她回忆,以至有时翻山过江到了她的少女时代。她那样讲着时,我的眼睛往往是游离的,游离在她的脸、头发和手上,不,是整个身体。我看着那些褶皱、那些白,更看着无孔不入的苍老。

她那样讲着时,坐在水曲柳圈椅里,整个身子高不出圈椅多少。日子的流逝也给了她缩骨术,让我在拥住她时,像拥住一个到我肩头的孩童。而她自己呢?坐在水曲柳圈椅里,双手一上一下握住拐杖头,漫不经心地讲述着。只是讲,好像只是讲述昨天发生的或某些记忆还没有丢失的事,不是追念。半混沌的她,回忆里没有时间相隔千沟万壑的叹息或者回味,这让她的苍老看上去分外无辜。她的拐杖是她不离不弃的一个忠诚的听众,由着她回忆，也由着她那么无辜地越来越无能为力下去。

她那样讲着时，大多在傍晚。照例有一阵一阵的风从夏日的空气里钻出来，时而温柔，时而胡乱地刮几下又猛地跑走，像终于登场后的忘乎所以。但不管怎样披拂喧嚣，也不管多么安静，一座宅院的生命，就在人的一呼一吸间流动起来，有了属于它的着色。何况一座已二十七年的老宅院，连鸟儿也有属于它的记忆，循着绿意葱茏，循着熟悉的路径，定时不定时地来造访一番，提醒主人它们的常客身份。

当然，它们不是白来，也会留下什么作为礼物。除了好听的啁啾和好看的娇俏身影，还有各种植物的种子。这里面不排除风的捎带。谁捎带来不好呢？只是出于猜测的偏见，我常将它们归功于鸟。春天略一暖和，院子里除了踩来踩去的走道，不定什么地方、什么时候，就有幼芽拱出和幼苗钻出，所以在每个春天，不单我，还有越来越苍老的他们俩，都会弯着腰抱了新奇去瞧它们，猜测它们的身份。结果，常常得需我掏出手机，让"识花君"到场。如今，眼前的夏日，它们早已长得有模有样，也早已有名有姓：鸭跖草、萝藦、车前草、钻叶紫菀、黄鹌菜、龙葵、苘麻、马唐、小蓬草、商陆、糙苏……还有那些不用辨别大小就知的布布丁、云青菜、牵牛花，它们以入药入食和五颜六色地开放为印记，随处可见在童年时的乡间野外。更不用说属于杂草类的牛筋草。牛筋草在墙角处居多，我要拔除，父亲赶忙摆手，说："固土，它会将土固住，别拔。"父亲的沉默里总聚积着他理性的一面。

鸭跖草和牵牛花在两个小花盆里，茎皆从边缘处长出。花盆直径差不多等同一只不大不小的鸟身，那么它的"排泄"，带着小种子的"排泄"，就刚好在边缘处了。幼叶开始，牵牛花蹿茎长叶很快，一夜间便高出一截。插上木条，几天工夫就攀至梢头，再续接上另一根。等蹿得木条高度无法再承重续接，只好帮它顺势将无处可攀奔拉下的一截，接到上方的晾衣绳上。晾衣绳上，它依旧只蹿茎长叶。等我最终失了耐心怀疑它能否开花时，忽一天清晨，看到了它绽放的新颜：两朵缎紫色花朵。两朵、三朵、四朵、五朵……此后每天清晨，便有数量不等的牵牛花，早早等候在晾衣绳搭起的舞台上，等你去瞧，且每次都用不同的舞姿排列亮相：上下错落，呈直线或一枝独秀。别名"翠蝴蝶"的鸭跖草，叶片像鸭掌，花朵似蝴蝶。小小的紫色蝴蝶开到繁盛处，足有三十朵。它们和正上方的紫色牵牛花的花期差不多，且色差不大，喧阗的紫里一高一低，遥相对望。

有名有姓的它们，大部分是今年来宅院做客的新成员。更有一位新成员法桐，长成后会是一棵参天大树，紧靠韭菜地东侧地边扎根。这毫无疑问一定是源于风的捎带，风将法桐上裹着种子的粗毛絮随性带到了这儿。法桐幼苗钻出地面，两个月已高我一头，长成幼树。起初长至尺许，能辨别出它时，我和父亲都倾向于拔掉，因为日后会影响韭菜接收阳光。同母亲商量，意料中不同意。至于韭菜地若光照不足会有什么不好，她已听不进。细茎纤柄、叶片比一只手掌还要大的一株植物，她只觉得好，值得日日地长下去。

还有她的葡萄苗,那也是她想要好好守护之物。老葡萄藤那么多年恩泽于一家人,如今有葡萄苗不用插栽、拱土而出自己送上门来,对她来说是多么好的礼物,不欣喜接纳怎么能行?她一手拄着拐杖,一手攥着小铲子,要将这儿一棵那儿一棵乱了落脚地儿的苗们挖出来,移栽到她认为的合适之处。可是,她空有一腔热情,脚底却不争气,战战兢兢一时挪不了几步,最终由我三下两下帮她完成了迁移。

可是,扎好根欢实了一阵后,它们蔫头耷脑没了精神。之后几天,叶片枯萎败落,几乎只剩了残梗。母亲打那儿经过,站住,仰头瞅瞅天、瞅瞅树、瞅瞅别的植物时顺带也瞅儿眼它们,然后,颤巍巍走开,好像她并不在意,好像当初迫切移栽这事压根儿就没发生过,这当儿,她只是照例走马灯似的观望一圈罢了。已有混沌驻扎的大脑里,一个又一个生活的或事物的繁枝细节,已被那样一种驻扎磨损侵蚀,像身体小肌肉群控制的微细动作尚没有发育完善的孩童。她存留剩下的力量,仅能应抗不至于太难堪的生命黑暗时分的靠近。

人陷入苍老时,小院在陷入静寂。陷入静寂时,周遭之物都有了不同于以往的变化。在逐渐清晰与放大中,一些细节愈发凸显出来:像人一样斑驳了的墙壁,一扇暗旧甚至有些残缺的窗,无一不刻着流年痕印的满院子的植株。那些新成员也不例外,"新"只是相对而言,它们以主人的身份,在大地上早已亘古存在。还有那些颉颃或探头探脑觅食的鸟儿，它们每一次出现、每一声啼啭，都是深阒世间明丽轻盈的嵌入者。当一只鸟儿掠过宅院上空，被黄昏的余晖照耀，通体笼上一层金色时，它多像一位神祇突然间出现，猝不及防给你震撼，瞬间似也被笼罩在光艳里。这些，以前不曾多加留意。

"自然的光不停地流入我们的心灵，而我们却忘记了它的存在。"自然之光，这透映人间的不断摇曳的光色。

我们都走在忘却和重生中。

李霞，作品散见于《散文选刊》《四川文学》《飞天》《星火》《滇池》等刊。部分作品被收入年度选本，获奖多次。

（《黄河文学》2023 年第 1 期）

一个人的鸟类学

◎ 米 兰

在一切还来得及的时候，我想重温这飞鸟无与伦比的美丽，还有这片它曾经停留生活过的土地，一片于我而言如此慷慨、斑斓，与非洲相比丝毫也不逊色的土地。

—— J.A.贝克

沉默的绣眼鸟

一只绣眼躺在我手上。它的跗跖断了，脖颈上拉出一条血道，细小的嘴巴上还叼着半截叩头虫。我看着它的眼睛——两粒"黑珍珠"仿佛还在转动。然而它死了，我要把它埋在这里。在这个山丘上，能听到风声，能看到伙伴们的身影，它不会孤独。鸟儿能感知到吗？

宋老四的一对小眼睛乜斜着我："可惜了，胖仔一顿晚餐被你弄没了。"胖仔是宋老四养的一只大肥猫。他想拿这只死掉的绣眼喂它来着，被我拒绝了："老哥，咱早就说好了，这些绣眼都是我的,死了的也是我的……""好好好,你爱咋地咋地吧,瞎折腾!"

宋老四是我前几年攀上的生意伙伴,他在这座叫二尖山的山腰上,承包了一个方圆数千米的超大果园,承包期五十年,够他一辈子"享用"的了。鲁地这列山脉地处泰沂山区北麓低山丘陵区,呈链状半环形展布,共有大小山头三百多个,二尖山的位置在这个链条中段,沟谷深切,山外有山,适合鸟类活动。宋老四脑瓜子活泛,他在果园里养蜂、捕鸟,还在谷底一个天然大石坑里撒了鱼苗养鱼,作为非主营业务收入。每年卖蜂蜜、卖鸟、卖鱼,三项收入加起来,不比卖水果收入少。事实上,宋老四这么大的果园里,林鸽、戴胜、斑鸠、雀鹰、白鹡鸰、金腰燕、短耳鸮、虎斑地鸫……凡是飞过这列山脉的,或多或少,他都有货。只他一个人张网捕获的鸟,凭我个人的经济能力,已然难以消化。

宋老四每年捕猎的鸟有多少,他自己从来不说,别人也心照不宣,从来不问。

这一次,我承包了他的绣眼,不挑不拣,三元一只,我给了他一千四百元。除了那只受伤死掉的,我把花花绿绿的小鸟全部装车带走。

从小我就迷恋鸟儿,曾梦想着有一天我也能长出一双翅膀,飞到山上去,在山巅、森林里,与柳莺、黄鹂、斑鸠和凤头百灵一起,呼吸那夹杂花草香味的新鲜空气,否则,滚滚红尘,芸芸众生,我不过就是一个没有羽毛的两足动物,没什么稀奇。

但是鸟儿，就一定是自由的吗？

车载 CD 放着一首老歌《蓝莲花》。在许巍的歌声里，我沉默着。车上的鸟儿也是沉默的。它们的沉默来自惊恐，还是来自听凭命运的宰割？

在山脉尾端一个叫荞麦岭的地方，我停下车，打开了卡车上的笼子。

一只柳莺的命运

那年我还不满十五岁，热衷于向伙伴炫耀我的鸟类知识，吹嘘自己弹弓的命中率。那是个周日，山脊两侧高高低低的洋槐正花开满枝。我和小武都不喜欢做作业，经常一起到山上游逛，总为了山间那声嘹亮的鸟鸣到底来自山雀还是画眉而争论不休。坐在石窝边歇息的时候，一只柳莺清脆的歌声从树上传下来。我悄悄掏出弹弓，装上一粒杏核大的石子对准了它。它被打中了，扑棱着翅膀，浑身抖动，脚爪紧紧地钩住树枝；紧接着，它从树上掉下来，我欢呼着跑过去，一只手接住了它。那是一只娇小的黄腰柳莺，腰部一道黄色羽毛异常艳丽。我试图把它扶正，让它在我手里站起来。淡黄的眉纹，哀伤的眼神，它就那样看着我，突然将一口鲜红的血吐到我手心里……

我杀了它。我无缘无故杀死了一只柳莺。

夜里，那只柳莺血淋淋地飞进我梦里，把我吓醒了。我把梦说给小武，他嘲笑我"胆小如鼠"。

三年后，在校园里，我终于厌倦了春光。那些毛茸茸的柳絮漫天飞舞，我的鼻炎又发作了。在一众同学面前，我不得不一次又一次地把鼻涕擤进卫生纸。真是难为情。还有那个满脸青春痘的物理老师，动不动就对我大加讽刺："别以为参加过新概念作文大赛就了不起，想看小说，回家看去！"她像扔垃圾一样把我书箱里那本《三重门》扔了出去，太侮辱人格了。更要命的是数学，函数部分变态的难，让人厌学的心情都有。学校里真是待不下去了。

我决定出走。十八岁了，我有能力养活自己。

我去了火车站。

去车站的路上其实我一度有些动摇。彼时，大街上的柳絮意犹未尽，漫天的柳絮又劈头盖脸地落下来，鼻孔里奇痒无比。我要到南方去，那里有桂花树，有香樟树，有鲁迅写的皂角树，独独没有讨厌的杨柳絮。

如果说人生是一场盛宴，那它是由父母儿女、新朋旧友、真假爱情，以及各色面目装扮、形形色色的光影和声音乃至窗外的风景共同构成的。至于人生滋味，只有品尝者自己清楚。在南方，整整十年，我的生活是一场流水宴，宴席上流动着我一个人的影子和一颗封闭的心。"娜拉或者也实在只有两条路：不是堕落，就是回来。"（鲁迅《娜拉走后怎样》）我终于明白，社会是个大学校，我仍然是个不合格的学生。

对我的任性辍学，父母选择了原谅，他们早就盼我回去。

何必一条道走到黑，该转弯时就转弯吧。

我像一只候鸟，从南方飞了回来。

北行的火车上，我的邻座是一位赛鸽专家，一路侃侃而谈，听得我晕头转向。他一再提到的"东方不败"在我的想象里，不是一只赛鸽，而是电影《笑傲江湖》里林青霞的样子。

在泰安下车时，他给了我一张名片，我记下了他的名字：阚吉斌。

回到老家后，在家里憋了几天，出门去大街小巷考察了一番，也没想好该做点什么。对父母提议的烟酒批发、开服装店之类，我一点兴趣也没有。

他们带我去找本地小有名气的马瞎子，让他给我"指点指点"。马瞎子说我命里有一笔价值不菲的财富，前提是：抬头挺胸，好好做人。

一无所有的人更容易听从命运的召唤，那一刻我抬起头来，看到了一只白鸽——我相信这就是命运给予我的暗示，我相信洁白的鸽子能给我带来好运气。

拿出那张名片，我与阚吉斌取得了联系。

除了给予资金支持，鼓励孩子事业有成，我的父母其实也别无选择。

我踏上了驯养赛鸽之路。

九月，一朵云像白鸽一样轻盈，落在河面上。初次参加俱乐部赛事就得了个小奖，我很兴奋。俱乐部赛属于半商业性质，奖金适中，正适合我这样的新手。

渐渐地，我在鲁地赛鸽界积累了一些人脉，也有了点小小的名气。

瞧，山坡上跳跃的野雉

黎明从东方升起来。晨雾在山间缭绕，一切生命体——动物的、植物的，都沉浸其中。

晚上与小武喝酒，不知不觉就醉了。小武高中毕业后没有考上大学，读了几年职业学院，也没学到多少东西。他进工厂打了几年工，后来进到山里租了一个废弃的养鸡场，干起了藏獒买卖。我从南方回来后，常来山里找他喝酒。饭桌上有香椿芽拌豆腐、薄荷炒鸡蛋、油炸菊花芽，还有一盘麻汁蒜泥拌苦菜，都是刚从外面寻来的新鲜食材做成的。"来，尝尝咱的手艺。"小武端来一锅鸡汤，我喝了一口，感觉味道怪怪的："汤里加了什么？""与你平时喝的鸡汤不一样吧？告诉你，这是野鸡汤。"小武兴致勃勃地说起这些年他品尝过的野味，"鸟啊、蝎子啊、田蛙啊，这些东西要挑活蹦乱跳的吃，那才叫新鲜食材，病恹恹半死不活的、死了的，卖给酒店也能赚不少钱呢。俗话说得好啊，靠山吃山靠水吃水，山里这么多好东西，树上长的、地上爬的、天上飞的，不都是钱？"小武接着说："南关张三，你没听说过吧？一个老光棍儿、低保户,成天东游西逛,来山里转悠,偶尔抓几只小鸟拿到集上卖几个钱,尝到了甜头,后来就用胶粘、拍鸟笼子——不知道'拍鸟笼子'咋回事吧？待会儿给你细讲——斑鸠、鹌鹑、野鸡、太平鸟,几十只几十只地卖钱,现在日子可是滋润,啧啧……"

小武住的地方在一个山坡上,前面山坳里有个不足四十户人家的小村,村里村外到处都是合抱粗的大杏树,每年早春时节,杏花漫山遍野,有如世外桃源。二十世纪三十年代,梁漱溟在山东进行乡村建设实验,为这个无名野村取了个颇为浪漫的名字:杏林。

这时节,杏花落了,杏树上的青杏儿该有枣核那么大了吧？听小武说,杏林村有几个捕鸟高手,常年与各大饭店保持生意往来。"水杏收获期短,又不耐储存,价格被运输贩子压得不能再低,卖不了几个钱,单靠杏树哪能养活人?还是野味好啊,一年四季,细水长流,又是与消费者直接对接,一手交钱,一手交货,收入有保障,这就叫靠山吃山。"

小武的观点我不愿苟同,但我没有反驳他,我觉得与他一时半会儿也说不明白。当年梁漱溟的"乡村建设运动",以启迪民智、"创造新文化,救活旧农村"为主旨,他为农村带来的,是文明的火种:"辛亥革命失败后,特别是袁世凯事件后,我觉悟了,认识到中国的民众有两大缺陷:一是愚昧,二是散漫。各顾身家,不顾公利。他们不能走立宪的道路。所以我立志搞乡村运动,开导民众,所以我下乡了。"遗憾的是,近百年过去了,生活中那些

"道"与"义"的概念,在今人心目中似乎更加淡薄了,梁漱溟所做的农村教育,仍不乏现实意义。

初升的太阳被厚厚云层遮住,山坳里的村庄重又陷入薄雾之中。

左前方一丛荆棘里,有个艳丽的身影在晃动。我悄悄走过去想看个究竟,没等走近,"嘎嘎、嘎嘎——"刺耳的叫声响遏行云。一只野雉跳跃着飞奔而出,那身华丽的羽毛彰显着它雄健的身姿,反倒把我吓了一跳。

小武给了我一个联系电话,他觉得既然我对鸟类有所研究,更适合做那种专业捕鸟者。"张三那种散兵游勇不值一提。"他指着那个电话号码说,"这人路子广,跟他合作,保准你发财。"

谁杀死了那只斑鸠

在鸽友家里看到一羽赛鸽,系"东方不败"后裔。颈后一圈蓝莹莹的羽毛莲花般铺展,我脑海中一瞬间闪过许巍的《蓝莲花》。

尽管价格不菲,我断然入手,为之取名"不败蓝莲"。

没有什么能够阻挡我对自由的向往。

我带"不败蓝莲"参加了一次公棚赛,进入四百八十公里竞翔决赛,最后获得一笔数目可观的奖金。但是——人生中的转折迂回难以避免——我心里清楚,这笔奖金的获得并非一帆风顺,也不敢说光明磊落。我越来越发现一些公棚赛事有变相赌博的嫌疑,甚至存在暗箱操作行为。我隐隐觉得,对自己选择的这项"事业",我需要重新考量。

我在个人公众号开设了一个"我的飞鸟"系列,断断续续发了几十篇东西,引来一些关注。图片拍摄、配文、编发,我付出了很大精力,但我乐此不疲。

为了拍摄斑鸠,我在于兹山西坡一片荒草荆棘中蹲守过两周。这面山坡正对黛溪河,斑鸠咕咕、咕咕低沉的呼鸣,在河水细密的流淌声中,宛如动人的小夜曲,让人直想倒地睡去。有一次,我看到两只斑鸠一前一后,沿着果园外围一道长长的花椒树篱,自在地向我这边走来。它们一路背对着阳光,而那阳光恰好晃着我的眼,这样一来,它们那有着陶瓷般釉彩的眼睛,很容易就发现了躲在树篱后面的我这个庞然大物,尽管我穿了一身迷彩服。两只斑鸠忽地一下飞走了,我的镜头捕捉到了它们飞向太阳的身姿。这张图片在一次摄影大赛中得了一等奖。

"我的飞鸟"读者群中,一个叫孙雁冰的读者联系了我。孙雁冰是自然资源局森保站站长兼执法大队队长,也是野生动物保护协会的副会长,他想请我去给会员们讲一讲我的"鸟故事"。我哪有资格给别人讲课,我也不喜欢煞有介事地纸上谈兵。如果真想保护野生动物,他们应该到山上去,拆除那些捕鸟人设下的鸟笼,撕碎他们布下的一张张大网,抓捕那些肆无忌惮的捕猎者。"你让很多人认识并爱上了鸟类,这就是贡献。"对我的冷淡和拒绝,孙雁冰不但不以为意,还顺带夸了我一句。

我不认为自己是个高尚的人，我只是喜欢鸟儿，不忍伤害它们而已。对于自然的忧患意识，我也是有的。

　　去年春天，我在山里碰到一个捕鸟的人。他正在树林里安装一个两米见方的巨大鸟笼，笼子分上下两层，下层笼子里装有鸟囮子（捕鸟人养熟的媒鸟），上层笼子有一个机关，媒鸟在笼中不停地呼喊、转动，诱引它的同类前来，后者一旦踏上机关，即被困于笼内。这种捕鸟方式就叫"拍鸟笼子"。

　　鸟类繁殖期大都在春季，这个季节，雄鸟们总有一种生理冲动，领地意识和集群属性使得它们不停地挑战彼此。捕鸟者趁机设局，且屡有斩获。

　　我与这个捕鸟人攀谈起来。他说："现在，林鸽能卖到十来元一只，鹌鹑数量少，也能卖到差不多十几元一对，斑鸠活动频繁，一天能逮三十到五十只……"我问他怕不怕被逮住判刑，有些鸟类可是受法律保护的。"证据呢，证据呢？他们拿得出证据吗？"他很是不以为然。

　　的确，这些捕鸟人在深山里神出鬼没，即使像宋老四那样，明明在自个儿果园里布了网，也会百般抵赖："我不过就是为了保护树上的果子不被野鸟吃掉，我有错吗？"但是去年秋天，张三在树林里刷胶粘鸟的时候，还是被逮了个正着，听说被罚了一笔钱。

　　这个春天，因为不能出门，外面的世界安静得只有鸟鸣和风的声音。我常在院子里一棵樱桃树下一站半天，想象山野间鸟儿们自由的欢鸣。直到有一天早上，我像往常一样打开屋门，忽然看到樱桃树下躺着一只斑鸠——它的翅膀是褐色的，像两面对称的铜镜反射着朝阳，颈部密密麻麻的白色斑点像一粒一粒的珍珠——这是一只珠颈斑鸠，颈部与头部之间一段大约三厘米宽的粉红色羽毛，美若黎明。

可它死了，头歪向一边，嘴角带着血，让我霎时间想起十五岁那年，把一口鲜血吐在我手心里的那只柳莺。

布谷鸟飞过摩诃峰

"花开了，就像花睡醒了似的；鸟飞了，就像鸟上天了似的；虫子叫了，就像虫子在说话似的……"宋老四的小孙子在念叨一段课文。那篇文章很长，翻来覆去的，就像果园上空的鸟儿飞过来又飞过去。那是我第一次去找宋老四时看到的情景，他悠闲地躺在一把旧藤椅上，小孙子在石桌边翻着一本图画书。秋日当空，果园里一片明亮的金黄。

去找宋老四之前，我给他打过电话，他很警惕，问我是谁，怎么会有他的号码。"我跟小武是朋友，小武，认识吧？""那你让他找我！"小武原本想约去饭店见面，我执意去山上看看："就当陪我散心好了。"宋老四对陌生人心存戒备，他看似漫不经心地问我："准备把货卖到哪儿去呀？""宋老板，你管他卖到哪儿去，买了去放生的人不也有的是吗？"小武拍了拍我的肩膀，"这是我最好的朋友，你就放心吧。"

我开始陆陆续续从宋老四手里拿货，遇到好的品种，偶尔也会送给养鸟的朋友。

小武后来听说了我的"不着调"，他气坏了："你真把从人家宋老四手里买的那些鸟，带去别处放生了？傻不傻呀，你这边放，他那边逮，你拿钱做游戏呢，真是有病！"

一个偶然的机会，我在图书馆看到一本近代的《山东长白山脉鸟类图谱》，平时难得一见的黑头蜡嘴雀、斑头鸺鹠、白尾鹞、普通鵟、蓝矶鸫、蚁䴕、虎斑地鸫、纵纹腹小鸮等鸟类，这本图谱上都有介绍。我复印了一份带在身上。

尽管我从小就迷恋鸟，但它们身上那双翅膀对我来说，却始终是一种提醒——我有自知之明，我毕竟只是一个没有羽毛的两足动物。我的鸟类知识也是杂乱无序的，对任何一种鸟类，我都缺乏深入的了解和系统的认知。

我决定对本地一种夏候鸟——布谷鸟，进行一番详细的田野调查和专业记录。选择这种鸟的原因主要有两个。一是它的声音。每年初夏，第一声布谷鸟的叫声从天际传来之时，我都异常兴奋，目光每每追随那个看不见的身影，久久不愿收回。二是布谷鸟的繁衍方式。布谷鸟没有固定配偶，它们自己既不营巢也不孵卵，而是将卵产在其他雀形目鸟类巢中，并将宿主的卵踢出巢，让自己的卵独享义亲抚育，侵略性极强。站在人类的角度来看，布谷鸟自私而无情，对伦理学发起挑战，但它的行为与达尔文的物竞天择、适者生存理论却不相悖。我的疑问在于:既然竞争是无情、冷酷、利己和严峻的,那些雀形目鸟类,像大苇莺、灰喜鹊、伯劳、棕头鸦雀、北红尾鸲、棕扇尾莺们,为何没有灭绝,而是完美地保留了原有的生命形态? 同时,布谷鸟作为侵略者,并未见发展壮大到一鸟独大的地步,该如何解释?

布谷鸟的资料和图片堆积在案头上,像一堆毫无生机的标本。

我必须走出去, 去找真实的活生生的体内有热血涌动的布谷鸟,观察它们的外形、它们的习性、它们的喜好和与它们相关的其他所有的一切。

我们通常所说的布谷鸟,一般指的是大杜鹃。与喜鹊、麻雀、白头鹎不同,这种鸟始终与人类保持着距离,它们的身影通常只在山野或天空中出现,不喜接近村庄和人类。但在长白山脉(山东本地)出没的,大多是四声杜鹃,四声杜鹃倒是经常飞来村庄上空欢鸣,尤其芒种前后,一声接一声的"快快割麦,快快种谷"在我听来,不单是对种田人贴心的督促,更是赐予他们即将收获的期待之心和喜悦之情。

五月是布谷鸟的繁殖期,也是野外作业的最好月份。选了一个风和日丽的周末,我带上食物、帐篷、相机、望远镜等,登上了本地最高峰——摩诃峰。传说这座山上有修行者,有满山崖的紫丁香,有紫光闪闪的白头翁,更重要的是,从海拔高度和人类活动两方面考虑,摩诃峰不失为观察布谷鸟的最佳之地。

找了一面峭壁作为屏风，我在地上搭起帐篷。

入夜，不远处一只猫头鹰的叫声让人难以入眠，我干脆起身来到帐篷外。

亿万年前，我站立的地方还是一个湖泊，燕山运动、地震、火山活动使得地表断裂、隆起，形成岩墙，这才有了我脚下的高度。相比之下，一个人的生命长度不值一提。我的前半生，庸庸碌碌走在人生路上，从未思考过生命的意义和活着的价值，内心深处感觉就像是独自一人在世上，没有依靠，也了无牵挂。可我有父母，有孩子，我拥抱过爱情，也心怀过鬼胎、做过丑事，我有资格享受人间那种深沉的爱吗？

我不懂哲学，在我心里，这也不是一个哲学问题，而是一个人来到世上，需要考虑的基本问题。

不管怎样，在一切还来得及的时候，我想尝试着做点有意义的事。

次日一大早，帐篷外传来布谷鸟嘹亮的叫声——比任何其他鸟类的叫声传得都远。我急忙起身，来到帐篷外面。

天刚破晓，一只布谷鸟正由西南往东北方向飞去，它的飞行姿态与老鹰十分相似，但仔细观察就会发现，它在飞行时只是微微拍打翅膀，身姿始终保持水平状态，而且不会偏离方向，看上去就像一轮向后弯曲的新月。

那天下午忽然风声大作，天空中涌起乌云。我见大势不好，赶紧下了山。

在离布谷鸟最近的地方，我还是没能如愿获得我想要了解的一切，比如布谷鸟的飞行规律，以及它与其他鸟类的相处模式与交流方式。

云雀叫了一声

不用居家后的那段时间，像是一种反弹，我整日待在户外不愿回家。

一个晴朗的下午，暖融融的阳光照在于兹山上。远远望去，山坡上一片洁白的花海。哪一片是苹果花，哪一片是山楂花，我了如指掌，我几乎走遍了这座山的每一个角落。

果园里应该施过农家肥，空气中蒸腾着一股牛粪味。果树底下紫色的地丁、黄色的蒲公英和白色的婆婆纳，星星般闪闪烁烁。果园深处，蜂鸟缥缈的鸣音、凤头百灵清朗的歌声、白头鹎质问似的叫喊，高高低低，组成暮春的交响。孤立于平川的这座山，即使被居民区环绕，花喜鹊、白鹡鸰、黄胸鹀、蓝歌鸲们仍然在此聚集、歇息、觅食、交配。它们不会因一个人的到来而惊飞疾走，果农劳作的身影对它们的生活也未造成多大影响。与人相比，鸟类是勇敢的，小土道上到处都有它们留下的爪印。

穿过于兹山，我往黛溪河走去。这是一条天然形成的南北河道，河水发源于摩诃峰下的黛泉，继而汇聚摩诃、白云两大山峰诸涧之水，形成本地最大的一条内流河。其中一脉源流由杏林、秦家沟,经黄家河滩自西而来,在崔家营段形成一片开阔湿地。境内为数不多的几种涉禽,包括白鹭,主要聚集于此。此刻,湿地上却没有白鹭的影子,一只也没有。几只燕子从我眼前飞过去。一些麻雀在草地上啁啾觅食。麻雀,二十世纪五六十年代,曾被当作"四害"之一被全民清剿过,但最终又被"平反"。直到今天,麻雀作为无可取代的一种生灵,依旧自然而然地活在这个星球上……

手机铃声响起来。小武很沮丧,他说宋老四死了,还说:"他一定是中邪了,一只鸟引领他往山下走,一直走一直走,直接走进他自己的鱼塘,淹死了……"小武的话一定是呓语,可我脚边的芦苇听到了,叶尖上的蝴蝶听到了。恍惚中,我听到一只云雀叫了一声,直冲云霄。

天地间只剩了寂静。

我在现实的世界里,还是在梦里?

仰头朝天空望去。天空还像过去那么辽阔浩荡,干净而湛蓝。空中没有翅膀划过的痕迹,云雀飞走了,布谷鸟还没有飞来。

这一刻,时间对我来说是静止的,阳光依旧照耀着大地,心里却有无边落木的感觉,我那灵魂中缺失的部分,无以弥补。

一阵风吹来,石碓边一丛蒲草晃动了一下。

还记得电影《肖申克的救赎》中那句台词:"有一种鸟儿是永远也关不住的,因为它的每一片羽翼上都沾满了自由的光辉。"我想象着头顶上的这片蓝天,鹰隼、云雀、大雁、白鸽,所有鸟儿飞翔其间，无忧无虑，其乐陶陶……

我拿出手机，拨通了孙雁冰的电话："是我，我有一条线索……"

米兰，山东邹平人。第五届"齐鲁文化之星"。作品见于《散文》《散文海外版》《雨花》《山东文学》等刊。获第 17 届百花文学奖、《芳草》作品优秀奖等。

（《黄河文学》2023 年第 2/3 期合刊）

大巴山：一段生活史的返场

◎ 蔡 森

河流

　　故乡在大巴山深处，它有一个颇具绿意的名字：松树庙。

　　故乡还有一个名字，几乎被年轻的一代所遗忘：白沙。最早叫白沙乡，乡政府的驻地就在松树庙，乡里原本只有河的两岸聚居着不到百户人家，有银行、学校、商店、卫生室。撤乡以后只保留了松树庙村，村前有一河名叫白沙河，可以捞出白沙，松树庙村以此闻名。白沙河汇入岚河，注入汉江，若干年以后南水北调的核心涵养地段就是安康市的汉江。

　　白沙河在我父母那个年代算得上是一条大河。那时河道有五六米宽，最浅处水流齐腰深，捉鱼、钓鱼是他们童年最愉快的记忆。夏天在水中嬉戏，大家用撮箕和石灰"浑水摸鱼"，甚至随便用塑料水桶在河里一提，小小的鱼苗就钻到桶里来了。按照俗约是不能捕鱼苗的，除非是带回家里的池塘养。这种原始的俗约让一条河活得潇洒，它清清爽爽地投入汉江的怀抱。十几年以后,在白沙河的上游,人们挖掘到一种重要的矿产——硫黄。硫黄具有强烈的刺激气味,硫黄矿的开采因此遭到了村民们的强烈反对。村民们跑到矿上闹事,但矿上各种手续齐全,加上老百姓总归要忙于农活儿,况且往返路途遥远,也就不了了之了。但很快,人们就发现了问题:先是河水变浅了,河床裸露出来;接着是河里的鱼变少了,以前三天就能吃一条鱼,现在是半个月才能吃一条,后来干脆就看不见鱼了。于是一些恶劣的捕鱼手段开始兴起,雷管炸鱼、电鱼、毒鱼,无所不用其极。在很短的时间里,除了少量生命力顽强的钢鳅鱼外,其他鱼种基本绝迹。

白沙河的上游有两条支流,它们在白沙小学院墙拐弯处相遇。硫黄矿开采一个月后,两条小河泾渭分明,右侧是浊黄色的河水,左侧依旧青绿如玉。父亲辍学后就在硫黄矿上工,他的任务是将矿渣从矿洞里背出来,倒在河里。仅半天时间,河水就变得混浊不堪。第二天人们醒来的时候,都被眼前的景象给吓傻了。特别是下游松树庙村的那些人,他们大大小小的房屋依河而建,生活用水都是直接提壶到河里打,妇人们三五成群在河里浣衣,放学后口渴的孩子可以直接用双手捧起河水牛饮。右河沿岸的村民开始到左岸去取水,那条充满了硫黄气息的河流在一夜之间被人们抛弃。硫黄矿为村民们的廉价劳动力提供了"舞台",越来越多的人加入矿产开采的队伍中。人们白天对硫黄矿感恩戴德,看到被玷污的河流时又开始骂娘。大概在我十岁的时候,我从土墙房的楼顶找出了一块黄色的硫黄,上面密布着细小的缝隙,像是癞蛤蟆一般的怪物。

硫黄矿只用了一年就被开采殆尽。开采停止了,一个巨大的伤疤裸露在原野,没有人再去关心一座废弃的矿,它只出现在人们无关紧要的谈话中。开采停止了,但是那条河流并没有在时间中得到治愈,它混浊的颜色保持了很多年,那一侧的河流逐渐变得瘦小,就连河谷里的石头也开始变成了深赭色。人们一边庆幸自己拿到了丰厚的报酬,一边为一条河流感到惋惜,但也仅仅是惋惜而已。

人们开始在山上寻找水源,很快他们凿了井、拉了水管,家家户户都通上了水。这主要是说生活在山下的人们,很多居住在山上的人由于地势的原因,依旧以挑水为主。当人们不再依靠河水的时候,他们露出了可憎的面目。特别是左岸的人,像是得到了另一种解药,转而将对生活的不满发泄到一条河中,他们将垃圾就地倒入河中。久而久之,右岸的人们也开始纷纷效仿。

当最初的秩序惨遭破坏之后,就无法再回到起点。一条河的命运也似乎开始走上了不归之路。我已经无法从母亲的叙述中看到它曾经健壮的证据,河道还是那么宽,但齐腰深的河水已经成为历史。流经硫黄矿的河流变得更加瘦小,就连青苔也成了暗红色,像是开过刀的人,总能从他的疤痕中看到模糊的血肉。我在白沙小学寄宿时,每到放学,河对岸的同学总是踩着搭石,涉水而过,轻盈飘逸,如幼时用扁平的石子打水漂一样。

从学校后门出去,穿过马路,沿着大理石铺的台阶,就能下到河里。寄宿的男同学在夏日的夜晚总喜欢穿着凉鞋到河里嬉戏，那时候的水还能盖过我的膝盖。但从桥上往下看，矿泉水瓶子、烧透的煤渣、塑料袋等垃圾分散在河道两侧，更有甚者将病死的牲畜也扔进河中……靠岸的一侧，堆满了校园里清出的垃圾，那个时候人们还没有很强的环保意识。校园里每天也会产生不少的垃圾，被我们搬运到河道旁，堆成一个小斜坡。

大学毕业前夕，我从新疆回到故乡，在安康市坐客运班车到白沙河口下车。所谓白沙河口就是一个三岔路口，白沙河在这里和从镇上下来的河水一起汇入岚河。路上，持续的轰鸣让人感到陌生，过村的省道堆满了巨石。车子无法通过，我要走十公里的山路才能到家。放眼过去沿途如废墟一般，按照规划，公路要拓宽重建，施工队只能保证每天一个小时的通车时间，其余全线封闭。我徒步向前走去，原先的路已被掩盖或已变道。沿途的耕地残缺不全，一些山体被炸药夷为平地……

人的器官总是会带着某种记忆的功能，一路，我总感觉少了些什么。很快便明白了，是河水。看不见河水，进村的路全是山崖，那些石头和残渣堆在河谷中，把流水的声音给捂住了。走在这样的路上极费脚力，有的地方只能容下一只脚，汗水很快就浸透了我的后背。前面的路走不通了，三台挖掘机正马不停蹄地作业……等我赶到家的时候，月亮已经爬到了群山之上。

又过了五年，我回乡办婚礼。十月份，我提前回来做一些准备工作。路已经修好，走在路面上很舒服。只是，站在高高的堤坝上,我为一条河流感到悲伤,它已经瘦弱得像是山间的一条小溪了,俨然失去了一条河应有的体态与尊严。现在的松树庙村是周边六个村合并后形成的,政府在此修建了搬迁后的安居房,改变了原来危房遍布和散居的局面。河道先是被公路的地基侵占了一部分,后来由于土地有限,两岸新修的房屋也从河道里开始垒起来,河身便只有原来的三分之一宽了,似乎没有人担心一条河流会走丢。河流是宽容的,它拖着疲惫之躯无声地流淌着。汉江依旧维持着它的浩大和美誉,但似乎每一条河流都不愿意重新回到源头。大河的声音变得嘶哑,流水声穿过瓦缝进入梦乡已经成了记忆。缺了水声,这一夜我彻底失眠了。

　　我再次站在河堤上,从硫黄矿方向流下来的河水已经变得清澈了,很少有人知道这次"洗白"它用了多少年。

　　清晨,又见到了熟悉的炊烟,幽寂的大地让人感到茫然。曾经的熟悉在村庄中逐渐变为陌生,时间在年轻人的身上加速前进,新生面孔把故乡推得很远。让人安心的是老人们在时间面前保持了足够的定力,他们的面容依旧慈祥,隔着老远,看着背影便能认出这是谁家的老人。他们在耄耋之年回忆起白沙河的模样时,仍然滔滔不绝。然而,宽阔深远只停留在记忆深处,面对从门前经过的河流,他们只剩下叹息,似乎是时间给予的最后答词。他们不会像孔夫子那样发出"逝者如斯夫"的慨叹,更多的是用说话漏风的牙床给后人讲述一条河曾经的壮阔。

我忽然发现,那些老人不是别人,正是自己,言语中掺杂着萧瑟过后的悲壮。

路

在乡村,路是一种奇特的存在。对于"要致富,先修路"的说法,我是持保留意见的。路的存在,新老交替,有的路是修出来的,有的路则是走出来的。山间盘绕的小路,蜿蜒灵秀;柏油路坚挺宽阔。柏油路虽然给我们的生活带来了巨大的便利,但我更喜欢山间的小路。怎么说呢,山间的小路更加接地气,一个在乡下生活的人如果失去了地气,意味着他将会失去一切。在乡间从来没有一个人不是脚踏黄土、双手沾满泥浆的。

我们散居在山间,路把我们和土地、森林连接在一起。在乡村生活了十八年,从来没有觉得谁会刻意地去修一条路。当然,在那十八年间也不曾有一条路荒芜。路,就像是我们的血管和神经一样,一条路牵着另一条路,也连接着乡俗和乡礼。

我很小的时候,跟着大人们从山上到松树庙去买东西。所有人都背着背篓,因为庙沟在山上,松树庙在山下,而白沙河又经过那里,所以从山上下来买东西,方言为其造就了一个词语:下河。那时,半路的人家碰到从山上下来的人,都会热情地出来打招呼:

"这是要下河去呀,到屋喝口水哈。"

如果下山的人不仅仅是要到松树庙，还要到镇上去办事，如购物、看病、访友，则会这样答复好客的人家："麻烦你了，下一趟河，顺便上一趟街。"

　　这里的"上"就是相对于松树庙而言的，因为镇政府的驻地在狮坪村，因此也说"上狮坪街"。特别是"街"的尾音拖得长长的，带着一份傲娇的味道。"上"和"下"在乡间体现了一种语言的自觉，它们遵从了广大劳动人民的意愿，准确、生动、得体。

　　"那好，那好，回来的时候到屋喝水。"

　　我们就这样一趟趟地上山、下山，那路日渐变得宽阔结实，蹚出来了一条大路。大路好走，因为走的人多。这貌似是一句废话，却又有内在的哲理性在支撑。请相信我，这并非是我故意说教。有大路就有小路，从形态上看，小路就没有大路那么开阔了，小路往往会避开沿途的人家，但小路虽小，也是颇受喜爱的，小路往往是捷径。

　　小时候，我们常跟随大人们下河。往返要一天的时间，天才麻麻亮我们便开始起来收拾。在下河，上街是件体面的事情，少不了要打扮一番。还要提前安置好家中的一切，比如猪草至少要多备一天的量，走之前要守着猪槽给猪喂食，看着它们吃完才能上路。人在一旁监督还有另一个原因，就是大猪蛮横霸道，会欺负小猪，因外出的时间比较长，人回来的时候天都要擦黑入夜了。走之前，猪食也要提前煮熟，等到人回来再喂。猪喂养在圈里，虽有一米多高的围栏，但要饿到极处，它们也是会哼哼唧唧地"猪急跳墙"出来祸害庄稼的。自己地里的庄稼倒也罢了,回头骂上几句,再不济抄起木棍子打一顿也能出出气,但要是"越狱"跑到别人家的地里去了,遇到好说话的人,诚恳道个歉也就过去了,倘若碰上难缠的人,没有三五日休想安宁。

人下河一般都以购物为主,下河的人,笑容和喜悦都是挂在脸上的。回来的时候,背篓里塞得满满的。下河的路全是下坡路,跟着地势,一溜烟的工夫就走完了;甚至是带着助跑的气势,都不需要你自己加速,似乎是一种类似于在北京早高峰挤地铁的体验——人站在那里,随着人群的涌动而被动发生位移。到了上山时就是另一番体验了,人的双脚开始吃力,速度也降下来了。沿途有专门歇脚的地方,一般是大石头,或靠近山体一侧有固定的一个小截面,这个截面不大不小,刚好能够解困背上的背篓。人背着背篓靠在截面上,背篓便稳稳地立在一侧。这时候,人便会找个地方坐下来换口气或者抽一支烟;要是找不到适合坐的位置也无妨,就一屁股落在地上。这样的位置一般都会选到岔路口,几条小路或者大路在此会合。碰上个熟人,还能谝一阵张家长李家短;说到精彩处,往往哈哈大笑。上山的人仿佛获得了一种力量,趁着高兴,刚刚疲惫的那股劲儿荡然无存,背起背篓大步大步地向山上走去。站在低处往上看,一个背篓很快就爬上了山顶,再一看,没了踪影。等到家的时候,虽然肩膀上全是竹条的印子,仍非常高兴。

路是什么时候遭到破坏的呢?

我六岁的时候,庙沟上的人开始到松树庙修路。修了一年,路通到了糖坊里。我们正在教室里听课,班上一共五个学生,分别来自周边五条沟。我躲在教室里,从窗户上看到了火药爆炸的威力——石块和土块迸溅进竹林里,黄土弥漫的烟雾过了很久才散去。路修到庙沟小学对面,就算告一段落。这一条路修得极为艰辛,庙沟每一户人家都出了劳动力。即使在农忙的时候,也是自带饭菜,早出晚归。这条路最大的受益者便是糖坊里的商家,路修通后,一车一车的日用品被拉上山,价格也在松树庙的基础上上浮。

修路的代价是巨大的,耗费了大量的人力和物力。但一年时间,这条路所发挥的作用实在是有限,从年头到年尾除了商店拉货和几户有摩托车的人家受益外,绝大部分人还是靠双脚走小路。从距离上来说,新修的路由于盘道、"之"字拐、地势等原因,又绕长了不少,实在不划算。路修好以后,每临夏季连阴雨,很多地段便会出现塌方、滑坡、落石。我有时在想,公路没有修通之前,那些小路从来就没有出现过塌方和滑坡。小路其实并不是人们刻意规划出的,而是自然而然地沿着山的褶皱肆意铺展。

灾难是从修完路开始的。先是一个姓张的人,骑车从山上下来,下坡路上为了省油挂空挡(实际上并不省油),到盘道拐的时候,车子带着人冲下了悬崖。这个地方在阴坡,平时走的人也少。头天晚上不见人回去,女人也没多想,以为男人是跑出去赌博或者喝酒去了。过了三日,仍然不见男人回来,女人就感到心慌了,沿途寻人去了。走到盘道拐下面就看见一个人和一辆摩托车倒在路面两侧，石子上有一摊血，黑得像上了一层漆。女人看清黄色车牌上的号码，瘫倒在地，醒转过来，连滚带爬，哭声撼天。过路的人平时不走公路，听见声音跑过去一看，吓了一大跳，于是帮着在村里喊人，一起料理了后事。此事之后，村民们赶紧请人在盘道拐那里打了几个水泥墩子。

过了一阵子，到了腊月间。糖坊里的那位商家，开始囤订大量的年货。那次我随父亲去糖坊里背尿素，商家接了一个镇上打来的电话，对方谈及狮坪街的辣子价格又涨了。刚挂了电话，商家便宣布辣子的价格再上调两元。院子里的邻里叫苦不迭，前一人还是原价购买，而他仅仅是手慢一会儿，菜都已经称好，只未结算而已，就要多付钱。这一年，南方碰到了数年不遇的大雪灾。运输和电力遭到破坏，恶劣的天气导致物价上涨，商家囤积的物资价格水涨船高；后又因商家们频繁运货，进山的那座土木桥被一辆严重超载的货车压垮，一车货全都倒在了河里，司机被连夜送到了医院，那次事故致使村中交通中断数日。

在一个阴雨绵绵的清晨，雾岚尚未散去，我的裤脚和鞋子已经被露水打湿。当我走过山梁时，一阵巨响吓得我立在原地，不敢动弹。过了许久，我鼓足勇气，小心翼翼地往回走，却被眼前的景象吓呆了，暗自庆幸劫后余生。从山顶落下的巨石砸断了路面，压倒了庄稼地里成片的苞谷，截堵了小河。那几日我在学校总是一惊一乍的，一有声响便心里一紧，一直心有余悸。多年后，我开始审视当年修路对自然的破坏，或许找到了那次事故的起因：那是一截非常"难啃"的路，全是岩石层。当年岩石缝中打满了密密麻麻的深洞，塞满炸药，数天才炸出一条平路来。炸药的威力看似已经过去，但伤筋动骨的危害却在日后显现出来。我上大学后，听母亲讲岭上又垮了几次岩。

十多年以后，村庄又发生了一些变化。易地搬迁，山上的村民走了一大半，那条公路也日渐荒芜。前年我回老家结婚，偕妻子一块儿上山看母亲。我担心妻子走不惯山路，便选择了公路。沿途杂草遍生，山石横卧，深陷的车轱辘印被草木覆盖，路似乎正在以它自己的方式回到从前。

土地

土地是农村最大的生态圈。

庙沟属于山地，且有着一定的海拔。一年只能套种一季洋芋和苞谷，收获仅够养活一家人的口粮。特别是大集体时，按出工算工分，捉襟见肘是常有的事。

包产到户以后，贫瘠且有限的土地依然不能满足需求，父辈们开始拓荒。我曾经和他们一起开垦过两亩地，先用斧子和镰刀将丛林中的树木、藤蔓、杂草等全部伐掉，再用锄头将地翻一遍。这活儿最费精力，手掌不脱一层皮很难完成，尤其是锄断地下盘绕交错的树根这项活计极为难缠。完工后还须将地里的大石子悉数拣出。头一年的地,没有肥力,要烧荒。将枯草、苞谷秆、树根盖上一层土浅埋地下,点燃,青烟直蹿云天;三五天后再将土扒开,燃过的灰烬便是上等的肥料,种出来的洋芋光泽亮丽、苞谷饱满结实。

作物单一,土地带来的收成有限,而男人们则有使不完的力气。他们会将犁地、播种等重活在元宵节前忙完,再另寻一份活路。下煤窑曾风行一时,高收益与高风险并存。不到几年,坡上垒起了不少新坟。一家人的开销寄希望于男人,要是家里老人孩子再有个小病小痛的,日子便更难过了。女人们只好在家畜上下功夫,比如多养几头猪。那些年也没卖上好价钱,一年到头细细算下来,加上猪吃的粮食,还亏着本呢。春秋两季养蚕,要看天吃饭,碰上连绵的阴雨天便自认倒霉,带雨水的桑叶会让所有的汗水付之东流。

农业税取消后,开始搞退耕还林。我们家开出来的两亩地刚刚开始要有产出了,谁知又要还回去,父亲意见很大。后来又提出搞经济林,给每一户都划定了指标,种茶树或核桃树。我们选择了种茶,只因核桃树苗早就死于头一年冬天。此后几年花样层出不穷,种果树、草药、草莓、甜瓜等,几乎一年一换,来一个管事的就换一个主张。村民们也明白了,啥也种不成器,还是老老实实地种苞谷和洋芋靠谱。

真正的改变在近几年。也不知道是谁牵的头,庙沟开始大规模地种植烟草,我的二伯就参与其中。我们从山上搬到山下以后，除了茶林，二伯还种着我们家和大伯家的地。三家的地，他一个人种肯定是种不过来的。烟草来钱快，但一点儿也不比种地轻松，特别是到了最后，炕干烟叶的工作不是一般人能忍受的。二伯忙不过来的时候也会请母亲上山帮忙，母亲什么苦活儿累活儿脏活儿都干过，但从山上下来后，也说这钱不好挣。在铁皮房内要耐受住高温，别的不说，光是烟草所释放出来的那股味道就让人很不适。当然，或许这跟母亲闻不来烟味也有关，所以，我们家放弃了种烟草。

有一年七月，我回到故乡，走小路上山。我看到成片的耕地上不再是熟悉的庄稼，而是密密麻麻的烟草，它们的叶子肥硕宽大，就像是无数个黑洞在吞噬着脚下的这片土地。我突然间感到异常害怕，如同走在长满尖刀的土地上。二伯和二伯娘也是异常繁忙，吃完饭碗都来不及洗就下地了。原本沉寂的公路日渐在轰鸣的汽车声中沸腾了起来，我站在山梁上看清了，是寨子上的王家从镇上拉了一车的玉米用于喂猪。原来村里人早就不种庄稼了，一门心思全在烟草上，这些人家都在心里面铆着劲儿希望能超过别人。我一时有点恍惚，当土地不再种植粮食时，危险就会靠近。这想法的产生，或许跟我小时候家里穷、吃不饱肚子有关系。

我一个人在山上转来转去，却感到眼前越来越陌生。水井路那边有一户人家以前房前屋后都是果树，每到夏季把人眼馋得不行，如今早都被砍完了。或许在他们的心中，外面拉来的水果又大又甜，比自己种下的强得多。想到这里我有点哭笑不得，仿佛看见一个人守着绿色天然的财富却不要，非要吃城里的添加剂。朴素善良的人们呀，他们又怎么会知道，那些运来的食品和水果有着农药和防腐剂的功劳呢？这并不怪他们，穷困多年的生活使得他们每看见一束光的时候，就难以自持地陷进了欲望的深渊，这本身无可厚非。

晚上二伯从地里回来，一屁股坐在门槛上抽烟。我问他："三家的地你一个人种得完吗？"和二伯对谈，我才知道我对烟草的认识浮于表面。烟草对土地的破坏巨大，每亩地要施大量的化肥才能让烟草长得茂盛。为了养地，种完烟草的地第二年就不能再种了，要把家里的农家肥放到地里去，但即使这样，长出来的草也都是黄苗子。二伯把三家的地集在一起，循环着种。在山上待了两天，我大致摸清了整个过程。烟草对土壤的危害确实超出了我的想象，大量的化肥进入土地，会破坏土层结构。我们家过去有一块肥地，每年挖洋芋的时候，总能翻出一些蚂蚁、蚯蚓、蛴螬等，而种过烟草的地翻过来时，这些物种基本绝迹。阴坡下有一块地，地旁边有一棵大核桃树，靠近山根的地方有一方小小的沁水坝，有一股烟粗的水流。种过烟草后，那水便变成了浑黄的，里面像是谁泡了吸剩的烟头，再一看，核桃树叶子也都打着卷。在这块地的前方是李家的茶园，这个茶园比我父亲的年龄还大，一个冬季过后就再没返青。记得有一年冬天，冷得出奇，茶园里却开着白色的花朵。

烟草公司要等人把烟叶炕干了以后才过来收货，家家户户门前都装了一个蓝色的铁皮房，用来炕烟。山中无煤，炕烟用的柴火二十四小时不能间断，家家都是两口子一个守在地里，一个去山上砍柴，一个守前半夜，一个守后半夜。从院坝里朝南看，那片树林像是脱了外套，皮肤全露出来了。因为炕烟需要大量的柴火，先辈留下来的砍柴传统被彻底击溃，原先到林子里只能砍坏死的树和枝丫，但显然树木枯死的速度无法满足炕烟叶的需要。"哦，那户人家的果树应该是炕烟用了。"我想。

土地对所有人开放，但种烟的节奏会慢下来吗？

相较于城市，乡村是自然属性更强、更周密的生态系统。河流、道路、土地并不会在朝夕之间发生改变。其实我们认识自然、改造自然的能力很低，但对生态环境的依赖性却又是不言而喻的。当河流、道路、土地回到它们本初的模样，当我们节制世俗的欲望时，良好的生态才会从荒野中走出。

日渐残破的土地，正在一声声地唤醒那逝去的灵魂，可它又真的能唤醒那些人吗？

蔡森，作品散见于《十月》《延河》《西部》等刊。著有诗集四部。

（《黄河文学》2023 年第 2/3 期合刊）

低处的草

◎ 齐未儿

海蜜精

我四处张望的目光让父亲困惑，他停下脚步问："找什么啊？"那时，我和他走在通往海地的路上……海地，海边的沙地。他和母亲在那里点了几埯饭豆。

一瞬间起心动念，我以目光为炬，照亮一蓬蓬一团团一株株深绿浅绿的旋涡，在形形色色的叶子上摸索逗留，这拖延了我的脚步。我要找一株早年常见的野草——海蜜精。

小路两旁青草葳蕤，蒸腾着绿油油的气息，那里是草木的胜境。我的脚步艰难地蹚过芦节草、狗尾草、刺菜、白薇，它们从头到脚绿得彻底，叶子齐齐向上伸举，像是要跳起来。但没有海蜜精。

怎么会没有呢？是不是它匍匐而生，被忽略了？继续搜寻。父亲被我影响，不由停下脚步四下打量，又朝旁边的草丛走去。我换了另一个方向，不断踩倒挡住路径的茎叶，仍一无所获。父亲仍然微低着头寻找，带着巨大的不甘心。

远处的天空垂破一角，蓝到林子后边去了。再往前几步是林场的院子，白墙和灰黑屋顶影影绰绰从叶子的缝隙泄露消息。林场周边的树既高又壮，林下草地海蜜精丛生。我的少年乐园，清晰如昨，探出手就能触摸到的声色光影。

春寒料峭，挡不住海蜜精急急萌出新芽，伸展椭圆形叶片，大得与长寿花叶子差不多。叶面不油润，曲曲弯弯的叶脉，破一片叶子成河、成原，相互推搡、弯曲与拥抱。绿色一展便往枯里疾行，边缘镶着一线紫红，像有人用笔描过。海蜜精只有五片叶，一片挨着一片，贴地而生。每一片叶子都向下伸着，把自己压得足够低，背向生长，心坠向地。再大些，叶子直起身，抽梃开花了。梃有一根筷子那么长，花开在最高处，一小朵一小朵聚拢。花冠平展，如同一只灯盏。夏天，花粒子凑到一起，成了朵儿，像是被抽干了水分，呈近干枯又苍老的白，摸上去有点扎手。柔软、细腻、光滑，海蜜精皆无，也无芬芳。它刚刚打苞，就老了。

海蜜精的根钻得深，细长，锈白色。梃有多长，根就有多深。剥掉外皮，里面藏着一脉清凉的甜。

水塘边，野芝麻花抽出穗，紫茵茵一片。蜜蜂忙，白翅膀的蝴蝶跳跃在紫云里。海蜜精显得清冷，没有虫子爱。只有风一阵轻一阵重，不断吹过来。还有我们这些爱热闹的孩子，围着它们跑。

同学住在林场，我们写完作业，在林子里疯跑，摘野桑葚，找一种像口袋的小果子，挖海蜜精的根，也去附近的水渠里划木舟。舟在水面打转,天光和水色也在打转。没有人担心能不能上岸,最后总是可以上去的。长大之后,上学的路伸往不同的方向,工作生活在不同的地方,连彼此的消息也少了。成长就是这样一件事情,渐行渐远渐无迹。

有海蜜精陪伴的日子是甜的。后来,我又认识了不少植物,它们既不属于海,也不属于沙丘盐碱滩,我淡忘了它们。成长的过程中我总在跑,跑着跑着,跑丢了很多东西。

我和父亲徒劳地寻来找去。行至更远处,野芝麻花紫腾腾的香雾被轻风送过来,从时光的另一边缭绕着抵达。

父亲一边走一边念叨:"有呀,很多呀,什么时候没了呢?"

正如他所说,没什么用处的杂草,肯定不是被村里人挖绝了。话说回来,挖又怎么会挖绝呢?

它们到底是如何消失的?我想不出个所以然。它们毕竟不同于青蛙、泥鳅、河蟹,受不了稻田里的化肥农药,只好退避三舍。植物没有脚,土地发生了什么隐秘的变化,才导致它们再也待不下去,于是集体消亡了呢?我眼睛看到的几十年来的变化,并不发生在附近,起码常走的路没变,吹在身上的海风没变,空气里的鱼腥味没变。是什么让它们像从来没有在这片土地上出现过一样,影踪全无了呢?这让我百思不得其解!我记忆里的枝繁叶茂,竟然成了不切实际的梦。

有一次看一部影片,里面的植物学家说:"拯救濒危植物,不单单是为了挽救一个物种。"因为常常想到海蜜精,那句话带给我的震撼像挨了一记重拳。如果之前是深感遗憾与惆怅，那么彼时有什么在僻里啪啦地坍塌？这个世界的万事万物都有着环环相扣、盘根错节的隐秘关联，失去一种植物，同它一起消失的，可能还有某种跟它关系密切的昆虫。如果一类昆虫没有了，会不会影响到原来生活在近旁的鸟儿或小兽？或者反过来说，一类动物消失了，伴着它一起不见影踪的，会是哪种植物？它们又带走了我的哪一部分？南美洲的蝴蝶扇动翅膀，可以引起美国得克萨斯州的一场龙卷风，绝不是危言耸听。可是我的后知后觉以及与动植物的距离影响了判断，我只知现象，不知究竟。

父亲近乎生活在森林里，除了雨雪天气，一年中与林子的约会时间超过三百天。他仍然在念叨："我怎么没有注意呢？"谁会关注野草的存留和消失？无关紧要，难免视若无睹。

达尔文说："自然界没有飞跃。"但是之后的古生物发现与研究又明确表明，"自然界不单存在着达尔文所主张的渐灭，还存在着他坚决否认的突然绝灭"。是呀，比如恐龙的不告而别。本来我以为，种群整体消亡，是因为气候的变化、地壳的运动，可能会惊天动地、声势浩大。可是，这几十年间，对此我却并没有敏锐的觉知，气候变了吗？地壳变了吗？

越来越多地想到它，夜里睡不着，我恍然站在海蜜精生长过的土地上，不由得思考得更多。它们消失，是不是跟人类以及动物一样，经历了惨绝人寰的战争或者足以灭族的瘟疫？对手是谁？战火缘何蔓延？瘟疫又源自哪里？周边的其他草木是否能觉知它们此起彼伏的呐喊呻吟，或者也曾经留下只有植物间才能沟通的密语？我可以确认的只有它们之前嘈杂热烈地存在过，虽然那是一个我无法探听的、有着自己法则的世界。这卑微平凡的杂草，曾经安稳地吐纳呼吸，传递各自的苦乐悲喜；晨起鸟儿歌唱，夜间虫声呢喃，人语也间或被悄然聆听。如果人类的悲喜并不相通，植物间的呢？

植物学家说，一颗种子蛰伏漫长时间后仍然有机会生根发芽，海蜜精有没有这样一颗种子被收藏？它是寄寓在鸟儿的翅膀重寻栖身之所，还是被托付给兽的指爪藏匿于某个暗黑或光明之地？重见天日又在多久之后？有一个念头在心里越来越强烈，我冀望有一片土地，可以让它们扎根继续生长。在我的认知中，它是一种粗枝大叶到从不挑剔盐碱，也不挑剔沙粒的野草，没有眼见的娇气，因此消失得越发匪夷所思。

《诗经》里面讲到麒麟，还有很多故事里讲到龙和凤凰，原本我以为只是凭空杜撰。没有亲见，叫我如何相信它们的存在？

假如我现在要给孩子说说海蜜精，我说根、叶子和花，就像在介绍老朋友；我说气息和味道，就像在聊着一个血脉相连的亲人。在孩子们茫然的眼神中，我描摹的一切是不是也成了虚妄？

我找了关于华北地区植物的图片，找了近海地区植物的图片，果然"两处茫茫皆不见"，它甚至没有一个上得了台面的名字。"海蜜精"不过是村里人日常唤它的小名。

蛇床花

蛇床花与海蜜精花略似，又感觉大不同。二者皆白，状形相类，朵儿都不大，蛇床花更疏朗，伞似的，成群结队撑在没雨的草甸上，星星般妖娆。

问父亲："小时候天天跟着姥爷去割的白花还有吗？"

他说："有！"语气斩钉截铁，似乎刚刚才见过。但是第二天，我们就领教了现实的无情。走过田埂，绕过沟渠，奔走在它应该生长的每个地方，各具特色、挨挨挤挤的杂草野花争先恐后撞到视野里来，唯独没有开白色花朵的那种。

绿叶白花，花梗半人高，像一阵嘹亮号声腾冲于一片绿意之上。即便放之旷野深处，也能冲出冥暗跑向你，它不是可以轻易忽略的存在。

父亲不肯再带着我，他骑着那辆老式"二八"自行车又去了村外。这次他换了方向，带回一株蛇床花，有我熟悉的淡淡药香。

他说："你看，是不是有？就是太少了，没几棵。"我看着手里这棵，有些心疼地说："那么少，别拔呀，好好长着多好。"我可以过去看的，像去拜望一个疏于联络的乡邻。

只要还在就好，我以为蛇床花也不见了。对于一种植物，我的心思有些重，我像担心一个旧友一样，害怕在并不漫长的时光里不声不响与它走散。二三十年一晃而过，我姥爷已经作古，那种叫蛇床的杂草，也已少到要刻意寻找！我能够看到这个世界呈现出的细微变化，却不能够感知悄然进行着的变迁过程。只有我悚然而惊吗？这怎么能不让我担忧？

读《杂草的故事》，说大野的诸多杂草曾经以尊贵的身份从各地被引入园圃，又从园圃中逃逸。逃出园圃的草们极度快活，到田间地头活成燎原之态，强势占领土地，自在得不得了。蛇床似乎在为杂草代言，如果它们的确侵占了人的土地，带来了烦恼，能怨怪那些植物吗？适者生存，它们不过是遇到了恰当的地利天时，被好风好雨恣意宠爱着长得忘形罢了。我散步常走的路边，垂序商陆半人高，小树一般，叶片大如手掌。这种原产北美的植物，在二十世纪三十年代作为观赏植物被引进，二〇一六年十二月十二日被中华人民共和国生态环境部挂上了《中国自然生态系统外来入侵物种名单》（第四批）"外来入侵物种"的名单，名声有点儿败了。它的不远处，另一片空地上，小蓬草和反枝苋步步为营，如火如荼地生长。看到它们的瞬间，我竟然生出不舒服的感觉，它们强势得近乎欺凌者！不出所料，它们也是入侵植物。喜鹊斜飞而过，戴胜站在近旁啄着墙皮。鸟儿的瞳孔里，这些植物是什么样子，与我见到的有何不同？

找到一本《消失的植物》，读得我胆战心惊，那是一种复杂的情绪，有遗憾，有悲哀，更有深重的无力感。书里没有蛇床的名字，当然没有。我还能看到蛇床，它还在土地上生长，哪怕苟延残喘，哪怕艰难挣扎，毕竟还没有消失。书里提到的植物还多到令我心痛。生活在毛里求斯岛的渡渡榄和与它唇齿相依的百年内就消亡的渡渡鸟，如同在为"唇亡齿寒"做注解。鸟儿消失了，树也就不再新生。自然界中，到底有多少这样同生共死的生物，不得而知。如果能够多了解它们一些，是不是就可以更好地保护这个世界的生态？

上网查询，蛇床并非珍稀品种，在我国广大地区，是常见植物。只是我少了一双千里眼，既看不到远方，也没有去探问它在其他地方扎根的消息，不知它可还安好？如果在我生活的土地上要找到它已经如此困难，那么彼地，即便它勉为其难地活着，又能坚持多久？声势浩大总会带给人生机无限的既视感，单枪匹马是不是更容易消失在优胜劣汰的丛林中？

我知道濒危动物会引起各界关注，人们会竭尽全力施救。与能跳能叫、能吵能闹、容易被关注的动物相比，濒危植物的求助显得无声无息，它们的沉默会让人生出其无足轻重的错觉。

落藜在呢，车轱辘菜在呢，与蛇床一样，它们都有着个头儿不大的种子。蛇床的种子更有艺术美感，一粒粒像一个个小纺锤，表面密布深棱。它们的种子形状不同，大小却所差无几，这样想来，蛇床的生存能力弱在了哪里呢？

从一粒种子里，要如何解读一类植物的历史？它的快乐与忧伤、成长中的坦途与波折，要怎么破译？对于生活在乡村的人们来说，它只是作为一株无足轻重的植物存在，可有可无。我不会分析它的根茎、花叶和果实，也不了解它的界门纲目科属种以及习性特点。它近在咫尺，又似乎远在天涯。我抚摸它的叶片，嗅闻它的花朵,也探看它的根须。如果从这里展开阅读,我能读到什么呢?站在此刻,向前回溯,我望不到时间的那端。它从哪里来?就算我知道《离骚》中有"索胡绳之纚纚","绳"被认为是蛇床也不过两千多年,再之前呢?把触角探向未来,我觅寻不到它命运的长途将会抵达哪里,会不会像海蜜精一样,默然无声地走到时间之外?我没办法破译一株野草的生存密码。它是一个生命,可我常常忽略了这一点。

十几岁的时候,我和姥爷握着镰刀,一路割过去,然后抱着一大捆蛇床放到驴车上。传说蛇床是由于开花的时候有蛇盘踞其下而得名,我却一次也没有见过。清闲时,姥爷在房前屋后走动,总有些蹒跚,但他干活儿的时候,就像上了战场的士兵,气势不凡,雄心勃勃。那花白的头发被我忽略,汗水湿透了灰色外褂后背,外褂暗了一块儿。他抱着花枝子,小心翼翼地稳稳踏过堤岸沟坎——生怕碰掉籽粒。青枝绿叶从他的怀里蹿出来,香气逗引着我的鼻息,也逗引着蝴蝶和野蜂追着他的脚步飞舞。

蛇床被运回家,晾晒在院子里。我们把种子轻轻磕落在塑料布上,再提着好不容易收集的一小袋儿籽粒交到收种人的手里。母亲说:"你看,老天爷看着咱们呢,知道年景差,收成不好,这不是来送东西了?谁能想到,野草籽儿能换钱啊。"

那两年,蛇床确实多得不同寻常,好像凭空出现一般,热烈又茂盛。羽毛状的叶子凹凸有致,娉婷的身姿在风中摇摆,上面连个虫洞也没有。

多年以后，看到"每一棵树都是一个神奇的生灵，它甚至荫庇那些提着斧子来砍伐它的人""树木提供给人类的事实远不止是荫庇那样简单：它们是人类重要的食物来源；它们给人类提供木材、提供燃料；它们吸收温室气体、制造氧气并净化空气；它们保持水土并调节气候；尤其重要的是，它们组织了陆地上最大和最重要的生态系统——森林生态系统，为千万种的动物和其他植物提供赖以繁衍生息的栖息地"这样的话，我又想到蛇床。它不也是植物大家庭的一员吗？每年四到七月开花，具有祛湿作用。夏季不正是人体湿气最重的时节吗？植物养育着我们的身体，呵护着我们的生命。

植物具有母性。

齐末儿，原名李冬梅。作品散见于《散文》《山花》《当代人》《散文百家》《北方文学》等刊。出版作品集《秀丽的家园》《二十四节气果蔬》。

（《黄河文学》2023 年第 2/3 期合刊）

翠微

◎ 漆宇勤

草木间寻访水的源头

寻访一条河流的源头，寻访到后来，便弃河入山了。

"家住安源萍水头。"

在这个当年风靡全国的京剧唱段里，"萍水头"可以被理解为萍乡安源的任何一个地点。

当我想要寻找这条名叫"萍水"的河流确切的"头"时，我却似乎犯了难。

过去很长一段时间里，我想当然地认为流过龙背岭的那条河就是萍水河，但我看到水系图上，小时候门前那条河明明被标注的是福田河——它是萍水河的支流之一，往下游流着流着就汇入了萍水河。

与朋友交流，每个人都认为小时候自己家门口的河流就是萍水河，其实，那都是萍水河的支流。一条河流被它的支流养育着的人们反复错认，这真是件有趣的事情。

有一天,我突然想到,喝着萍水河水长大的家乡人,了解自己的母亲河吗?

绝大多数人,都不能准确指认这条河流和它的源头。不能不说,这是一件遗憾的事情。我们打算用脚步丈量自己的母亲河,用最原始、最淳朴的方式向一条河流致敬,来弥补这个遗憾。

行走的第一步,从查找资料开始。

很显然,福田河的源头不是萍水河的源头,麻山河的源头不是,长平河的源头也不是,它们都只是一棵大树的枝条,不是树干。

地理书上说,萍水河发源于萍乡北部的杨岐山。作为一个门外汉,我对"发源"这个词语产生了浓郁的兴趣。涓流汇集而成河,一条河最初的发源之所,是一眼泉水还是一条溪流?按中学课本里面说的,山里的流水来源最终都指向了树木的根。那么,照此推理,萍水河的源头在杨岐山上那葱茏的草木根部?

沿着地图上萍水河蜿蜒的路径,我用了整整五个小时溯着源头而去,终于在一个春日的下午来到杨岐。杨岐是著名的禅宗圣地,禅宗五家七宗之一杨岐宗就发源于此,在宋代曾盛极一时。文化之河的流转与水流之河有着高度的契合。典籍上说,禅宗也有诸多流派。这就如同人类的族谱,每个人都可能成为一个家族分支的始祖,但每一个始祖最终都只是另一个更古老始祖的无数子孙之一,我们甚至无法给它们找到绝对准确和清晰的脉络来进行命名。在历史和自然之中,都有过一些分支出去的河流,流着流着又与主流融为一体的情形,支流再次并回或者说取代主流。

从这个角度来讲,每一条河流都有着无限种可能。河流的成长毕竟与树木不一样,正好反向而行。我们都不会错认一棵树的主干,但很多河流都曾有过被错认支流与主流、真源头与假源头的经历。河流从不计较这些,它只顾着顺从自己的心意日夜流淌。

在这条文化的河流里,它们并不需要真正分出彼此,在信念的道路上汇流而行,目标明确但并不急切地永远走下去,就是出发之时最初最真的本心。

对于一条河流源头和准确命名的指认,关联着某种可以消解崇高事物的归类法。这样的命题放到人类自身还会显得更惊心动魄一些。人类之于生物、生物之于地球、地球之于银河、银河之于宇宙,都只是一棵树的枝叶,甚至仅是树叶上的叶脉或者某个绿叶细胞。这样的想法简直太让人难以接受了。一个人,只是一条河流的支流的支流的支流。就如我小时候眼中的大河只是萍水河的支流,长大后被称为母亲河的萍水河,也只是长江的四级支流……

学水利的朋友告诉我,江西的五大河流——赣江、抚河、信江、饶河、修河——没有萍水河,它只是这些大河不连贯的支流而已,甚至称不上五条大河中任何一条的支流。萍乡中部偏东较高的地势,成为洞庭湖水系和鄱阳湖水系的分水岭,这也造成了一城之水各奔东西的景象。全市主要河流有五条,其中袁水、莲水流入赣江,东奔鄱阳;而萍水、栗水、草水注入湘江,西去洞庭。

为了探寻这条外向的河流的源头和它流经大地的人文自然,我们在二〇一九年的秋天完成了与它的一次深度亲近。当溯源至杨岐山诸多溪涧中无法详知的一条河流之时,我们没有继续去探寻。这众多的毛细根都是萍水河的根系,至于哪一条延伸到了最远,已经不重要了。甚至,萍水河是如水利资料中所说"发源于宜春"还是如人文资料中所说"发源于杨岐山",也不是一个非此即彼的问题。

沿着萍水河溯源,无论是直接经由杨岐山下还是辗转宜春再往上,由大而小的河、溪、沟、涧,都连通到了杨岐山麓那苍茫的群峰、多变的山谷中。

站在山上,我的视线不断拉远,在空间里延展,也在时间里延展,不能不遗憾地看到我们的萍水河已经在不知不觉间变瘦变小,它失去了很大一部分丰腴之水。水流的减少不是一夜之间造成的,一条河流立体和纵深关联着的一切都无法幸免,更无法独善其身。

萍水河的源头之水,依旧在杨岐山麓汩汩流淌;这条河的八条支流,也依旧在各自所在的山岭沟壑间汩汩流淌,只是流淌得有些孱弱,有些小心翼翼。仿佛从一出发,萍水河便少了几分气势,一路收拢着余下的旧部属,却也壮大不起声势来。

我追寻这条河流孱弱的缘由,回到了山岭间。面对我的追问,山岭张着嘴巴说不出话来。源头也在追寻自己的源头。

一切的指向最终回到了草木,回到了山上的草木,回到了沿河两岸往外延伸的草木,回到了河流之下的草木。

"涵养水源",这只是一个守中持正的词,但若细细去咂摸,却能品出太多不同寻常的味道来。漫长的岁月里,古老的山、众多的树,替我们收藏、收纳、守护着涓滴之水,如同一个个兢兢业业的管家,计划着每一次的收支,维持着从山上往下延伸的河谷里的一派丰盈清亮之景。

河流的梦想,着落在了山岭和森林之肩。那记忆里回不去的丰沛河水、清澈河水、甘甜河水,必须依靠葳蕤的草木、茂盛的森林、苍翠的青山来慢慢挽回。

法脉或山脉

访山归来,我惊喜地发现:中国的山岭都是很有全局观念的。在古代,关于龙脉,关于堪舆象形的表述,总能让人觉得神秘莫测又心生向往。山是有走向的,它有着自己的脉络。今天我们借助卫星或者飞机从高空俯瞰,当然很容易埋解地势起伏,但在千百年前,要想在崇山峻岭和密林中踏勘绵延长远的山脉,不是一件容易的事情。一会儿攀升到高峰,一会儿沉降到山谷,间或有山涧沟壑或人类聚居、耕作的小平原作为过渡,这样的山脉算是绵延过去,还是被分出了不同的波澜呢?

尤其是南方,山岭全都顶着浓密高大的草木之冠,要想真切理解、深切感知一条山脉的走向就更不容易了。全局观念在南方的山林间显得尤为重要。

若秉持着这种全局观念来考究观察，杨岐山、五峰山，还有不远处的武功山、玉皇山，便是一脉相承，都有着罗霄山脉的总名头。它们是同一根藤蔓上结出的葫芦。

这串葫芦如此多又如此繁密。我在地理书上看到，武功山以超过 1918 米的海拔算得上是萍乡众多山峰的老大。萍乡海拔 1000 米以上的山峰主要还有位于湘东的婆婆岩（1161.4 米），位于芦溪的乌云岩（1616 米）、明月山（1691.4 米）、天皇殿（1600 米）、乌龟山（1497 米）、羊狮幕（1670 米）、百岩（1390 米）、万龙山（1417.4 米）、金排山（1574 米）、扬角尖（1346 米）、禁牌山（1581 米）、瑶峰尖（1150.3 米）、黄茅界（1193 米）、木马坳（1488 米）、发云界（1627.9 米）、九龙界（1350 米）、上山（1160 米）、双树洞（1190 米）、黄花颈（1002 米）、葫芦顶（1061 米）、黄泥坳（1123.2 米）、棋盘石（1156.9 米）、玉皇殿（1010 米）、花轿顶（1218 米）、千丈岩（1720 米）、赤脚坳（1605 米）、白沙墈（1415 米）、鸡冠岩（1902 米）、九龙山（1699 米）、虎形里（1071.9 米）、横岗仑（1056 米）、斗涧山（1094 米）、半天飞（1002 米），位于莲花的石门山（1300.5 米）、高天岩（1275 米）、帽子山（1148 米）等四十余座。

这些高山与更多的矮山在一条脉络上跌宕起伏，有时候它伏下身子，有时候它挺起脊梁，有时候它踩脚成谷，有时候它举臂成峰。

根据地理划分,萍乡处于丘陵地带,属于小山区。借助航拍图,我们可以看到蜿蜒的道路和零星分布的微小平谷。就像小时候,站在屋顶的我可以看见龙背岭,站在龙背岭上我可以看见对面的狮形山,站在狮形山上可以看更高的明山,站在明山上看杨岐山,继续往上,五峰山、太屏山、万龙山、武功山……永无止境。

从杨岐山蜿蜒到五峰山,从五峰山跳跃到武功山,从武功山绵延到玉皇山,都由一条巨大的经络开叉、蔓延。

在玉皇山,我遇见了一小片塔林,石头上刻写着一个个名字和世系。或许在某一个时代,几个人沿着山间小路,穿过不时拍打肩头的树枝,走下了杨岐山,然后继续前行,到了玉皇山,寻一个场所安顿下来,将传统的哲学讲给更多的人听。

也有一些人,走得更辛苦一点。他们没有在玉皇山停留,而是继续前行,来到武功山,过发云界,来到峰峦如聚的九龙山,开启了又一处繁荣绵延的法脉。

九龙山是个有意思的名字,它是武功山的有机组成部分。很多人想要考究为什么叫"九龙",龙究竟在哪里?时代的久远足以让一个浩大山谷间的一切发生变化,文字也在千百年的风雨里飘零散落,到现在,没有谁可以确切地回答"九龙"的来源。大家只能依据大概的地貌,揣测是因为九龙山的山势如同潜龙入海,隆起的无数条小山脊齐齐汇入低处的山谷,其中山势比较明显的有九条,所以就称其为"九龙山"了。

这样的说法自然无法说服一些跋山涉水抵达九龙山的人。但是连山谷间曾经号称多达几百座的寺庵都已经湮没于萋萋芳草间，又能有什么准确的记录能够留下来呢？

据统计，仅武功山一地，现今依旧能够见诸文字的寺庵就多达六十三座，其中不乏宋之问、王庭珪等文章大家写诗以记或亲书匾额的古寺，在文脉与书香里流传得更久远。

与杨岐山类似，从武功山的白鹤峰和九龙山发源的山涧之水，奔腾而下后，一路汇聚各路山溪朝北流淌，穿过关隘北外口，再冲向山外，成了绵延两百多公里的袁水。

考究起来，这充满诗情的河流也有自己的谱系，发轫之处，也是在武功山的深处。

那么，我们可不可以这样理解——武功山系、罗霄山脉、萍水与袁水，都是其间漏出的一线清凉，为整个山脉所覆盖之处供给甘甜和生机？

无论是人文的法脉，还是资源的水脉，抑或是地理的山脉，都是叶片上的丝丝叶脉，溯游而上，终将归于一处，像万涓成水，终究汇流成海。反过来，所有的延伸与衍生，终究归于同一根系。

砍树者

有一次，我在广寒寨官陂村的朋友家里闲住。透过他家的窗户，可以看到不远处的一大片古松树。据说，这片山上原来遍地是松树,几百年来树木不断长高长大,后来陆续被砍伐。现在公路沿途的半山上仍然保留有二十余株,遒劲苍翠、傲然挺拔,呈现着不同的姿态造型,有的顶平如盖,有的形状如塔,松针短密粗壮。枝干有的横斜逸出,有的屈曲交错,仿佛站在山腰俯视苍生。最大的那棵,三人也合抱不过来。

夜里,月明风清、万籁俱寂的山坡上,月亮银色的清辉洒向林间,水泥路面上倒映着斑驳月影、疏淡松形,松涛过耳,壮怀激烈。

清早醒来,看见有人在砍伐古松树。我大吃一惊,赶紧凑了过去。

砍树的是林场工人,还有两名林业局的人在旁边守着。

树只被砍了一棵,但依旧让我心疼不已。那棵成人伸手臂都合抱不过来的大松树就这样轰然倒在地上,发出一声巨响,仿佛整个山腰都跟着晃动了一下。

一棵树被砍伐的动静是那样惊天动地,怪不得我们的祖辈们砍树时那么充满仪式感。在市志里,我看到萍乡的生产习俗中有专门的植树砍树条目。在赣西,人们有清明前后植树的习俗,谁种的就归谁家所有。但若要进山里采伐树木,就不那么简单了。进山砍树前,先要请一位本领高强的锯匠师傅,到打算采伐的山场寻一个僻静处,堆土成坛,插上木匠用的鲁班尺,然后宰杀一只公鸡祭祀山神。乡人们将这一仪式称为"起师",据说如此才可以在接下来的伐树过程中顺利平安。

"起师"后并不能马上砍树,还得过上一两天,才可上山伐木。完成采伐树木的计划后，还要进行一个"谢师"仪式。

这种仪式是一种民间朴素的信仰，表达的也是对自然的一种敬畏。

现在，这种伐木的仪式早已被人遗忘，乱砍滥伐的时代也成了过去时。很多树木在今天都被人们加倍珍惜和呵护，更不用说这么大的古松树了。

我了解到，被砍伐的这棵树得了松材线虫病，又称松树萎蔫病，也就是植物界的癌症。为了让其他古松继续活下去，只得将其砍伐、灭杀。

危害松树肌体的是一种线虫，虫小且多，它们通过与松墨天牛狼狈为奸传播疾病。天牛的成虫长得很是威武，在赣西地区的山村里，曾经是男孩子们的玩具。但抓天牛和玩天牛都有一定的危险性，它们坚硬的盔甲多有尖锐的凸起，加上几只大牙咬合力极强，一不小心就会使人破皮流血。

这种天牛喜欢爬到健康松树上咬食嫩枝树皮、吸取树汁来补充营养。在携带松材线虫的天牛成虫咬食松树皮时，线虫幼虫便从伤口侵入健康松树，并在树木中进行大量繁殖。松树感染线虫后很快就变得衰弱或死亡，这种感染的病株又是天牛最钟爱的产卵之处。到了第二年，新生的天牛便全都携带了松材线虫的幼虫。周而复始，松材线虫、松墨天牛、松树就构成了一个侵染循环，最终导致病害扩散蔓延，成为一种具有毁灭性的森林病害。

林业局的工作人员告诉我，这种病害不是中国本土原发的，属于重大外来入侵种。该病自一九八二年传入我国以来,扩散蔓延迅速,已经导致大量松树枯死,给松林资源、自然景观和生态环境带来严重危害,造成了严重的经济和生态损失。

被锯的这棵古松,不幸感染了松材线虫病,虽然还没有枯死,但已经处于衰弱期。及时清理病树和枯死木(包括衰弱木)是松材线虫病防治的重要措施。砍下的古松将被锯成小段,然后进行熏蒸灭虫和焚烧,确保不让受松墨天牛和松材线虫寄生的病木流通,扩散虫病。

我突然想起人类烈性传染病防治,也都是采取及时隔离、阻断流通的方式来处理。人类行之有效的方法,用之于树木,应该也能有效。

不过,人类感染了传染病会及时报告和就医,松树感染了松材线虫病可不会打个电话或发出信号告知我们。它们不能言语,只默默承受着病害,也同样默默增加着传播的风险。

为了解决这个问题,多年来,林业部门一直将防治松材线虫病作为一项重要的工作,春秋两季进行专门普查。普查是个辛苦活儿,既要吃苦,又要心细,必须走遍千山万水,不但要做好查看和记录,发现病木还要及时处理,确保病害不成灾、不传播。

除了普查和及时处置,防控也是重要的方面。为了有效防止松材线虫病入侵,技术人员会给重点区域的松树注射一种名叫阿维菌素的药剂,以进行防控。在武功山风景名胜区内,我就曾看到“森林医生”们认真测量松树的胸径大小,并以此确定药剂的用量。之后，人们会对树干进行精准打孔，阿维菌素药剂瓶将被小心地倾斜插入孔洞内，注射渗入，既要保证药剂充分渗透到松树体内，又要防止粗暴打孔对树木造成伤害。接下来，这棵松树便将逐步形成抗体获得免疫保护，两年内基本上不会受松材线虫病的侵害。

我不知道，获得免疫的松树们会不会从此对人类有更真实的亲切感；它们在晨风里涌动的松涛，会不会因此而带上某种柔情。

这样的人间，是人类与其他动物和植物共有的人间，是各种生命各自欢喜的人间。

漆宇勤，一九八一年生。在《诗刊》《星星》《青年文学》《北京文学》《人民日报》等各类报刊发表诗歌、散文三千余篇。出版作品《在人间打盹》《靠山而居》《翠微》《放鹅少年》《抵达》等二十部。参加第 35 届"青春诗会"。

（《黄河文学》2023 年第 2/3 期合刊）

偷窥

◎ 沉 洲

六七月间,出离常态生活轨道干了一件事:偷窥一对白头翁夫妇的私生活。

六月底的一天,闲极无聊,在窗边发呆。

花园三角梅高枝上传来白头翁的叫声,喉音短促,清脆有节奏。后来,发现两只白头翁一次又一次飞临。鸟喙衔物有变化,这会儿是小树枝,下一会儿变成了枯叶,还看到芒草穗什么的。

白头翁属于雀形目鹎科鸟类,体型比麻雀稍大。二十世纪七十年代的秋末,苦楝树叶落果黄的时候,我经常用弹弓惊扰它们。因后枕白色,那时便跟着大家呼其"白头翁"。它与麻雀、绣眼被称为"城市三宝",都喜欢待在人类生活的环境里。当然还有燕子,它属于这方面的成功典范,业已升格为人类的一种精神图腾,即便饥荒年代也不敢猎杀。绣眼极其袖珍,又不事张扬,藏在树叶间轻跳吸花蜜。麻雀讨人嫌,终日叽叽喳喳好炫耀,行为举止却像神色慌张的老鼠,不敢与人类对视,又想分走一份残羹剩饭。白头翁待在人居环境筑巢,只为了产卵孵崽,一个月后便四海为家去了。它不太怵人，只要你不触及它的小范围领地，便会自如地啼唱出好声音。

少年的捕鸟经验被唤醒，跟踪其飞行轨迹，转头另一侧，目光撩开绿叶，发现荔枝树接近顶部的树杈间，一个草窝已编织过半。后来下雨了，半天不见鸟影。

次日上午雨住，一只白头翁落高枝浅唱，还衔着奋拉下来的两片枯叶，跟身体一样长；另一只在树顶继续织窝。两鸟趁雨歇赶工，风风火火忙个不休。通常白头翁在四五月间繁衍后代，这一对相中心仪伴侣可能迟了，这时的一个巢穴可是"刚需"，有了它，趴下来就能绵延后代。

得先把环境交代一下：小花园底部是两社区之间修起的围墙，夹缝如花盆，各种鸟儿捎来的草木种子疯长，一株被弃三角梅亦蓬勃茂盛，枝条高举，背后衬着一幢大楼白墙。客厅挑空半层，伸出一个阳光房，四面落地玻璃。侧面邻家的荔枝树，上部枝丫树冠四逸，伸过了界。

傍晚天擦黑前，白头翁停止了工作，趁主人不在此地，我从三楼卧室飘窗放个梯子下去，踩上阳光房顶玻璃，到侧面拨开树叶，裸现碗形鸟巢，拳头大。其外围粗糙蓬松，乱七八糟像一团垃圾，粗枝枯叶里纠缠着木棉果荚开裂爆出的白絮，丝丝缕缕再勾连上树枝。内圈平整精致，一色黄色芒草穗，仿佛镶上一道道金丝。老天，只是用喙呀，如此能工巧匠，把我们遇到的五星开发商甩开了一大截。

去年入户大门顶上，茂密的西番莲支架下也出现过一个鸟窝。雨中雏鸟跌落，未丰羽毛湿漉漉的，我曾为它们做过一个覆顶。这事我有经验，把带下来的绿色手提袋两端迅速扎牢在鸟巢顶上的树枝，这样多少能挡住点雨水。

只要天不落雨，两鸟搬运建筑材料，三四分钟飞一个来回，它们轮番动工。开始立巢沿，俯首以喙结构，后来也会落到窝里，身子转动夯实整形。常常有一只在墙头高枝唱着歌等，当另一只事毕飞出，双双便箭一般掠过边上的树梢而去。才一天就有了发现，鸟嘴衔来的建筑材料越来越细软。

外出三天回家，心里还惦记这事，直奔阳光房，贴近玻璃看到一只白头翁已经趴在窝里，身体下沉，长尾高翘头昂起。哈哈，进入孵蛋程序了。玻璃贴膜，它瞅不见阳光房里的情况。天黑下来，用手电光继续探究，看它依旧保持白天姿势。光源四周寻找，不见另一只。它夜宿何处？

一早起来，窝里没有白头翁，大约十分钟后它们又悄然现身，方才应该是去吃早餐了。八卦心理作祟，很想知道巢穴里究竟躺着几枚鸟蛋。

几日观察下来，获悉白头翁作息时间表，趁其傍晚时分外出放风时间最长，便放个梯子去取证。撩开树叶，哇，窝底摆着四枚蛋，小拇指头大，灰褐底，深紫碎花点，对比少年时掏过的麻雀窝，这个也太丑了。揣摩巢穴又深又小的道理，一家伙四枚蛋能全部拢于腹下，受热均匀。白头翁生殖期与南方雨季重叠，这样雌鸟的羽翅也方便遮挡雨水。至于雏鸟羽丰飞离之前,蕞尔小窝怎么塞得下四只这个问题,有待进一步窥视。

几分钟后匆忙离开,下楼到阳光房再看,发现大鸟已趴伏于窝。好险,就差一点点。

白头翁外形几乎一模一样,雌雄难辨。真切感受到它们的情感远超人类,是在一个大清早。我以为立高枝悠然鸣唱的是雄鸟,私下揣测,恐雌鸟一味孵蛋无聊,邀它出去散散心。碰上一整天下雨,雌鸟都不外出,雨水从树枝滑下来,草窝颜色变深了,雌鸟趴成了雕塑。不时地,雄鸟会衔来一只蜂或一只蝶,先在巢穴附近高枝上浅唱一阵,然后再飞入交接到雌鸟嘴里。哪天鸟语能被破译成文,我以为,人类一定会为自身情感的粗糙、匮乏报颜。

一个星期里,这样的情形每天都在上演。

雌鸟离开巢穴的时间慢慢多起来,有天晨起看窝里不见雌鸟,阳光透过树叶,逆光的巢穴上恍惚有红须飘忽,很像现在装修新房时假壁炉里晃动绸带的微缩版。踩上椅子贴近玻璃细看,就三四十厘米的距离。这里的黎明静悄悄。

第二天,高枝上两只白头翁彼此唱和,一只嘴叼翅膀翘起的粉蛾,另一只双喙衔着红色小浆果。我好像看出其中蹊跷来了。转身紧盯侧面之际,一只白头翁已经停落巢穴旁的树杈,巢穴上果然又飘起了什么。这回看了个明白,那可是两张雏鸟大嘴,地道的嗷嗷待哺状。由于刚出壳,雏鸟腿脚和脖颈都乏力,探起的头哆哆嗦嗦,亦不持久。原来巢深鸟小,我又仰视,仅能见到很少的一点。此刻,大鸟在巢穴边刮了刮叼着的粉蛾,也许它还活着?然后我探下头去,隐约听到细细的吱吱声。

下雨了,雌鸟趴在窝里,尾巴放平了,头也只能看到一点,就是说它整个身体提高起来,与窝缘齐平。喂食后,它用身体为雏鸟遮雨,此刻应该是站立在巢穴的。坐在阳光房,花一小时认真盯着,慢慢理出白头翁双亲抚育后代的家务机制。趴窝的是雌鸟无疑,雄鸟叼来的食物总是蜂或蛾子这类高蛋白质昆虫,它衔物立高枝浅叫几声,雌鸟立刻从巢穴飞出去觅食。雄鸟上岗,它反复几次抖头,摔死嘴中之物,喂完还盯着窝里的小崽子看了又看,那种神情包含满满的慈爱,它总是逗留好一会儿才飞离。相隔四分钟,雌鸟归来喂罢,又站进巢穴,背毛蓬起,双翅略微摊开。

对于鸟鸣,我向来当成一种隐约的背景音乐,只有孤身在森林里别无旁念了,才会去费心辨识声音异同。这天细雨中,大鸟哼着曲儿由远而近,衔物停高枝上又变成了一下一下的鸣叫。我通过相机显示屏,却见雏鸟刚哆嗦伸起的大嘴,细微叫声戛然而止,从雌鸟双翅边缩了进去,再不现形。难道鸟叫的声音有什么特别?

窗前的雨中,雄鸟依旧一下下叫,不停抖摔身上雨水。扭头再看头顶巢穴,雌鸟也昂头警惕巡睃,按兵不动。那一阵子,我差点儿发誓下辈子要学会鸟语了,不愿以人之心瞎猜。我悄悄合上正面的两扇贴膜玻璃窗,等我再看,雌雄鸟皆不在原处,现场求证居然出成果了。急忙扭头注视鸟巢,发现冠羽湿黏成绺的雄鸟已从荔枝树后方上位，正往雏鸟伸起的大嘴里填荤味美食。

　　我这样破译鸟语：刚才雄鸟心情不错，一路发送"开饭"消息，先停高枝环顾周边，发现阳光房靠近鸟巢方向有人影晃动，连连发出警告信号。一如往常的鸣叫，居然意思迥异。

　　接连几日一直雨淋淋，鸟巢顶的手提袋进水，软耷了一角，水珠滴进窝里。一直站立的雌鸟，背上湿了，看到它不断地拱背蓬松羽毛，摊开双翅，犹如一把撑开的伞。所谓"低等动物"生命本能的延续方式，有时比人类还要坚韧强大。

　　一宿雨终了，天空多云，但仍露出了阳光。大清早，两鸟立墙头高枝，同框一处，多少比对出雌雄来。雄鸟衣冠楚楚，昂首挺胸，头顶白冠处羽毛稍微耸起；雌鸟挡了一夜漏雨，身上湿漉纠结，正翘尾松翅梳理个不停。

　　后来的那些天，上午九点前，雌鸟、雄鸟开始长时间离开，应该是"喝早茶"去了，顺带轻松一刻。雏鸟一天天长大，无须再形影不离守着。这之后一整个白天，它俩间隔五到八分钟，一只喂食完飞离，另一只差不多也回了。我发现站上椅子，只要不贴着玻璃，靠近与巢穴平视，雌鸟也无任何反应。喂食有意思，滚珠大的浆果，大鸟会双喙夹扁，再塞进套上来的雏鸟大嘴。当然先抢者先得，这是动物界的丛林法则，物竞天择，吃到越多长得越快，体能越足。几分钟后，当大鸟再次觅食回巢，不管吃过的那只脖子伸得有多高、嘴张得有多阔，它们还是记得换一张嘴塞入。有时大鸟嘴衔一坨黏糊状物，好像属于桃胶之类的东西，这时，大鸟会照顾左右,两张嘴各分一半。还能看到这样的情形,大鸟将浆果送到雏鸟嘴里压挤汁液,再把余下的填进另一张嘴里。别看它们脑袋小,心里却揣着一把公道秤,毫无偏心。

白天雌鸟不进窝了,立锥之地,太挤。喂食间歇,大鸟会立于巢穴侧枝,跳着换角度,俯身垂首瞅着雏鸟,一副看不够的样子。一挨夜霭垂临,雌鸟又成了一把伞,蓬松羽翅搭在窝缘。它不停抖动脑袋驱蚊,常常凌空一啄,双喙嚅动有物。天热了,蚊子嗅到肉味,在鸟巢周围聚集成团。雏鸟裸露肉身,这应该是雌鸟晚上不离窝的缘由。

心里惦记数天前的四卵怎么只现两只雏鸟,另外两枚会不会臭掉,这天早上八点,我守着大鸟飞离,迅速上阳光房顶解惑。窝底远不似想象的样子,非常宽大,两只裸鸟太袖珍了。巢穴里清清爽爽,干净无杂物。另外两枚废蛋哪儿去了?

顺着卧室侧面小窗的视线剪开一孔树叶,我想换个俯视角度在三楼用长焦偷窥。雨天难觅食,看它们衔回的多为浆果,我欲助力高蛋白,便剪了几块炖烂的鸡皮,想用镊子喂食,冒充一回"雄鸟"。

正操作着,两大鸟提前出现,在边上枝头叽叽喳喳地叫起来。这回肯定不属于悦耳鸟鸣,零碎而尖锐,急促频率里透出一种焦躁,很紧张。它们还一次次向荔枝树这边扑过来再退回,找我干架似的。这让我想起一次在海岛上,我欲从岩壁边下到沙滩,很快,两只海鸟现身头顶,盘旋聒噪,一遍遍俯冲近身。猜想它们肯定筑巢岩缝，马上掉头。同行问双肩包为何有斑驳白点，我取下一看，哑然失笑，这世上还存在喷粪宣示主权的动物，第一次感受到大鸟护幼竟如此"穷凶极恶"。白头翁体型小且不好斗，然心理反应毫无二致。

滑稽的是，其中有只一心顾着叫，嘴里衔的浆果不慎脱落，百忙里飞下啄起又回到原处，继续示威。两只雏鸟高度领会啼叫精神，旋即收起哆嗦竖起的扩张大口，闭眼埋头卧伏，一只还钻进另一只的身体之下，装死一般纹丝不动。正欲撤，风拂过树冠摇曳，其中一只雏鸟误以为换了天地，复又饥肠辘辘地竖起阔嘴，我趁机成功塞入几块肉皮，快快离开。

雌鸟、雄鸟再次回窝，开始变得敏感，也许发现巢穴上方三四米处的窗缝有异样，它们在荔枝树间钻进钻出好几回。雏鸟阔嘴已经兴奋伸起了多次，大鸟终究还是没上窝。

密集的枝杈树叶间，它们随意一掠便不见了踪影，在狭小空间里箭似的射来射去，转弯、掉头和急停，如同《星球大战》里的外太空飞碟，想怎样便怎样，让顶着个大脑袋的人类望尘莫及呀。

看得出，雌鸟、雄鸟胆量各不相同，胆小的衔物在高枝上干着急，胆大的最终换了一条新路径摸上树来，眼珠贼亮，高度警惕，歪首斜视黑洞洞的圆镜头。谨慎喂完后发现岁月照旧静好，胆小易惊的才敢学样尾随。这样的时候，母性定力应该远超"男子汉"。

白头翁喂食有意思，嘴套嘴，将食物直接捅进喉咙。有一天，大鸟叼着绿物回来，是一只比雏鸟身体还长的螳螂，它立在鸟巢边枝头，歪首浅唱，对刚开眼的雏鸟左右晃动显摆。雏鸟背靠巢穴，竹枝似的长爪顶在窝边，仰头再伸起长长的脖颈。大鸟把整一只送进血盆大口，重复几次摆顺方位，直塞喉咙深处。那厮比雏鸟脖子还大还粗，小家伙居然哽了几下，鹅黄嘴角边翠绿细足便一下一下消失不见了。

似乎为了回答我此前疑惑，饱餐后的雏鸟身体一拱，后窍挤出一条白色颜料似的粪便，大鸟用喙以迅雷不及掩耳的速度接住吞下，还轻轻啄掉雏鸟身上黏着的脏物。然后，大鸟凑近一遍遍巡查，伸头啄食窝底杂物，清洁卫生。那两枚孵化未遂的卵，一定是进了大鸟的嘴。卵壳带出鸟窝，那是"举喙之劳"。

已经出壳快十天了，雏鸟赶时间飞快长，在我的长焦镜头里，它们翅膀上黑刺般的粗糙翎毛，犹如微型小伞一支支撑开，软软贴住红肉。而头顶碎毛，则像衣物拆开后上面的线头，零星稀拉，大头已经超过之前看到过的鸟蛋，嘴角也镶上好看的鹅黄。整个身体，基本被一张敞开得比头大的嘴霸占，还有那两颗硕大凸出的黑眼珠和两只大得出奇的脚爪。饱餐后它们睡得千姿百态，常常把头枕在巢壁，冲天仰卧，瘫睡得像死去一般。胸部那两排鹅黄色短毛刺一撮一撮的，极像套着件牛仔马甲，水磨破洞露出红肉肉。

雨霁天晴，光线不错，蹲守了三个来小时，拍下近百张照片，发现一点蹊跷。上午雌鸟、雄鸟轮番出现，到了中午仅剩一只，送餐节奏慢了下来。是不是雄鸟在外讨食,雌鸟搬回,进行了系统化分工?抑或太阳毒辣,在一天里最热时辰,它们轮流在树荫下小歇一会儿?两只雏鸟的大嘴如同一个无底洞,永远填不满。整整二十天,这对白头翁都是几分钟飞一趟,马不停蹄地就像外出打短工,一旦有了收获便归家,一个目的:哺育后代。我平生首次见识鸟类无与伦比的责任心,这个样子比人勤快多了。

依丛林法则,吃喝属于延续种群必须日复一日的活动。在我的长焦里,白头翁叼回的食物有蜂、苍蝇、蜘蛛、粉蛾、蚂蚱、螳螂、青虫、蜗牛,黑紫和艳红的浆果,两次看到橘红色的饼状物,类似果糜和小圆饼这类工业制品,如果不是偷了哪家晾晒的果脯,难道鸟类社会也有食品超市?那段时间,花园水池里养了两只鸭子,剩饭常常留在盆里,别看白头翁觅食辛苦,却从不见它们落在花园。它们不吃窝边草,或不吃嗟来之食?

回想二十世纪七十年代看黑白电影,正片前配播《新闻简报》,经常出现身穿白大褂的科学工作者,解剖麻雀、燕子、青蛙和蛇,最后得出结论,某某是益鸟或益虫。当年干吗那样高深,总爱动刀子?场面被搞得血淋淋的。你手持望远镜,到鸟家门口蹲守,盘点一下叼回之物。它们的伙食标准,一清二楚呀。

晚上,发现大鸟第一次不在巢穴,或许太挤太热,雏鸟渐丰的羽毛已够抵挡蚊虫了。

连续晴天,大鸟辛苦奔波,喂罢食物总是热得张开嘴。巢穴里的雏鸟头枕巢边,偶尔睁开眼,也被射进树叶缝隙的阳光晒得张嘴消暑。应该还是雌鸟,正午时分跳入巢穴,松耷羽翅覆其上,为雏鸟遮阳。次数一多,圆窝承重变成了椭圆形,还往一侧下坠。

下午,雏鸟在巢穴里爬过来转过去,张大嘴喘粗气,半裸胸部还一跳一弹的。大的那只居然爬上窝沿趴伏,万幸前面有拇指粗的树杈挡着。好担心它会一头栽下去。

时间到了雏鸟破壳第十五天的那个午后,因为雏鸟爬上窝沿,我把机位又移回阳光房,这里近,平视观察更清楚。看到永动机一般的大鸟突然停下来了,两小时里,居然仅见一只衔来红色浆果。趴伏于窝沿的仍然是大的那只雏鸟,大鸟立另一端,当空靠着两个脖子的伸缩完成食物交接。十几分钟后大鸟再次临巢,第一次嘴上无物。雏鸟张嘴吱吱叫,大鸟视而不见,立窝沿,神色古怪,双喙大开,自顾自俯身歪首,朝窝里左瞅右看。

另外那只雏鸟今天一直不见探头,恐怕凶多吉少,一种不祥之兆雾霾似的扩散。

此刻,雏鸟翻落巢穴,又从玻璃这一侧下坠处爬上窝沿,晃悠悠地站立不稳,这里前方没有树枝,比昨天那地更险。我隔着玻璃急呀!一旁的大鸟为何只是盯着它傻看,干吗不一甩头把它撩回窝里去?

电光石火间,雏鸟重心前倾,从窝边滑坠下去。立于窝沿的大鸟,眼睁睁看着宝贝擦过树叶落地。一长串尖厉叫声里,另一只旋即蹿上树来。两只一起往前慌张跳着,伸长脖子往下觑,给人的感觉是干号失声,呼天抢地,捶胸顿足。很快,它们又从边上的树枝间扑将下来，靠近探查，其中一只上前快快叨起拖拽一下。雏鸟仰躺于地，毫无动静。

如果这件事非得发生，为何不能再往后拖上一礼拜？那时雏鸟羽翅丰了，张开来消解下坠速度，或许还能保住小命。

大鸟哀哀叫着，复又上树，它们在巢穴边跳来蹿去，一会儿朝窝里歪头左右瞅看，一会儿又张嘴扭头朝天，咕噜哀号。那个情形，让人几近崩溃。心里忐忑，奔上楼用长焦一调，看到它已经蹬腿横尸窝底。这是六七月繁殖后代的悲剧，白头翁躲过了淋淋雨水，后面还跟着又毒又辣的灼日。

倘若人类没有进化出智慧，用白垩纪恐龙视角来打量这颗星球，推想人类的命运也好不到哪里去。有最新研究假说认为，人类是被冥冥之手圈养于太阳系的宠物，如何折腾也逃不出这个边界。然而，芸芸众生活得是何等摇曳多姿，多么的意气风发，多么的壮怀激烈！不经意间，把自己拎到太空一回望，在浩渺莫测的星云里，偌大星球也不过是一粒渺渺的尘埃，这让人类惊骇万端。

难过中，猝然惊悚起来，一切都是我的罪过。剪树叶留下拍摄孔，我是毒辣太阳的帮凶。想到这一点，整个下午坐立不宁。此前也在小区路径边，目击过倒毙雏鸟被乌泱泱的蚂蚁覆盖，一日后便仅剩下一副白骨架子。那时心里毫无波澜，因为它与我当下的生活没有一丝一毫干系。

人类倾全力搜索外星高等智慧，也许彼此不在一个维度里。

人家闲极无聊了，或者为了专项研究一个什么课题，才可能多此一举介入一下你的生活。然而，出发点或思维都不在同一个频道，稍有疏忽，便可能衍生出一连串的惊天大事。就像我之于白头翁，它们永远不会明了这里边的逻辑，进而把我当成明确的冤头债主。很多时候，人类莫名其妙身陷各种灾祸，是否因其间也有一双我们肉眼看不见的手？

半小时过后，雌鸟、雄鸟没有离去，在巢穴边上的杜果树上，它们爪钩垂下的树枝，一左一右翘尾展翅梳理羽毛，不时发出一串松弛的对鸣："嘻，好久没这么清闲了，终于可以歇一歇了。"

猝然想起一位年逾知天命的朋友，独子抑郁弃世，他山崩地裂地咕哝出一句："这辈子白干了！"对寿命只有几年的白头翁来说，活着只有一个本能，就是把基因传递下去，明年还可以从头再来。

小小花园复又清静，明年这个季节，还会有这样的情形上演吗？我还会闲来无事，或者对鸟类的生活产生兴趣，再次去偷窥吗？

沉洲，著有《追花人》《武夷山——自然与人的天合之作》《闽味儿》《乡村造梦记》等八部散文随笔、报告文学作品。获徐迟报告文学奖等。

（《黄河文学》2023 年第 2/3 期合刊）

与野

◎ 黄其龙

我变成傻子，意识完全被密林控制，这个叫作"弄岗"的国家级自然保护区，就在我居住的西南边陲的一个县境内，幽古、神秘，肃穆，所有的动植物都在野蛮生长，呼呼地生长，刮风一样。我跌落在它的心窝，分不清是谁的心脏在跳。

我存在着，又消失着。

云豹、巨蟒、眼镜王蛇、狐狸、豹猫……我总是幻想它们从某个暗处扑出来，用几秒钟时间审视我，嗅到我内心的慌张后将我叼在嘴里重新隐入密林，或者当场将我的肉身撕裂，就地享用我的肌肉和鲜血。我同时害怕突然的一场雷电，自上而下穿透密林将我殛成一具烧焦的尸体。雷电总是打在最高的那棵树上，而我就站在最高的那棵树底下，它庞大的根系有三分之一裸露在地表，我的脚踝正时不时磕碰到它的根须，被扎得生疼。

罗世康打来电话，问我到哪里了。我有些不好意思，没等他煮熟稀粥和穿好装备，就离开市区开车直奔弄岗，像一场酣畅淋漓的逃跑。罗世康每次出门都要花很长时间去准备吃的，熬成糯糊状的玉米粥、蒸熟的红薯、鲜苹果和煮熟的鸡蛋,还要准备一把柴刀和一个望远镜,他是我们这群人当中活得最精致的、最懂得养生的,也是最怕死的。他很害怕碰上眼镜王蛇。昨晚的酒桌上,我们借着酒劲讨论眼镜王蛇(也是罗世康引出的话题),罗世康认为它是世界上最凶猛的眼镜蛇,身型在蛇类中显得庞大且极其有力,立起的上半身能超过人的身高,一口牙毒能放倒一头六百公斤的成年水牛。他总是以最夸张的语气谈论眼镜王蛇。

"梁老师正在过去接你,我已经进到保护区里面了。"我说。

时间有些早,雾气散得慢,山间还有些雾气,好像刚刚醒过来的蛇的眼睛。腐叶、烂掉的蘑菇,百足虫、蚯蚓、臭屁虫等昆虫的气味,蛇的排泄物、鸟类的粪便、黄鼠狼的臭屁,混合在一起或许就是那久散不去的雾气, 只是这雾气奶白而无味——我总是将雾气与瘴气混为一谈。领我上山的是一位四十多岁的"鸟人",他说:"等会儿我们就会看到各种各样的鸟。"生在农村长在农村的我,见过许多种类的鸟,晒谷场上的麻雀、俯视地面的鹰、啄水的翠鸟、穿梭在菜花丛中的菜鸟……但我立马想到被我和爱人圈养在二栋一单元 1303 号套房里的鹦鹉,我们都叫它"呱呱"。昨日,呱呱终于住进我给它制作的温室,以挨过即将到来的寒冷冬季。我把椰壳挖开一个比它身形稍大的洞口,在里面放置一些干草,它将身体缩进去,头向外探出来,眼睛迷迷糊糊,老是一副瞌睡的样子。弄岗自然保护区是鸟类的天堂,很多珍稀鸟类一年四季在此繁衍生息,出门前我应该带上呱呱,让它在各种各样的鸟叫声中焕发激素,唤醒它对雌鹦鹉的性想象,改掉它嗜睡的坏毛病。

"鸟人"边走边在胸腔酝酿气流,气流经过声带处理,最后从嘟成枪眼状的嘴洞里溢出,变成"叽叽叽""啾啾""咕咕咕""呗了喂,呗了喂"等发音,通过控制气流的快慢和声带的振动强度,向鸟类传达或低沉或亢奋的情绪。保护区里的鸟很快飞到周边的树丛,短翅树莺、红毛鸡、竹鸡、白翅蓝鹊、白腰鹊鸲,它们探着脑袋,四下顾盼、迟疑、兜转、寻觅,"叽叽叽""啾啾""咕咕咕""呗了喂,呗了喂",洪亮地奏响了鸟鸣交响曲,就在我的耳边、心头,那样地奔放和热烈,毫无规则和秩序。市民在城市广场散步时向鸽子投喂玉米粒,场面也是热热闹闹的,成百上千只鸽子"咕咕咕"地叫,只是鸽子是冲着食物而叫的。它们吃饱了肚子就在广场上和人一起散步,把自己也当成了市民,臃肥的体态有了城市的属性。

"鸟人"首先是人,其次才是鸟,不然绰号怎么叫"鸟人"呢?这绰号放在戏谑的酒桌上是骂人的话,不知道是鸟得罪了人,还是人得罪了鸟;放到保护区这样的环境里则是一种赞誉,知道他是一个通鸟语、与鸟为伴的人。"鸟人"穿一件陈旧的迷彩服,戴一顶草编的帽子,深邃而透着光的眼睛使他看起来十分精神。我跟在他身后总闻到一股奇异的香味,泥土的芳香、植物的汁液好像在他身上凝结成了香包。两年前,我和罗世康曾在保护区以外的山头挖野生淮山,浑身沾满了泥土和落叶,当时身上也散发出这样的一股香味，我们用鼻子嗅了嗅淮山和周边草木的味道，野猪一样追踪香味从何处沾染，终究没有找到香源。"鸟人"说他也不知道香味是怎么来的，他从来没有觉得自己身上有香味，倒是有一股汗臭味。我从不怀疑"鸟人"常年在保护区跋涉所积累的经验和智慧，他比谁都清楚光照、气温和降雨对动植物的影响，辨别百草的气味更不在话下。我、罗世康和梁老师频频进山，一心想成为"鸟人"这样的人，这样闲散的人，没有规则和秩序的人，掌握万物生长密码而后尊重卑微个体生命的人。我们毕生都在妄想高人一等，常常做出自残心灵的事情，最终沾染了一身的生理疾病，再费尽心力在群山之间寻找各种野生药材以自救。

"别出声！""鸟人"用手捅了一下我的胳膊，示意我屏息。

我听到了它的叫声。

没错，是它，印支绿鹊。

这是一种极罕见的鸟，鸟类摄影师们驱车数百里只为一睹芳容，在喀斯特地貌山林奔波流转，一年能碰上一两次就算是机缘巧合。我们找了一处很深的草丛蛰伏起来，"鸟人"又开始酝酿气流，他的胸脯和腹部隐隐起伏着，嘟起的嘴比鼻尖还要突出一些，他准备发出印支绿鹊的鸣叫声。很快，我的耳朵清晰地听到"喳喳"的叫声，与我昨天晚上在网上搜索到的印支绿鹊的叫声分毫不差。它的叫声与麻雀相似，却比麻雀要洪亮，也脆亮些。麻雀的叫声仿佛是在喉咙里放置了一团烂掉的稻草，印支绿鹊的叫声则是放置了能畅气的微型竹管，音能飘得起来，也荡得开。

我开始紧张起来,心跳加速,我即将等来印支绿鹊。我竟然为一只鸟的到来而感到紧张。

印支绿鹊从四野飞来,先是掩映在一些树杈上,探头探脑确认安全后,迅速跳将出来,出现在一处有许多凹槽的岩石上。

多么轻盈的家伙!眼睛到脖颈长有两撇黑色的毛,两羽下端部分呈赤红色,上端和尾羽则是墨绿色,整体腹部为翡翠绿。

我的心脏怦怦直跳。

它在顾盼,对"鸟人"发出的叫声保持着迟疑的态度,它没有找到和它一个模样的同类,似乎有些失落,在岩石上无趣地跳了几下,间或把头埋到胸脯梳理羽毛。

它的喙和脚也呈赤红色,喙的大小比一颗瓜子稍大一些,也稍尖一些。脚比一支香的直径大。额头上一撮突出的毛,时不时顶立起来,又收缩下去,起起伏伏。

它的眼睛睁得极大,清澈,盛满了光。它从泥土里叼出一只细嫩的虫子,虫子在它的嘴上扭动着挣扎,虫子肯定很疼,浑身却没有一张可以喊疼的嘴巴,只能默默承受着疼。印支绿鹊抬头看了几下周遭,觉得安全后才将虫子吞下。虫子或许还在它的喉咙或者肚子里扭动,我觉得有些恶心,但在它那里必是喷香的美味。动物们对食物的选择千差万别,我欣然承认这一点,我也是动物。

它循着"鸟人"的声音赶过来,它的踪迹在众多鸟类当中颇为神秘。"鸟人"发出了悠长的叫声,才将它引到我们面前。它总是在极其偏僻的地方,有时独自一羽,有时三五羽,绝不会像麻雀那样集结成群,呼啦啦一圈飞起,旋落在晒谷场上偷吃人们刚打的粮食。

印支绿鹊没有觅到求偶对象——它此行的目的很可能是交配——随后没入丛林,在我们的视域里消失。

"鸟人"拥有几处观鸟棚,由简陋的木架和一张黑色蛇皮网搭围起来,中间开几个可供长镜摄像机取景的口子。观鸟棚分散在不同的山头,每个观鸟棚对应一两类经常出没的珍稀鸟,比如弄岗穗眉(它在鸟类摄影圈内名声很大,我们从没见过它的尊容),又比如印支绿鹊、白鹇、蓝背八色鸫。区内外组织的大型鸟类摄影比赛活动,都租用他的观鸟棚,他有一笔可观的收入,强过他去广东流水线上打工。早上从位于山脚的他家出发时,"鸟人"吩咐他的老母亲煮一锅玉米粥,又忽然向在屋旁刨地觅虫的几只长冠公鸡和母鸡扑去,动作极敏捷,"咯咯咯"叫的鸡群被吓得四处飞了起来,我头一回见到飞得如此高的鸡,有的鸡在屋顶落脚,有的飞过门前一亩大的池塘,有的越过我的头顶向龙眼树飞去。他捉住了其中一只公鸡的翅膀,乐呵呵地往上提,说:"今晚就宰了它来吃。"

"鸟人"和七十多岁的老母亲在家守田,一个儿子在广东混日子,一个女儿在市里小学教书。他们一家子像龙眼树,四散开来,生长着,开不开花和结不结果就看树的造化。老母亲说:"田不守就长草,长草就不是田,没有了田,家也就冷清了,他们就不回来了。"我顺着她手指的方向,看到山那边一垄又一垄的田,草割得干干净净,一棵芒草也没有。"鸟人"说:"在菜园摘菜,在厨房煮玉米粥,在门前剁菜叶喂鸡,在山脚捡柴火,这些活儿,老母亲干起来毫无障碍。"我刚和她照面时,就觉有一股野蛮的劲在她眉眼间横着,支撑着她活下去。她知道我们要爬观鸟棚寻鸟,而且一去就是一天,就立刻从屋里拿出两顶草帽子给我们戴上,嘱咐我们天黑前下山,饭菜由她负责。

那时我想,被逮住的鸡有何罪?转念又想,饿了的人又有何罪?

正午的时候,我们就在观鸟棚里歇息。脚掌和手掌被磨起了透明的水泡子,鼓鼓的,有鸡眼那么大,用手抠破,淌出好多水来,不腥不臭。我们拿出老母亲用空瓶子装的山泉水和稀粥来喝,粥有些馊味,但能解渴,也能生津,十分开胃。当地人喜欢喝酸粥,发明了酸粥鸭、酸粥猪肚、酸粥鱼等菜品,我吃过其中的几种,细细观察,肉眼可见粥里蠕动着的酸糟虫。那只被"鸟人"提在空中不停挣扎的鸡,常年放养在山地,运动量大,吃的多是蚯蚓、蛴螬、蚱蜢等昆虫,肉质肯定非常鲜美,我已经想好了白切鸡点酸粥的吃法。我肚里寡淡得很,一个上午在山上爬,消耗了大量体力,沉睡已久的饥饿感真真切切地涌上来,并在身体里奔来奔去,使我幻想我能吃下整只鸡和一头牛。

饥饿,我分明感受到我还活着,生命是冲动的,而非沉寂的。

动物们似乎从未吃得饱,它们一直处在饥饿感之中,除非是蛇类,吞下一只野老鼠能顶十天半个月不饿。我们碰上的麻雀、短翅树莺、竹鸡、红毛鸡、鹰、印支绿鹊、蚂蚁、螳螂、蚱蜢、竹鼠、松鼠、蛤蚧，都在奔向食物的路上。闷热的天气使得动物们感到热辣辣的，这不影响松鼠爬到树杈上寻找坚果，也不妨碍野猪拱开泥土获取薯类食物。忽有一阵风吹过来，树枝间有爆裂的声音传来，"毕剥毕剥"地响，山头植被压弯了的姿态，让森林有了些脾气，责怪风说来就来，一下子扰乱了动物们觅食的心情。这倒使我欢畅起来。罗世康曾把他在野外获取的欢畅之感带到他的课堂，我们爬山的图片被他投放到大屏幕上，他向学生讲解古代文学，讲到阮籍他们七个人跑到山林，饮酒、品茶、弹琴、作诗，狂放起来，搞得"地动山摇"。这几年的每一个冬季，我都跟罗世康进山挖野生淮山，以淮山藤蔓的大小、韧性结合当地的气候判断地面之下淮山个头儿的大小、肥瘦，这很需要经验和眼光，罗世康一抓一个准，挖上来的野生淮山个头儿都很大，有我的胳膊那么粗壮。他把淮山拿在手上在我眼前晃，说这东西养脾胃，拿回去跟猪骨头煲汤，吃了能运化体内的湿气。罗世康说的正中我的要害。我三十岁出头，虚胖，一身湿气，走起路来觉得身体沉。大概是我生活自律能力太差，西瓜、杧果、火龙果、香蕉从不忌口，哪种水果好吃就猛吃，吃到过瘾为止，怕它们过季了就没有卖的；西南边陲偏又盛产这些偏凉性的水果，果摊上一拨一拨地冒出来，价格都逃不过十元三斤的命运。我是该多吃点淮山了。

罗世康和梁老师正在攀爬另一座山，另一个"鸟人"给他们带路，从我站立的高处往下看，我看到三个矮小的斑点正缓缓向山上移动。

远处的村庄掩映在山脚那边的竹林里，"鸟人"说，那里就是他的村庄，妻就埋葬在边上（挂着白幡的一座新坟清晰可见），夜里也就几户人家亮灯，只有老人和狗。狗叫起来，受到惊吓的就是山上的动物，狗也是寂寞的。

没有炊烟，没有耕种的场面，像蝉蜕，沉寂，风儿从中穿过，不留痕也不生音。我和妹妹回桂西以南的老家看母亲，午饭后在村里转悠，没能见到五爷、大伯、四叔、成金哥、福海哥他们，倒是在他们家门前见到许多鸟、松鼠、蝴蝶、蛇、小型蜥蜴、青蛙在长满芒草的自留地里热热闹闹地出没，见到人就逃开。人们从农村退场，动物们就开始进场，它们的数量惊人地增长，我觉得很有生气，可是我更盼着五爷、大伯、四叔、成金哥、福海哥回来修缮他们的房屋，给自留地除草，像旧时光那样，他们家给我家送来新鲜红薯和豆角，我家杀年猪的时候给他们家送去一碗煮熟的猪肉和猪红。

山毫无规则地耸立着，极为典型的喀斯特地貌造就它们坚硬的内质。稀稀落落的矮树总是依着山势生长，在石头的夹缝中努力长出些气候来。太阳光照之下，叶子显得有些锃亮，像一片片鱼鳞，晃到眼睛能让人产生错觉，以为是粼粼的水面。另一侧山腰以下的位置，那里积泥丰厚，有无数山涧蜿蜒盘旋，灌木丛没心没肺地长，覆盖了山谷，阴阴郁郁的，那或许就是山的私密部位。保护区就是一个纯粹的氧吧，印支绿鹊在这里生存，绝不可能像我父亲那样患上肺癌,鲜活的血液在它的五脏里流动,充盈的绿色在它的眼里流转,它每天的精力极其旺盛,不停地觅食、求偶、交配、产蛋。

我们在逐渐昏黄起来的天色里走下山,风划过树杈奏响"沙沙"的声音,自然界的生存和死亡在某个无声无息的内部,就在我视力和心力都无法抵达的深邃之处。一些大树在半空中慢慢死去,裸露着镂空的躯体,草丛里出现一只鸟的骨架(以头骨的形状和肋骨的大小判断,"鸟人"说那是一只红毛鸡的骨架),爬虫正在从它的内里穿过。活着的生命具有多样性,非金属的属性确立了悲的总基调,只有到了黄昏,我才有这样的念想——消亡。

充满活力的印支绿鹊终将会死去。

而我不觉得悲,森林总是野蛮生长着,印支绿鹊总在繁衍下一代。

我忽然想到父亲的野蛮。老家门前有一条二三十米宽的河,二十多年前,人们捕鱼的手段还没有那么先进,把缝衣服的针用火烧弯了当作鱼钩来用。我跟在父亲屁股后面去到河边,父亲用竹竿钓鱼,一整个上午只钓到一尾鲫鱼,鲤鱼、刀鳅鱼、鲇鱼、黑鱼、爬地虎通通不吃他挖来的蚯蚓,他该是那天里运气最差的钓鱼人。几天后,他不知从哪里借来了电瓶,我看见他把电瓶安装到一个塑料桶里,再找来两根三四米长的细竹竿,用两根铜线组装成电鱼机,胸有成竹地告诉我们"晚上有大鱼吃啦",让我去喊母亲提前备些生姜。我仍跟在他屁股后面去到河边,那会儿是雨季,河水变成泥浆,黄得像橘子皮,鱼靠岸躲避洪水急流。父亲将两根带线阻的竹竿扫到水里,形成包抄的架势,摁通握在手上的电流开关,电流在水里传导发出闷沉的"嘟嘟嘟"声。一尾六七斤大的青竹鱼忽然暴躁地蹦出水面,形同一只猪崽在空中扭动身躯,父亲大声喊我拿抄网去兜住,他很兴奋。青竹鱼的鱼身为青色,腹白,从胸、背、腹以及脐边长出来的鳍是艳红色。父亲把它放在大水盆里养着,我能与它玩上两个小时,摸它的躯体和眼睛,把手伸进它的嘴里让它咬。

父亲围猎成瘾。若是在草原,他铁定就是一只凶猛的花豹;在喀斯特地貌野林,他就是一只云豹。他的眼睛像,身法像,动作也像。

父亲有一个震惊四野的名号,叫"蛇王"。夏天,他巡山,几乎天天巡。他掌握了蛇出没的规律,去到有老鼠和水源的地方蹲守,发现蛇就扑上去抓住蛇尾,边抓边用力甩,蛇疲软下来后,他就用一端岔开的木棍叉住蛇头,最后再用手去用力捏住蛇颈。家里经常挂着几兜蛇皮袋,里边装着吹风蛇、水律蛇、眼镜王蛇。晚上,父亲会出门找朋友借烟来吸。我和父亲住一间屋子,母亲和妹妹住另一间,说是屋子,实际上是敞开的,猪和鸡鸭的粪便味道从下面一层冒上来(那时候我们家是土房子,第一层和第二层仅用木板隔开,木板与木板之间有宽大的缝隙,脚能踩陷下去),那些蛇就挂在我和父亲的那间屋。蛇在夜间仍发出"嘶嘶"的声音,我甚至能听到它们吐舌头的声音,我和蛇共度时辰,我一直幻想着它们能咬破蛇皮袋，然后爬上我睡的床钻进被窝咬我的脖子，好在第二天醒来，父亲就睡在我旁边，散着浓重的烟臭味。父亲要把那些蛇皮卖出去，用挣来的钱给妹妹治疗癫痫，或者买猪肝熬汤给我治贫血。

一天下午，妹妹突然摔倒在地上，白沫从她嘴里细细碎碎地冒出来，她整个身体不停地抽搐，眼球上翻后突然不动了。母亲蹲在妹妹旁边，用手抠住她的牙齿，防止她咬断舌头。母亲突然站起来，哭着在我后背打了一掌："阿爸去了哪里？"我也跟着哭了起来，说："他早上出门捉蛇去了。"

父亲独自去那个世界后，那些蛇会不会啃噬他的灵与肉？我总是忍不住这样想。

我没有继承父亲的野蛮，相反的，我软弱、自卑，极害怕见到蛇。老人说蛇通灵性，能认人，你白天侵犯它，晚上它就会找上门报仇。我一见到蛇就跑，有毒的无毒的，逃命要紧。直到后来，我以为碰到的每一条蛇都是父亲的灵，就不跑了，我会定定地看它慢慢从眼前经过，我还想让它爬得慢些、再慢些，这样，我就可以清楚地看见父亲的模样。

我和"鸟人"没有碰到吹风蛇、水律蛇和眼镜王蛇，正午的时候只碰到了竹叶青蛇。它缠绕在竹枝上，眼睛大而圆，翡翠绿的蛇身让人误以为那是细长的竹叶。它如此善于伪装和埋伏，"鸟人"说曾有人丧命于它手。罗世康说竹叶青蛇的毒性没有眼镜王蛇那么烈，被它咬上一口，去到大医院打竹叶青蛇血清还有救，只是要忍受一定的疼痛感。竹叶青蛇弯着身躯蛰伏，周边或许有螳螂或者树蛙，等它们从它眼前经过，便迅速出击，饱餐一顿。

我，父亲，隔时间和空间相遇了吗？"父亲……"

这多少带点迷信的色彩，可我拧不过对父亲的想念，终究是没有办法遗忘的。

父亲不知道，他的病逝倒成了我的反面教材，他吸烟，猛吸，我想他是因为吸太多烟才患上肺癌的，从此我绝不沾染烟瘾。抽烟的朋友觉得我不够男人，我也从不拿父亲的病痛经历做解释。他生前用电瓶电鱼、炸药炸鱼，处在产卵期的鲤鱼、草鱼、鲮鱼、鲇鱼、鲫鱼、青竹鱼、鳡鲅、刀鳅被他电死、炸死，即便没死的，从此也失去了产卵能力，而我只钓鱼。到野外看见被丢弃的塑料袋、烂衣服、烂鞋，我会堆成堆烧掉，我是决不允许垃圾影响心情的……

我们约在"鸟人"家门口会合，"鸟人"说今天要喝酒，要大喝，喝不醉就不放我们回城区。我说："好呀，我要吃鸡。"

煮熟的鸡被摆在一张木制的饭桌上，只是被砍成了一块一块，老母亲把鸡肉拼在两个碟子上，摆盘有模有样。白切鸡是两广地区典型的做法，鸡皮橙黄，鸡肉白而细腻，鸡骨头切面还有外溢的鲜红的血色，为过节抑或平时招呼客人必备之菜品。我们围坐下来，还没动筷子就研究起鸡来。罗世康说起了他做白切鸡的方法：鸡四斤以下太嫩，六斤以上太柴，选四五斤最佳；烧一锅水，就着锅里的沸水把烫了毛的鸡三提三下浸泡捞出，以凉水淹没；再放入锅中，以姜、绑了手脚的葱辅之，水要烧得似开未开的，不能沸，约十八分钟后取出，切块儿，上桌。

我知道鸡其实是鸟的一类，我一面想起印支绿鹊、竹鸡、红毛鸡、鹰、短翅树莺，一面经受不住跌到腑谷的饿，没有觉得吃鸡有罪，火急火燎地啃起鸡肉来，肉质如想象的那样鲜香。老母亲养了一辈子鸡，看到我们吃得香，她坐在我们对面乐呵呵的，沟壑纵横的脸有些灿烂。

黄其龙，一九八九年生。有散文发表于《民族文学》《星火》《广西文学》等，部分被《散文海外版》等转载。获《广西文学》年度优秀作品新人奖。

（《黄河文学》2023 年第 6 期）

俯身甘南

◎ 王小忠

搭讪

不知不觉夏天来了一段时日。今年是闰四月,难怪天气还没有热起来。

漫天飞舞的柳絮像剪碎的棉花,飘到领口钻进脖子里,痒出一片红疹子来;飘到头发里,和头发死缠在一起,梳子都卡坏了好几把。然而它们大多数却飘落在墙根处,被雨敲打,最后融入大地,不见了身影。此时,我不会因为柳絮的飘落而独自伤怀,然而当面对一切自然的新生与颓败时,内心的起伏和变化依然不能彻底消退。总希望让心静下来,在繁杂的尘世坦然接受和承担光明与黑暗、温暖与寒冷。这样的日子里,只能在车巴河边漫无目的地行走,我必须克制内心的急躁和不安。看一只鸟雀从山林直飞而来,又贴着水面斜飞而过;看一只蚂蚁忙碌搬运粮食,而又被一场大雨带入河流;听一树叶片的婆娑与呢喃,也听一山万物的集体合唱。

高原天气变化很快，一片云里往往藏着一场雨。下雨时的天并不是你所熟知的阴沉沉、灰蒙蒙，抑或是黑如锅底之类的形容，反而是一片一片的透亮。车巴沟四处全是森林，车巴河在两岸稠密的灌木丛中委蛇而行，一直到扎古录小镇，才汇入洮河。车巴河并不张狂，它和往日一样，然而当雨停了之后，却狂放起来。几日暴雨，唯一能去柏木林的那座小桥被河水冲断了。在河边徜徉，听流水淙淙，却不能像往日那样自由出入柏木林。听不到灰喜鹊的鸣叫，也看不见红桦新生的叶片，这个时候，我就等待着山头起雾。林区的雾不同于草原，雾是绵密的、奔跑着的，当它们跑到山顶的时候，天就要放晴了。

　　天终于晴了。必须要去趟扎咋村了，不能再在车巴河边自由漫步。

　　车巴沟像一条狭长的带子，两边森林郁葱，天空变得深远而幽蓝，灌木丛完全遮掩住了车巴河，唯有流水之声哗哗作响。一切像是换了面容。也是因为几日阴雨，忽略了万物在悄然间发生的变化。青稞苗已经有一尺高了，洋芋秧子也已盖住了地皮，油菜差不多都开花了，只是蜜蜂还没有来。或许它们正在路上，等太阳明亮起来时，你自然会听到它们嗡嗡四起之声。

　　扎咋村距离村委会小二楼不远，过了林场木材检查站，左拐，踏上一座桥，前行五公里就到了。扎咋村的情况和车巴河沿岸的其他村子一样，是典型的农牧接合地。过了加录塔村，路就变窄了，一边是匆忙奔跑的车巴河，一边是长长的青稞架。距离青稞架不远处就是大山，青稞架与大山之间没有草地，全是农田。其实这里并不适合种庄稼，因为坡度大，而且靠林子太近，湿度也很大。我们跑扎咋村的次数已经很多了，相比而言，扎咋村的未脱贫户只有一户。从单一的工作情况来说，不应该这么复杂，然而问题恰好就是因为只有一户未脱贫，反而复杂了。

扎咋村未脱贫户扎什次旦一家致贫的主要原因是缺资金，户主住房已完成"七改"，又因新建住房投入资金较多，没有装修，达不到入住条件。去了好多次了解情况，究其原因只有一点，就是没有木材。虽然住在林区，但丝毫不能动乱砍滥伐木材的念头，这一点是必须强调和宣传的。令人放心的是他们这样的念头也的确没有出现过，不但如此，还自发地相互监督着。

扎什次旦老了，儿子在牧场工作，我们去过好多次，家里总是没有人。人居条件达不到标准怎么行呢？问题必须按时解决。政府对此也是关心之至，最后联系到进口的速成木料，先把房子装修起来。速成的木料很平展、光洁，相比本地柏木而言，就是酥软了些。速成木料拉来后，扎什次旦就请来木匠，木匠一开工，大家都放心了。于是我对此项工作也就有所懈怠，加上连日阴雨，再没有去扎什次旦家。虽然之后电话又来了，说无论如何都要去现场看看，坚决不能糊弄人。"可木匠都来了，还怕不装修吗？"我是这么想的。

上午九点半就到了扎什次旦家门前，家里依然没有人，大门上挂着一把明亮的锁子。沿村子走了一圈，整个村子似乎都没有人。立夏了,谁能安安稳稳坐在家里呢?快走出村口的时候遇到一位老阿姨,打听之后才知道扎什次旦和他老婆去地里了。老阿姨的语言里夹杂着为数不多的几个汉字,不过她的手一直指着河边靠山的那片地。那片地全部种了青稞,青稞苗差不多到膝盖处了。我一片地一片地找过去,终于在通往加录塔村和龙多村拐弯的地方找到了扎什次旦。老人见我直接到地里来找,也显得十分吃惊,于是放下喷雾器,坐在地边的一处灌木阴凉下和我聊天。因为我跑得多,彼此都非常熟悉。他说起这片地,说起种庄稼,就有点激动。

扎什次旦说:"这么陡的地,不种又不行呀。山腰处的地倒是十分平整,但却不能耕种了。"

我说:"那是为什么呢?"

"你不太了解情况。"扎什次旦说,"马鹿、梅花鹿、野猪太多了,撒上种子,你也别指望有收成,青稞出苗的时候就被它们吃光了。"

我想起前段日子就有人反映过这个情况,可是这个问题十分麻烦,或者说压根儿就无法解决,就算拉铁丝围栏能暂时挡住野猪,可也无法阻挡鹿呀,毕竟拉围栏也不能拉到十丈八丈高的。

"所以只能种到村子跟前。"扎什次旦说,"可这几年村子跟前也不太保险了。"

"我怎么没看见那些动物呢?"我说。

扎什次旦说:"你没去山里,自然碰不着。"

"不能种其他的吗？"我小心地问。

"大豆产量好，价钱也好。种大豆是收入最好的。"扎什次旦说，"可是大豆需要很多的青稞架。"

"这满路不都是青稞架嘛。"我笑着说。

扎什次旦说："这也不够啊。前年大豆的价格非常好，于是去年大家都种了大豆。可是等到秋天收割后，青稞架不够用了。大豆收割后要立马上架，如果不及时上架，放在地里要么烂了，要么就让野猪吃完了。"

"那怎么不多做些青稞架呢？放在自己家门口也可以呀。"我说。

"你不知道，做青稞架是需要椽子的。"扎什次旦说，"谁敢进林砍椽子呢？再说村子里也有规定，不允许呀。没有足够的青稞架，大豆就不能种太多，因而山弯处的地也就荒了。"

要想堵住野生动物，是不可能的，在青稞架上动些脑筋还是有很大余地的。于是我又问扎什次旦："村里人对增加青稞架的事情有没有啥想法呢？"

扎什次旦说："有，大家都商议过，就是需要很多钱。听说其他地方都那么做了，方便实用。"

"啥办法呢？"我问。

"就是用钢管搭架。钢管搭架更结实，不像椽子，风吹日晒，几年时间就倒了。钢管搭架只用卡子就好了，秋天挂大豆和青稞，完了再卸下来，统一放到某处，还不占地方，但就是需要很多钱。"

用钢管架替代木头椽子的青稞架，这个想法太高明了。我说："既然有这样的想法，就必然有相应的办法，我赶紧去给咱们汇报，这个事情一定要办成。"

扎什次旦说："能办成就太好了，明年就可以多种些大豆，毕竟大豆的产量高，价钱好。"

电话又来了。我回答着电话里的人："正在了解情况呢。"

如果不是这个电话，我差点儿都忘记了正事。

我问扎什次旦："家里装修好了吗？"

"好了，早就好了。"扎什次旦说，"我们都搬到装修好的厢房里住了。"

"有困难了你就反映。"我说，"我们会想办法解决的。"

扎什次旦说："还有啥困难呢？房子都给我们装修好了。如果说到困难，那就把鹿和野猪赶走吧，这是全村人的困难。"

"不如我站到山头给你们看守庄稼吧。"我笑着说。

扎什次旦也哈哈大笑，说："你站在山头也不起作用，你太瘦了。"

大家都笑了起来，似乎忘记了真正要做的事情，然而电话那头还等着我们的汇报。

"房子装好了，都入住了。"我说，"现在正在和老人聊天，聊到了新的困难，亟待解决。"

电话挂了之后，我们继续聊天，聊沟里的公路维护问题、巷道里的水路问题。水路问题也是亟待解决的，因为家家的屋顶都做了彩钢，冬天下几场大雪，巷道里就全是化了的雪水，早晚一结冰，老人小孩都不敢出门，这样下去，迟早会出事情的。

电话那头却不消停，他们要求将装修好的照片传来，我的队员就将我们坐在灌木阴凉下的照片发了过去。一会儿，我收到信息："你这哪是干工作，这不是搭讪吗？"

我没有理睬，依然和扎什次旦老人聊着天，触及了更多的困难处，帮扶计划涉及范围也随之越来越广了。我想的是，只要大家的心往一处想，所有的困难都不是真正的困难。

蕨麻

清明一过，天气就渐渐变得暖和起来。可是在高原，气候并不仅仅随季节的更替而变化。早上还是晴空万里，午后往往会风雪交加、寒气逼人。顷刻间，草原再次沉静于长冬。事实上，从三月开始草原就醒来了，只是大家习惯沉迷于冬的厚实之中，对自然的苏醒并不太留意。生活在高原，尤其是海拔三千余米的甘南，草木不发芽，眼中的春天就没有真正来临。当草原完全披上新的盛装，万物欢歌、溪流汇聚、黄河欢涌的时候，其实已经到了立夏。

当时令到了四月中旬时，报春花和黄花地丁就会在无人注意时悄然开放，它们在草地边缘和湿地四周保持健壮的身形，一直延续到六月，甚至十月。对后代的繁衍与传播，不起眼的植物们总要费尽心思,要把握好高原风向,要掌握好飞行速度,还要选择好适宜生长的地方。然而,蕨麻不同于报春花和黄花地丁,它们总是按兵不动、蓄势待发,从六月开始,一直到来年四月,这段漫长的时间里,它们在大地深层孕育着圆实的果实。深藏不露,就是为来年盛开一片耀眼的金黄,形成不可消灭的大家族做准备。

蕨麻是蔷薇科委陵菜属植物,多年生草本,分布较广,横跨欧、亚、美三洲北半球温带,以及南美智利、大洋洲新西兰及塔斯马尼亚岛等地。蕨麻肉质白嫩,味道甘甜醇厚,富含蛋白质、多种维生素及镁、锌、铁、钙等微量元素,具有健胃补脾、生津止渴、益气补血的作用。蕨麻的黄色小花看起来很普通,其果实呈暗红,中部或末端膨大呈纺锤形或球形。蕨麻从来不靠颜值,以素颜在"美女如云"的蔷薇科植物中独树一帜,它靠的是极其丰富的食用与营养价值。尤其是高寒地区的蕨麻,无论生长在河岸、山坡、草地,还是灌木丛中,人们总是会深深地记住它。

甘南藏族自治州境内高原环抱、高山林立,自然物种丰富多样,是一片远离尘嚣的天然净土。平均海拔两千八百多米的高原上昼夜温差大、河流分布广、雨水丰沛,为蕨麻提供了天然的生长环境,因而生长在甘南草原上的蕨麻体圆肉肥、颗粒饱满、色泽红亮,产量高、品质好,属于高原蕨麻中的上品。

蕨麻最多的地方不在山梁,也不在一望无际的草原上,而是在向阳的坡地和河滩边。时间已经是四月中旬了。四月的雪很重,下落速度也很快,来不及在空中舞蹈,就掉到地上,也来不及故作坚硬,就变成湿漉漉一片。落在枯草尖上的雪片愈发迫不及待,瞬间就成了似老鼠眼睛般明亮的珠子。

这天早上,完代克和他阿妈正急匆匆向村子西边的小河边走去。天刚刚放晴,凉风习习,遥远的群山和略略泛黄的草地连成一片,河道却突然变得宽阔起来,河柳愈发显眼,密密麻麻,成道成片。在完代克眼里,这里的一切并不会让他感受到苍茫和局促,因为藏历新年马上就到了,饭桌上说什么也不能缺了蕨麻米饭。

清明前后的雨雪是自然馈赠给甘南草原无上的礼物,地皮经雨雪滋润,变得更加酥软,刨开蕨麻的枯叶,一镢头下去,深藏在土块之中的圆实可爱的蕨麻果立刻分散四处。可它们逃不过完代克捡拾的速度,从早晨到下午,完代克都很卖力,每一镢头都挖得很深,捡拾蕨麻也比他阿妈快。太阳还没完全落山,完代克笼子里的蕨麻就差不多满了。

他阿妈周毛草说:"给我吧。"

完代克说:"不重。"

周毛草笑了笑,说:"你挖得多,我回去单独晒。"

完代克还是没有将装满蕨麻的笼子给周毛草。周毛草又说:"镢头给我。"这次完代克没有犹豫,他走在阿妈身后,看着她一手提着笼子,一手扶着扛在肩上的两把镢头,开心地笑了起来。

当地牧民很反对挖蕨麻,因采挖蕨麻会对植被造成破坏,尽管如此，却也做不到彻底的禁止，于是蕨麻价格飞涨，弥显珍贵。政府为解决蕨麻市场的供求问题，便多途径鼓励民众种植蕨麻，种植蕨麻可谓一举两得，缓解市场供求的同时，还提高了农牧群众的收入。然而在当地食客心中，蕨麻还是自然生长的好。挖蕨麻的那段时间，偶尔会遇到熟人，但大家并不相互攀谈。一边放牧，一边在高原上寻找这种美味精灵的岁月已渐行渐远了。倘若真要去挖，也要选择坡地或小河边，挖出草皮，捡完蕨麻后再将草皮按原来的模样放进去，松动的四周还要灌满土，以保植被的完好。自然馈赠人类的同时，若是肆意破坏往往会引来大自然的报复，因而，敬畏大自然无形中成为草原牧民群众生活中不可缺少的一项日常工作。

将鲜活而圆实的蕨麻晒成皱皱巴巴的蕨麻干，需要一定的时间。首先要淘洗，洗净后掐头切尾，再将长形的、模样不太好看的一一拣出来，只留下圆实而饱满的。在不久的将来，它们会以团圆和睦的象征性食品出现在饭桌上，或用于设宴待客，或用于招待亲朋好友。

完代克阿妈的厨艺在村里是很有名的，她做的蕨麻米饭甜而不涩、油而不腻。不但如此，她能将蕨麻做成各种养生粥汤，让蕨麻成为具有创造性的食材。

蕨麻米饭藏语称作"蕨麻哲则"，是用蕨麻、大米、酥油、白糖合烹的一种具有高级营养的藏族传统美食。烹饪方法十分讲究，通常的做法是将大米、蕨麻分别煮熟，一样一半盛在碗内，撒上白糖,浇上酥油汁,边搅边吃。

完代克阿妈独出心裁,做出了独具创意的"蕨麻哲则"。天还没有完全亮开,完代克阿妈就起来了。淘洗干净的蕨麻在清水里泡了一夜,显得更加光鲜圆润。她将泡好的蕨麻加少许冰糖,倒进铜锅里,用文火慢煮好几个小时。煮蕨麻的这段时间,她并没有闲着,挤奶、放羊、清扫院落,等一切完毕,她又进了厨房开始淘洗大米。大米淘洗干净后,先煮至半熟,接着将米捞出后用冷水漂去米汁,拌以酥油,再放入笼内蒸熟,最后大米和蕨麻各盛一半进碗里,加上白糖,再次浇上少量酥油,别具特色的"蕨麻哲则"就做成了。越吃越香,百食不厌。当行走在青藏一隅的甘南大地上,对美食家来说,蕨麻米饭定然不可抗拒。

甘南蕨麻名满天下,在坊间还有个动人的传说。相传格萨尔王时期,青藏高原妖魔鬼怪横行,黎民百姓遭受荼毒。甘南草原上有对年轻牧人夫妻,男子叫尕藏,女子叫觉玛,夫妻日出而作,日落而息,奉养老母。有次他们放养牛羊的转场足迹被部落头领发现了,威逼他们缴沉重的草头费,尕藏夫妻交不出,于是头领就派人抓走了尕藏。几年之后,格萨尔王团结劳苦大众,降妖伏魔,被部落头领抓走的牧民们也各自回到了家乡。尕藏满脸须发,拖着瘦弱的身子也回到了甘南草原。一路上他看见牧场无畜,饿殍遍地,甚为惶恐和担忧,不知家中阿妈和妻子现状如何。到家后,但见阿妈发丝如银、精神矍铄,妻子脸庞红润、眼神澄澈,他很惊讶。

于是，尕藏问觉玛："你和阿妈这几年是怎么过来的？"

觉玛说："我和阿妈靠几只牛羊、一头猪和一片青稞地勉强度日。猪没吃的，就整天吃草皮下的一种褐色的果子，它不但没瘦反而还肥了起来，于是我也捡拾一些回来。我想，猪吃了没死，人肯定也能吃。粮食不够，我就把捡来的果子煮熟，掺在糌粑中吃，就是那个果子救了我和阿妈……"

尕藏喜极而泣，并把这个消息告诉了其他牧民，于是大家顺利地熬过了灾荒。后来，大家为了感恩觉玛，就叫它"觉玛果"。"觉玛"在藏语里有长寿之意，人们又把它叫"长寿果""人参果"。再后来，经中医药研究发现，它也是一味良药。当然，甘南草原蕴藏着太多让人惊叹的自然瑰宝，蕨麻只是其中的一种而已。

从充饥救人到珍馐佳肴，蕨麻完成了一次华丽转身，价值一路高升，各种吃法也随机而生。甘南蕨麻喂养天南海北食客肠胃的同时，还喂养着生长在这片土地上的其他动物，名扬天下的蕨麻猪便是例证。蕨麻猪是生活在青藏高原、甘南藏族自治州山区草原境内的稀有猪种，因长年在草原上拱食地底下的蕨麻而得名，其肉细嫩、皮薄，膘厚适度、红白相间、层次分明。吐蕃王朝时期，它可是古代藏族藩王及土司等王室贵族享用的贡品。在乡村振兴的当下，许多蕨麻加工产品如雨后春笋，蕨麻都是应季节纯手工挖掘，精心挑选，拒绝深加工，颗颗饱满，原色原味。

甘南由不为人知的神秘地带，变成如今人们心目中的胜境。

春去秋来，万物复苏，冬雪飘飞之时，食客们也会无比想念晶莹剔透的蕨麻猪肉。报春花开遍山野之际，我们的生活也会在一碗蕨麻米饭里变得甜蜜无限。

王小忠，藏族，甘肃甘南人。著有散文集《浮生九记》《黄河源笔记》《洮河源笔记》《静静守望太阳神》、小说集《五只羊》（入选2020年"中国少数民族文学之星丛书"）。获三毛散文奖、甘肃黄河文学奖等。

（《黄河文学》2023 年第 6 期）

拜访"老神树"

◎ 刘德远

　　这棵红豆杉宛如拔地而起的巨龙，绿色的风暴积蓄能量，不动声色俯视整个山谷，酝酿年复一年亲情陪伴的感言。一月的日记上，一群狍子向您问候新年，给您讲述生存的故事，有冰冷、残酷，也有善良和温暖；二月的日记里出现新的身影，灰喜鹊率领可爱的孩子们，轻轻地敲响窗棂，叽叽喳喳地说着"过年好"；三月的日记集中在月底，金色的冰凌花躲在冰雪的缝隙与您捉迷藏；四月的日记，您迎来柳树开花，手绘山野青青柳色新；五月是最繁忙快乐的日子，您每天都在记录新绿诞生，亲切地呼唤其乳名；六月和七月的日记充满甜蜜，每一棵树都在您的眼皮下谈情说爱，开始新生活，孕育新生命；各种菌类在八月搭起小帐篷，与您一起数着天上的星星；所有的树叶在九月为您祝寿，祝福的话语令您心醉，祝福的礼物流金淌银；松塔子扑通一声掉进十月的落叶里，松鼠是优秀的搬运工，将其藏进洞穴准备享用，您用一场大雪捉弄松鼠，给松子留下一次生长的机会；在十一月和十二月，您忍受孤独寂寞，神情庄重地凝视时间流逝，与雪一次次共舞,傲视瑟瑟山谷,抖落一场场风暴。

二〇二二年十月二十一日上午十一时,摄影家李欣微信转来一个五十三秒的视频,主角是一棵红豆杉。背景为雪霁初晴,枝头新雪,落叶覆雪,一派银装素裹。为了拍摄红豆杉的画面,镜头围绕健硕的树干转了一圈,红豆杉红褐色的皮肤沉积岁月沧桑,龟裂的纹片隐藏风雨洗礼,隆起的肌肉突显雄浑激荡。树身缠绕着两条红布绳,一新一旧,显示民俗文化根深叶茂。画面闪现出附近的大树,相较红豆杉用"小树"描述更为贴切。二十年前,我从新闻中认识了这棵红豆杉,是敦化林业局石门子林场工作人员在日常巡护中发现的。这棵红豆杉位于西北岔沟内海拔1044米处,树径1.56米,周长3.89米,树高约28米,测算树龄一千八百岁左右。整棵树健硕挺拔、枝繁叶茂、树冠饱满,颇有玉树临风之态。专家标注这株千年红豆杉的地理坐标:东经127度18.56分,北纬41度42.19分。从这一天开始,红豆杉进入人们的视野,成为敦化名木保护对象。

红豆杉有"植物界大熊猫"的美誉,又名紫杉、赤柏松,系红豆杉科,属浅根植物。因叶形似杉树、红色果实如南国相思豆,故而得名"红豆杉"。东北红豆杉集中分布在长白山山脉和小兴安岭余脉,由于是单株散生树种,目前很少有大面积种群存在。红豆杉是国家一级保护植物,被称为植物王国的活化石,是第四纪冰川时期遗留树种,在地球上已生存二百五十万年,是世界上公认的濒临灭绝的天然珍稀抗癌植物,也是自然界留给人类的宝贵物质财富,历史文化价值巨大。从生态角度看,东北红豆杉是极其珍贵的濒危植物,加强保护和培育,在维护生物多样性、生态平衡和环境保护方面也具有积极作用。

我决定拜访千年红豆杉。

二〇二二年十月二十六日,我和陈国祥、李欣驱车前往石门子林场。石门子林场是敦化林业局成立较早、比较大的林场,最多的时候有四百多名工人,现在只有一百多人,从二〇〇九年开始禁伐管护,保护牡丹江源头森林资源。林场原来以出口薇菜闻名,日本客商点名要六棵松(现为敦化林业局石门子林场)薇菜。现在以千年红豆杉声名远播,当地人称其为"老神树"。

在敦化林业公安局石门子派出所,我们见到了干警汪晓伟。千年红豆杉作为名木古木,一直以来是干警们巡护保护的重点。十月十一日,汪晓伟和同事们前往距离林场二十多公里的1林班3小班实地踏查巡护千年红豆杉,在"老神树"附近设置保护警示牌、悬挂宣传条幅,在沿途树木上缠上红绳,标记巡护路线。

汪晓伟介绍高明生做我们的向导。见面之后感觉眼熟,原来李欣转我的视频中那个在树下站立的男人就是他。高明生是土生土长的石门子林场人,一九七五年年底出生,在林场读完小学和中学,毕业后考入敦化林业局技工学校,毕业后回林场工作,与树木打交道二十多年,积累了丰富的林区生活经验。拜访千年红豆杉的途中,高明生为我们解难答疑,使我们收获良多。脚下的黄胶鞋精准确定行走路线;接近落叶颜色的迷彩服,在我们前面灵巧行进；鸭蛋皮色的夹克，让我们很容易分辨他的身影。高明生习惯抄着手，尤其是停下来的时候，显得有点拘谨。我们是第一次见面，自然有点生分。谈到树的时候，高明生自信随和，在树的面前袒露本色。被我们夸上几句，他挥手抹上一下经过打理的短发，浅笑荡漾在脸上，浓眉弯曲成拱形，眼睛眯成一条缝儿，鱼尾纹不合时宜地爬上来，证实博闻需要岁月的积淀。

汽车在林间沙土路上前行，小路窄得根本无法错车，有的路段甚至要贴着两侧的树木行进。修路不能砍伐树木，这是铁的纪律。两侧都是次生林，桦树、榆树、椴树、杨树居多，白桦在林中醒目，成为视线中的流动风景。时间已是深秋，枯叶落满林间，树们脚下添彩、头上清爽，无须攀比树叶的亮色、花朵的芬芳、果实的饱满。想象一下在五月，每一棵树都绿得耀眼、炫目，注视一树葱郁，注定被裹挟滑入绿色旋涡，根本无法自拔。路边小溪水量较少，水质清澈，属于牡丹江水系源头。春水肥，秋水瘦，夏水石上跑，冬水闻叮咚——这是我观察的一点心得。

二十公里沙土路尽头，是一片山脚下的宽阔河谷，我们开始步行上山。我看了一下时间，九点三十分。

听到叮咚的泉响，我下到乱石林立的河床。石头拥挤在林间山谷，大小不等、规格不一、高低起伏、混乱无序、叠压有方，强烈冲击着我的视野。岩石之上，包裹着黄绿相间的苔藓，苔藓颗粒触觉坚硬，告诉我缺失水分的时间。好在前天下过一场小雪，林间的雪已经消融，而河谷的雪覆盖于苔藓之上，乱石之间斑斑驳驳,雪等待融化后喂饱苔藓颗粒。透过乱石的缝隙,可见清亮的溪水向下流淌,叮咚的泉响在耳畔回响。九点三十五分,告别乱石响泉,我们选择沿着山谷溪畔前进。整个山谷像老鹰张开翅膀,两侧隆起的山脊收敛盘旋的力量。一片杨树林中,灰青色杨树充斥山谷,五百米的林带使人易产生视觉疲劳。脚下的石头和泥土裹在一起,踩上一脚,凸起的肯定是石头,落叶和衰草减缓了脚下的生硬。再往上走,溪水已不见踪迹,我猜测是隐身于山谷之下,成了名副其实的暗河。

九点五十五分,我们转向右侧的山坡,沿着山脊下的扇面开始攀登。鱼鳞松、沙松、榆树、椴树、桦树等逐渐增多,高大挺拔是最简单粗暴的评价,也最符合树木美学的生理结构。红松则以腐蚀的树桩告诉人们存在的形态,树桩高不过五十厘米,内芯早已腐朽化空,外层的木质被风雨侵蚀蜕化变质,灰白的树桩长满了绿色的苔藓,手指轻轻一拧,即扯下一块腐朽的物质。大多数树桩正在腐朽,预示蜕变的生命将成为一堆土。当然,这个过程仍然需要数十年,这是一个漫长渐变的过程。有科学研究发现,热带地区的倒木存续时间在十年左右;寒冷的北极沼泽地,一棵倒木喂饱微生物需要跨越千年;而长白山所处的北温带,倒木腐烂的时间与树龄等长。眼前的红松树根,让我想起美国生物学家戴维·乔治·哈斯凯尔所说的"死亡使树木离开了,但不能结束它的'生命'",我惊奇地发现,有的腐朽树桩上新生命正在成长。眼前的枯树桩上,生长着一棵沙松树苗和一棵鱼鳞松树苗,沙松长在树桩顶部，鱼鳞松长在树桩侧翼，两棵树苗高约二十厘米，树龄在十年左右。可以想象，十年前的一天，一粒沙松的种子和一粒鱼鳞松的种子，巧合地落在树桩上，在腐蚀的木质中生根发芽，开始追寻自己的擎天之梦。腐木由于真菌的分解作用，产生大量腐殖质，而腐殖质中富含碳、氢、氧、氮、硫、磷等营养元素，有利于植物生长。红松树桩腐蚀变化的过程，无私地接纳沙松和鱼鳞松的种子，完成生命最后的奉献。两颗种子足够幸运，能够投入红松的腐殖质怀抱，孕育自己的梦想。当然，还应感谢苔藓的贡献——苔藓颗粒吸水性极强，雨水裹住颗粒，渗入红松木质薄壁，为红松根部储存水分，加速木质腐蚀，提供丰富的营养。腐烂的树根，为细菌、真菌、昆虫、苔藓和种子提供食物和家园。

同一种现象，我在一棵桦树的树瘤上也发现了。这棵枫桦像一位驼背老人，弯曲的树身斜向一棵年轻的椴树，裸露的根部之上长出两个树瘤，外侧的树瘤环抱着内侧的，树瘤与树干连接的部分覆盖了少量绿色苔藓。两个树瘤之间的缝隙，惊奇地生长着一棵沙松，高五十多厘米，树龄有二十年吧。我仔细观察，两个树瘤之间的腐殖土有两种成分，枫桦树瘤腐殖质和树叶腐殖质，两种腐殖质构成沙松生长的土壤。这些腐殖质似乎有点贫瘠，与红松的慷慨相比，算不上丰厚的馈赠，但没有限制沙松种子对生命的渴望，没有扼杀沙松种子生长的想象力。小沙松的根系扎在两个树瘤缝隙之间，而树瘤距离枫桦根部七十厘米左右。如何将根系扎进泥土，拥抱枫桦庞大的根系？两个树瘤腐殖质提供的营养,能够让沙松持续生长吗？这两个疑问需要时间给予答案。但我不得不佩服大自然又给我上了一次课,生命的奇迹是森林里普遍的主题。

继续向上攀登,林间倒木明显增多。大多数倒木卧在枯枝烂叶之间,腐殖质上长满绿色苔藓。由于底部深陷泥土,水汽充沛,苔藓异常活跃,它们的绿色程度,暴露了内心世界的真实想法。苔藓颗粒宛如绿色的花朵,与秋日的阳光对视,阳光从倒木的一端跃向另一端,苔藓焕发出诱人的光彩。倒木以苔藓的花朵解读生命的意义,进一步更新了人类对生命的认知。个别倒木长期悬空,树皮腐烂以后,树干缺少水分和真菌,使得木质干燥,大大减缓了其蜕变成腐殖质的过程。一棵榆树倒木横在山坡,成为我们歇息的长椅,也成了我们合影的背景。这棵倒木长二十多米,横在这里的时间超过三十年。我们推测,倒下前这棵榆树约三十米高,可以想象树龄应在百岁以上。三十多年前,是怎样的一场狂风肆虐,让老榆树无法承受摧残之重,生命轰然倒下,结束木秀于林的悲剧命运？在脚下残存的小段榆树枯干上,我们意外发现了沙耳。沙耳是野生菌类,只在榆树倒木上生长,热水泡发以后,凉拌和炒食均为美味。

有的树木倒于雷殛,这是更加惊悚的悲剧。七月的山林,雷雨突袭,没有任何预警,声声惊心、步步惊魂。乌云翻滚席卷天空,阴沉如铅色,压迫你产生窒息感。滚雷由远及近,声音沉闷,闪电如点燃的导火索,随时要引爆黑暗。狂风大作,草伏在山坡喘息，树弓着身子焦躁不安，动物们找好藏身之所暗自祈祷。放牧的牛慌乱地挤成一团，放牛人哆嗦着呆立林中，只能任风雨裹挟，无助、恐惧。这时是不能在大树下避雨的，高明生和林场工友遇见过雷殛，二三十米高的沙松，一道闪电追魂，咔嚓一声拦腰被折断，树冠栽倒地上。被击中的树身，碎裂的木片飞出十几米。还有一年，养牛户在山上放牛，一声惊雷，五头牛被当场雷殛毙命。风雨雷电本是自然现象，但在山区的人们心中充满神秘色彩。大自然充满无数神奇力量，一声声惊雷冷酷地提醒人类，万物生命平等，人类切勿自以为是担当生命的主宰。

在倒木上休息了十分钟，顺便采摘了十几块沙耳，疲劳感渐失，拜访"老神树"的兴奋支撑我们继续攀登。在接下来的一百多米，我们又有了新的发现。

上行五十米，在落叶堆积的缓坡，我们突然发现一处椭圆形的地表裸露，面积不到半平方米。裸露部分腐殖土新鲜湿润，从上往下有清晰的蹄子搂刨的痕迹，草根上残留有动物齿痕，用手一摸还冒浆。靠近边缘的部分，落叶上沾着黑色的球状粪便，与羊粪大小差不多。高明生见识多，为我们解释说："刚才狍子在这里吃草根，这块湿土就是前蹄搂刨的，粪便也是狍子的。"狍子喜欢在山冈梁觅食，特别是在冬天。这里风大积雪少，相对容易刨出草根。我喜欢狍子，但四十多年没有再见过，今天是离狍子最近的一次，但还是无缘相见，估计是狍子听到我们的声音被吓跑了。我的内心充满歉意，我们的莽撞打断了它的觅食，对狍子来说,我们是一群不速之客。

失望之余,我们继续向目标攀登,树上缠绕的红飘带一直在激励我们。

突然,高明生手指眼前的一棵杨树和一棵椴树,说:"看,树上有冬青。"我们停下脚步,向树冠望去,两个庞大树冠相互抵在一起,树枝上悬挂着大簇冬青,像绿色的珊瑚。我想起长白山区的一个谜语:"远看像个窝,近看不是窝,越冷它越绿,越绿它越多。"谜底就是眼前的冬青。记忆中冬青是中药材,脚上有冻疮时,父亲会采点冬青,煮水泡脚,有一定疗效。小的时候,我只在杨树上看到过冬青,天真地以为只有杨树生长冬青。高明生告诉我,冬青是中药材,通常寄生在杨树、榆树、楸树、桦树、椴树等树种上。不过,鸟儿有选择权,它喜欢树叶春生秋落的树种。当然,偶尔冬青也寄生在松树、山楂树、山里红树、梨树等树木上,不过在林区少见。冬青一般在冬天开黄色花朵,结出色彩艳丽的浆果。寄生榆树的冬青浆果为橙红色,寄生杨树的冬青浆果呈淡黄色,寄生梨树的冬青浆果为红色。浆果是灰鸟、太平鸟、冬青鸟、棕头鸦雀的美食。鸟儿吃完浆果,粪便排在哪棵树枝上,冬青就寄生在哪棵树上。这些种子经过三至五年的寄生,才会长出新枝。新枝是典型的二叉分枝,多年生的冬青形态曲折优美,远观像树上的鸟巢。冬天,枝条黄绿,浆果红润,轻轻飘洒一阵小雪,红黄绿白营造出美丽的意境。

十点三十分,我们远远地望见了"老神树",没有想象中的激动，心情相对平静，可能是之前做了一些准备工作，兴奋被信息一点点消耗了。我想慢慢走近"老神树"，丰满我的印象。

"老神树"没有想象中高大，周围簇拥着一圈"卫士树"，略高于"老神树"，为其遮风挡雨。在这个瞩目的团队四翼，各种树木甘当背景，衬托着"老神树"的威严庄重。"老神树"确实具有王者风范，每向前走一步，王的气质迎面扑来，令我心生敬畏和景仰。走到树下，我先熟悉"老神树"的团队，分别致以问候。"老神树"的正前方六步，一棵红松树桩被风雨侵蚀，绿色苔藓掩饰岁月的无情，一棵高二十厘米的沙松展示着生命的顽强。沿着红松树桩顺时针行走，五步到达椴树，椴树之后六步是榆树，榆树之后三步是沙松，沙松之后四步是曲柳树，曲柳树之后九步又是沙松，沙松之后九步又是曲柳树，曲柳树之后六步又是沙松，沙松之后六步回到红松树桩，形成环形保护层。七棵树仿佛上天有意安排，成为"老神树"的"卫士树"。根据高度推测，这些树树龄均在八十年以上，相较于人类年龄可以称"老树"，但在"老神树"这儿只能称"娃娃树"。正是因为"卫士树"的守护，"老神树"才显老当益壮、精神矍铄。

我深深地拥抱了"老神树"，献上了问候与敬意。高明生和陈国祥拉起我的手，正好合抱"老神树"。脸庞贴着树干，细腻与粗糙完成亲昵对话，耳朵倾听鳞片碎裂的声音，从中分辨岁月的回响。一千八百年前，一粒红豆杉种子落户于此，从此开始了生命之旅。时间流逝，朝代更迭，多少英雄人物付诸笑谈，多少兴衰成败湮灭于历史长河,红豆杉独守山林一隅,见惯风雨阴晴,历览生死悲欢,目睹沧海桑田,坐望云卷云舒,俯瞰花开花落,终于活成人间"老神树"。为了证实材料的准确性,我和陈国祥用钢卷尺丈量了"老神树"的胸围——3.95米,比二○一三年的测量数据增加了0.12米,说明"老神树"长势良好。目光与"老神树"平视,我发现树身的一处缝隙,宽度约0.1米。我眯起右眼,用左眼贴近缝隙观察,微弱的光线从对面缝隙挤入,我窥见了树身中间的空洞,印证了红豆杉老树树身皆空的说法。"老神树"主要有两大支系,北侧支系繁茂苍翠,显示着旺盛的生命力;南侧支系个别枝干风化,但无碍支系生长,像人胳膊上的刺青。我无法测量"老神树"的高度。高明生说,十月十二日,专家用专业工具刚刚测量过,是22.3米。从这个数据看,红豆杉生长极其缓慢,一年不足1.24厘米。

在长白山林区,人们习惯为"老神树"一类的树木"挂红",即在树身上挂一幅红布,或者缠绕红布绳,表达恭敬之意。"老神树"上缠绕着深浅两条红布绳,都是探访之人留下的心意。我们来得比较匆忙,没有准备红布,我和国祥摆放了三个苹果和一袋糕点,给"老神树"献上供品。现在是森林防火期,禁止野外用火,我折取三段木棍,插在红松树桩上,算是点燃了三炷香。民俗文化恒久长远,成为流淌在血液中的基因,无非是传达敬畏之心、感恩之情,恭敬自然就好。

十一点半,我们原路下山。走到山脚下,我有些口渴,李欣建议我喝点"撅尾巴茶"。我一时发蒙。李欣走到溪水边，弯下腰合掌取水，痛快畅饮，一边示范一边说："这就是林区的'撅尾巴茶'。"我模仿着喝了一口，瞬间感觉清凉爽心。拜访"老神树"的行程，从某种意义上说，就是一场红豆杉刮起的脑海风暴，在"风暴"中接续的新奇经历，使我对大自然愈发敬慕。

刘德远，一九六八年生。作品散见于《人民日报》《诗刊》等报刊。出版散文集《我是那只逃走的狍子》等七部。随笔集《幸福的宽度》获第七届金达莱文艺奖。

（《黄河文学》2023 年第 6 期）

侵入与撤离

◎ 吴 莉

　　军马一场第一次引来无人机草原"飞防"（飞机防治,通过通用飞机或航空器配备喷药设备,为农田、林果、草原等提供病虫害、鼠害防治以及农田灭草等服务）,我有莫名的负罪感。引进人是我们,实施飞防作业的,也是我们。

　　我们完成了灭鼠、种草、围栏建造和换新以后,正值八月气温升高,马场草原害虫上来的时候。开工仪式上请来了一场的所有领导,无人机飞防展示验收合格,确定一万亩草原灭虫不用机械喷雾,而是用无人机飞防,以降低对草原植被的碾轧破坏。

　　到了飞防地点,先定位圈出飞防航道和亩数。遥控器和无人机都可以定位圈地,飞到哪里把线画到哪里。我们一次圈出五百亩地,正好是一桶五十斤百分之一点二烟碱·苦参碱（低毒植物源杀虫剂）的喷施亩数。一桶兑水量两千斤,T40无人机一次性能载八十斤药液,每亩地设定喷施四斤药液。草原上基本没有障碍物,飞行高度设定为五米,在不受风力影响的前提下,保持药液稳定降落。

乳白色的药液杀伤力很强,灭虫效果很好,可对植物的副作用也很大。因此,配药数据必须保持在规定的最小单位,以免介入太多,破坏草原特性。若不是近两年高温天气带来虫害,为了防止蔓延,需要药物保护,军马场的草原用不着防虫。化学药剂介入越多,对草原的改变性越大,不仅改变植物原始性,而且改变土壤酸碱度,只有坏处没有好处。原始性是再生能力最强的特性,任何改变都会带来负面影响。土壤中的化学残留如果严重,土壤微生物就会遭到破坏,土壤失去分解能力,越来越僵化;这些因素一旦加重,土壤会析出盐碱,最终导致土壤退化。

我们小心翼翼地进行喷药前的踩点工作,能不喷药的地方就不喷药,选择性喷施,非必要绝对不喷。如果虫害面积没有一万亩,剩下的费用去换新围栏或者种草,在不影响生态平衡的前提下,灭鼠也可以。至少,现在不会造成二次中毒(以前老鼠被毒死后,猫如果吃了死老鼠,也会被毒死)。鼠药投在洞里,不伤及其他生物,作为饵料载体的粮食也是一种肥料。尽管害虫无处不在,像军马场这样的草原也还是少有的净地。当然,即使有一点虫子也很正常,水至清则无鱼,苍蝇的幼虫还可以腐化草原上的牛粪。尊重自然是指尊重自然的整体性,尊重自然万物之间的彼此依赖关系,任何一项缺失,生物链的完整性都会存在断裂的风险。

因此,本着即使被虫子吃掉一点植物,也不能多带一毫升化学药剂进入草原的原则,对于化学药剂的介入,我们再三思量研究。化学药剂会导致动植物变异，设想一下，动物和植物如果变异不到一条平衡轨道上来，那么草原生态会不会大乱？对于自然，严格来说，一切外来介入都是自以为是，任何力量都大不过自然的自我修复能力。即使是善意的改变，若只改变眼前而不考虑后果，改变的意义又在哪里？

我们脚下的防虫区域野草繁茂，深不见底，最矮处也会没住脚踝，最高处一人多高。草丛中万籁齐鸣，数不出有多少种声音，我只能分辨出蝗虫"唧——唧——"的叫声，声音单薄而撕裂，难道是烟碱·苦参碱对它们起了作用？我们趴在喷过苦参碱的草地上细听，似乎什么都没有改变，不仅农药的味道似有似无，而且虫鸟一直在开音乐大会。草太深了，虫在草里，鸟在草外，T40 无人机那五十到三百微米的雾化药液，被风做了二次雾化，你可以想象那近似淡雾的药液落在草叶上的知觉。我们只是为了控制害虫数量，并非要灭绝它们。因为这里有人和牲畜反复出现，现在又来了机械，机械带来了现代化科技的运用，草原的宁静被打破，生态的自我修复能力自然减弱。以此前推，是自然界发生了变化，首先是高温天气给我们发出了警报，在空气干燥和污染的复杂情况下，易导致草原虫害的发生。人类在摸索中束手无策，不得不开启对草原进行保护的实验性措施。

这里是放牧山丹马的地方，以往在公路上就能看到马群。草原上生虫以后，马去了围栏那边，这边的草却长得比那边好了。区域是马场指定的，指定到哪里就喷到哪里，他们知道哪里的虫多。有时雨水格外多，土壤元气饱满的草原，长草速度疯了一般，以披碱草和针茅为主的牧草长得赛人高，紫色穗子足有半尺长，像麦穗一样稠密。夹杂最多的则是正在花期的萎软紫菀，有一块开阔地就呼啦啦开出一片。这是八月送给九月丰厚的花礼，极尽所有把自己盛开得绚烂。我总是看不够，坐在它们之间，发现草原中其他植物像它们一样滋养着我。不知我是哪一朵，但我分明在和它们一起摇曳。浓密的针茅被风吹动，如打乱的光线重影交错。风把我对人间有限的情思告诉它们，多么苍茫，仅仅是因为存在，天各一方也如此安然。这深秋的景色，熟透的晚风，怎能让人不满足？

小蓟用一身的刺，护着烟花一样飞溅的花蕊，紫色鲜艳得要奔粉色而去。它和萎软紫菀都是深秋的娇儿，别的草类被秋煞老，它们却开得又新又勇，成了这时草原花卉里的主流。一棵沙参、一棵肋柱花、紫菀和小蓟，都带有紫色。我突然想起这时的公园里，只有几种小菊开着，都在紫色系范围内或浓或淡，这时我才发现，黄色是秋的收，而紫色是秋的放，此时祁连山下的秋花，紫气焕发。

飞防作业格外顺利，两架无人机飞了两千亩地，提前完成当日任务。时间还早，我们在夕阳下拾蘑菇。太多了，一低头满地都是。远远能看到蘑菇圈，白花花像低矮的迷宫。马场人把这种蘑菇叫"黑驴皮"，外白里黑，一开伞，黑处就更黑了，把人的手染得黑乎乎。这种蘑菇多不做汤，做出的汤都是黑汤，影响食欲，一般都是炒着吃,脆脆的,爽而香。这是下午的第二茬,晒了一天的太阳,蘑菇又从土里冒出来了,正好是"丁丁菇"(未开伞的蘑菇)的大小,也是"黑驴皮"最好吃的时候。幸亏我们拾蘑菇的地方没有喷药,不然,吃不着太可惜了。

飞防换了新地方,与补播改良地重合,那里阳坡的虫情不容乐观,植被有所退化。

顺着马道往前走,一路上看到我们种下的披碱草和老芒麦夹在其他野草之间,齐刷刷地长出来了,老的草长得高,新的草长得好,浓绿地布满了新的空间。我们喜叹:"今年的生态这么好!"马场人有些担忧地说:"祁连山没多少雪了,雨水多了才能把这些草养大。"是呀,既然靠不了雪,那就得靠雨,如何充分地利用雨水这是大自然给我们的考验。

跟着马道,我们进了围栏。马群在那边吃草,我们在这边作业。马队长说:"不要按喇叭,别把我的马惊吓了。"他把队里的马说成他的马。

我们故意和马队长抬杠:"你的马还怕喇叭声吗?"

马队长说:"太近了当然会怕,这里的马很少听到汽车的喇叭声。马本身警觉性比较高,声音太刺耳会受惊。"

我想无人机应该也会惊动它们,还是把马赶到了围栏那边。马队长说:"马的味觉也很高,闻到不同的气味会发出信号。等会儿让你们看样东西。"

我们问:"农药对马有影响吗?"

马队长说:"怎么会没有呢?马肯定闻不了,对马的健康不好,马群也不会安静的。"

草原的神秘无处不在。马队长吊起了我们的胃口,我们好奇他要给我们看什么,跟着他来到一个围栏门口。他指着搭在围栏上的半具动物尸体说:"看,这是被狼吃剩的黄羊。马群发现时,狼扔下黄羊跑了。当时马群听到了动静,同时闻到了血腥味,躁动起来,又挤又叫,把那只狼给吓跑了。"

那是一只黄羊吗?也许是只狍鹿,还可能是别的动物。经过草原修复和保护生态,野生动物越来越多,狼的猎物也多了起来。马队长说:"前几年老有小马驹被咬伤,这几年没有了,到处有狼吃的动物,它们轻易不会侵犯马群。"那么,喷农药了,动物们会不会向后退呢?草原灭虫无疑会影响到它们的生活。

山沟里没有信号,无人机须到山头上才能作业。山路太陡的地方,拉无人机的车只能走 S 形。草太高,掩盖了地况,只能摸索着前行——有土堆的地方得绕开,以免跌入旱獭洞中。前面的车为后面的车开路,走得惊心动魄,走过的路上留下深深的车印,像平整的地方被割开了一道口子。到了最高的山头,先搜寻信号,满格,能够控制山谷里的喷施。这不是军马一场最高海拔的飞防,前段时间直升机灭过虫,是军马一场第一次引入有人驾驶的直升机飞防。

我抓拍影像资料,稍微蹲身便能把拍摄物拍得很高,高高的人,高高的飞机,高高的山。背景里的祁连山一片青蓝,没有积雪。以往，山下下雨山上雪，现在山下下雨山上青蓝。那景色真美，富有浪漫主义的迷幻色彩，但那不是西北的浪漫，西北的浪漫在苍凉中决绝到透骨，在透骨中舒爽得一尘不染，祁连山的白只有热血才配得上。我想，如果祁连山的积雪没有减少，我们会不会在这草原上灭虫？

雾气笼罩，只看得清前后两层，离我们近的一层长满绿草，像绿水；远的一层高于"绿水"，是青山。这是最美最壮观的青山绿水，给人以魔幻般的神秘意象——"绿水"是山又是水，追着青山向上涨；青山凝重，静止到了焦渴的程度。

我在想，雪呢？如果青山以雪山的样子出现，是要以雪养育，但是雪山以青山"绿水"的样子出现，拿什么养育呢？

"绿水"以上是风化岩，像个帽子戴在山顶。那高高的"帽子"寸草不生，太阳收走曾经的晶莹光芒，以粗糙风化粗糙，等待细腻再次来临。

为什么走近了仍没有看到积雪？雪山变了，变成了南方的山色。而我们会有南方那样多的水吗？只有那山峰倔强，以自己的高，坚守了积雪曾经来过的高度。

我们还想再走近些，却被围栏挡住了，那边也是一场的草原，但与这边划分了界限。围栏是今年新换的丝网，最上面留了一道旧丝，已经生锈。旧丝在上，新丝在下，新的完美衬托了旧的。

修围栏的人离开以后，草疯狂生长，淹没了人来过的痕迹，借天时地利，暴露了已修复的桀骜。草深得不敢走车，底盘被刷得发出红色警报。车停下，不能立即熄火，以免拉缸；过一会儿再熄灭，待车完全冷却后再走。即使这样，也只能走走停停，当红色警报又出现时，我们再一次停下冷却车辆。能走进这样的草地的是好司机，而且不心疼自己的车油，是一种专注于冒险的惊心动魄。当然，安全走出才是王道。

这样的地方，有如此好的生态，也怕有虫危害吗？即使有，也完全不需要定位喷药，我们划出了飞防范围；如果是工作使命……

我这么想着，或是出于爱思考的习惯。

多年来，做祁连山生态修复与保护工作，势必会闯入"圣地"。当带着充分的理由，正大光明闯入时，已经冒犯了"圣地"。这样储存生机的地方应该是禁地，这里有数不清道不明的野生动植物，它们的家园需要清静。当我这样想时，围栏立柱上落了一只戴胜鸟，旁边还有几只麻雀。它们落在一新一旧两道丝上，仿佛那是安全的支点。我突然意识到，在这无边无际的草原上，围栏也是飞鸟落脚的支点，比鹰墩（招鹰修筑的高墩子）招来的"移民"丰富多了。有心栽花花不开，无心插柳柳成荫，在荒旱的草原，修了那么多鹰墩，真正落下的鹰不知有多少。人与自然的矛盾永远存在，尤其冒充和征服的野心越大，矛盾就会越多。

又走了一程，正要停车，突然看到不远处有一群狍鹿在吃草。听到有人来了，它们惊觉地抬起头，做好了飞跑的准备。车门声惊跑了狍鹿，它们飞箭般射过围栏，瞬间淹没在草原深处。

多么幸运，见到了狍鹿和戴胜鸟，听到了一刻不停的万籁齐鸣，加上夜晚出动的动物，这里就是一个动物世界。草地上有蹄印，深深地藏在绿草之中，一窝一窝的蹄印，是动物狂奔时留下的，很高的草被踏得像旋风刮过的一样。"是鹿的蹄印。"马队长说，"也有其他动物的脚印，这里的夜晚热闹得很。如果山里没有吃的，雪豹也会来这里捕食。现在生态好了，生物链渐渐恢复，雪豹有了吃的，轻易不会出山。就算雪豹追寻食物，一直追到这里，只要肚子吃饱，就会乖乖回去睡觉。"我明白了军马一场很少受野兽袭击的原因——到处都是动物，除野生动物外，马牛羊也是一道防护墙。牲畜受到野兽伤害，国家会如数赔偿，只要做好人身防范，动物与动物之间的搏斗可以视为自然现象。这样的地方不用防虫，即使有虫害，造成的问题也不大，在正常范围内。

一路走来，似乎没有看到多少虫害的痕迹，剩下的经费我们决定换围栏，这是对草原破坏最小的项目。草好的地方湿气大，网丝生锈快，一生锈就容易被动物踏倒，围栏就起不到防护隔离的作用。撤离无人机，回去准备围栏的材料，我们拉着两千斤的配药桶，拉着无人机，撤离了军马一场灭虫现场，本年度灭虫到此结束。

杀虫剂剩下了一半，我们把一半化学药剂带离了草原，保护了一半区域不受化学侵害——尽量不让化学药物介入草原，保持草原的原始性。只要有水,草原就会自己修复,但是只要人能进入的地方,就一定会被破坏。

吴莉,甘肃张掖人。有作品在《中国作家》《飞天》《西部》《星星》《散文诗》《光明日报》等报刊发表。出版长篇纪实散文《哈尔腾之梦》、诗集《塞上歌》。获第十届敦煌文艺奖等。

(《黄河文学》2023 年第 6 期)

黄猫在野

◎ 黄静泉

春天的时候，我到一个废弃的校园去种地。那里的草每年都长到一米多高，如荒原一般。年轻人都到城里买了学区房，这所学校就办不下去了，原来的老师也都一并转到了别的学校，只剩下一个看大门的。那个人我认识，我跟他说我想到里面去种点地。他说我来种地，他也就不那么孤单了。这里有规模挺大的五层教学楼，还有教师办公楼、学生宿舍楼，是一所存在了几十年的职工子弟学校。我像开路一样先拦腰割掉一溜荒草，以免烧荒时引起大面积着火而无法控制。烧荒后的地块一片焦黑，我把焦黑的草木灰翻下去。草木灰含有多种矿物质元素，具有杀菌杀虫作用，是很好的有机肥。

我能听到我耕作的声音，能看见周围的荒草随风摆动，闪烁出黄金一般的光芒。有时候我甚至能看到一只野兔，突然惊慌失措地从我面前跑过去，消失在稠密的草丛中。假使有杀人犯，会不会把一具尸体藏在稠密的荒草里？寂寞总是让我胡思乱想。

有一天，我突然看见一只米黄色的猫，远远地瞅着我，喵喵地叫。黄猫瘦得厉害，毛很长，走起来一颠一颠的，好像随时要摔倒的样子。有道是"人穷志短，马瘦毛长"，原来猫瘦了毛也是长的。我再去的时候，带了几块鸡肉，"咪咪"地唤着猫，猫不过来，只发出"喵——喵——"的回应声。我只好把肉往它那边一扔，吓得它往后窜了几步，直到感觉四周没了动静，才警惕地上前试探性地嗅那点东西，自觉没什么问题才吃起来。吃完了肉，它也不走，就卧在离我不远的地方看着我，大概它也很寂寞。从那以后，我每次去都要给它带点吃的，但它始终不让我摸，只要我一伸手，它就跑开。更神奇的是每次我去了不到十分钟，它就来找我了，它是怎么知道我来了的呢？周作人在《赋得猫》一文中说，外国有一种说法，认为猫是鬼使。猫那种有点鬼鬼祟祟的机敏样子，看上去还真有点像。

我观察了一下，黄猫应该是住在操场看台下的地下室里。地下室里堆放着桌椅板凳和其他乱七八糟的东西，有一块窗玻璃烂了，估计它就是从那儿出入的。家里没有那么多剩肉，我就到超市里买点火腿肠，买点小盒装的牛奶，用家里的快餐杯带去给它吃。快餐杯正好两层，一层盛吃食，一层盛牛奶。黄猫喝牛奶时，把头扎进去一气猛喝，几乎不抬头，拉长的前半身靠肩胛骨支棱着。吃饱喝足了，它就围着我的裤脚慢慢地转，有时故意蹭一下我的裤子，走几步，又蹭一下，我估计它是在向我示好。我坐下来抽烟时，它便卧在我旁边，偶尔冲我"喵"地叫一声，我又试着摸摸它，这一次它竟然没跑，后来便任我抚摸也不跑了。我没养过猫,不熟悉喂猫的食物,到了宠物市场才知道猫的食物是应有尽有。我跟卖猫粮的人说:"有一只野猫,我想买点东西喂它,不知道买什么好。"卖猫粮的小伙子说:"就买这种牛肉味的猫粮吧,它保证爱吃。你要是喂野猫呢,我就多给你半斤,你是个好心人。"就这样,我买了三斤猫粮,他给了我三斤半。我心里一激动,又买了他一箱子猫罐头和一包猫香肠。

有一天,黄猫吃了一根半香肠,还剩半根不吃了。我说:"你咋不吃了,是吃饱啦?"它冲我"喵"了一声,随后叼起半根香肠,走在低矮的花栏墙上往南走。我跟着它走到拐角处,它不走了,喵喵地叫了起来。叫了几声后,从草丛里突然探出一只米黄色的小猫头来,原来它是在唤它的孩子啊。小黄猫噌地一下从黄猫嘴里叼走那半截香肠,转身蹦下一尺多高的花栏墙,就像一只蚂蚱蹦进了草丛里。此时,我来这里已经一个多月了,这里的草又长高了。让我惊讶的是,草丛里还有一只米黄色的小猫,和刚才那只通体米黄不一样的是,它的肚皮和爪子是白的,看来它们的父亲是一只白猫。我一下明白了,原来它们是一家三口。两只小猫真是小得有点袖珍,就像两枚滚动的土豆。小猫对我非常警惕,尽管它们的妈妈就在我身边,但它俩始终在离我两三米远处活动,并且只要我稍有动静,就会像闪电一样蹦进草丛里。但我还是用手机抢拍下了它俩幼小的样子,它们瘦得让我心疼。

此后的日子,我有时给它们带去肉,有时带猫粮和牛奶。我们之间渐渐亲近起来,最后演变成了它们惦记我、我惦记它们的一种极亲密的关系。而我仍然搞不清楚，每次我去了不到十分钟，它们就来了，真不知道它们是怎么知道我来了的。是谁赋予了它们这样的灵性？

我想深入了解动物，其实是藏着一种想要了解人的真实目的，动物不具有伪装性，我可能会从动物身上找到人的某种特性。因为我常常发现，我不仅不能了解他人，就连自己都不能了解，不知道自己有时候为什么会那样。我想从动物身上获得解答对人的疑问的启示。

我种地，只是想体会农作物自由生长的过程，从而获得人自由生长的真实意义。小时候，人们太缺少吃的东西，都喜欢在自家的院子里种点什么，有的人还扛着锄头到野外去找地种，大家都希望种下去的种子能长出一点吃的东西来。现在我不需要靠种地活着，只想用种地来慰藉我沧桑的心。我没见过大蒜成长的样子，于是种了一席子大蒜。也就十多天，蒜芽就顶了出来。蒜芽刚出土时有点惨白，一副不能活的样子，可仅仅过了一两天，蒜芽就分蘖了，开始是两瓣，后来是三四瓣，绿汪汪的特别好看，像芦苇叶又像兰花草。我看到蒜苗长高的样子，是我从大理旅游回来时。当然，我也看到了那一家三口。大黄猫的毛好像更长了，走路时左右摇摆，急得我都想上去扶它一下，小黄猫则追着大黄猫找奶吃。大黄猫在我不在的那几天吃过什么？如果吃不上或是吃不好，它用什么化作奶水来喂养小猫们？大黄猫看见我的时候，光是张嘴，发不出声音，它嗓子哑了。可想而知在这炎热的夏天，它吃不上喝不上,还要滋生乳汁来喂养孩子,一定是心急上火,把嗓子急哑了。我抚着大黄猫的背难过地说:"怎么了,嗓子哑了吗?"大黄猫仰起头,冲着我张一下嘴,又张一下嘴,没有一点儿声音。那一刻,我心里真是很难受。我想到了人,想到了自己,如果有那么一天,我孤零零的,没有了生活能力,也没有人来关照我的时候,我会怎么样?悲惨的命运,有时候是人不敢细想的。我赶紧打开一盒牛奶,倒进快餐盒里,三只猫一起把头扎了进去,疯狂地喝起来。我赶忙又打开一盒,它们没有一个抬头的,牛奶洒在它们头上,像雪片,它们也不管不顾。我先摸了一下那只全身米黄色的小猫,又摸了一下那只白肚皮小猫,当它们感觉到的时候,立即跳开了。是跳,不是跑,就像蚂蚱一样敏捷,真是机灵得好看。

晚上睡觉的时候,我跟妻子说:"大黄猫嗓子哑了,我心里难受,真想现在再去看看它们。"

妻子说:"明天吧,现在很晚了,明天你早点儿去,它们晚上也要睡觉的,你去了看谁?"

我说:"我去了,猫肯定能知道的,我每次悄没声儿地去了不到一会儿它们就来了,就是现在我去了,我想它们也会来找我的。"

妻子说:"就算你去了,也看见猫了,那看大门的老汉会不会讨厌你?"那一晚我失眠了。我想我以后不能再远走他乡了,就是出去,最长也不能超过三天,因为有那"一家人"牵绊着我。

我在那里种地,大黄猫就像狗一样跟着我,我走到哪儿它就跟到哪儿,有时候也定定地坐在一个地方看着我,一坐一上午,或者一下午。那两只小猫呢,看上去身体长大了,但它们其实还是孩子。两只小猫还是躲着我,用那种警觉的眼神看我,而更多的时候,我看不到它们,它们总是藏在草丛里。渐渐地,我发现大黄猫总特意领着小猫接近我,只有在离我很近的地方时它才给那两只小猫奶吃。大黄猫是想拉近小猫跟我的距离,它想让它的孩子也和我亲近起来,对我它是多么的信任啊。

秋天,我种下的西红柿、黄瓜、豆角、西葫芦等都有了回报,但是自家根本吃不了那么多蔬菜,它们在地里不是长老了就是坏了,这些收获竟让我感到了一种负担。我让看大门的老汉想吃啥就去摘,反正不摘也是个坏,还让他把菜放到马路边,便宜点卖掉,都是很好的绿色蔬菜,坏在地里真是可惜了。有一天,我到地里好一会儿了,竟然没发现大黄猫跟着我。又是一天,仍然没有看见,打那以后我就再也没有看见过大黄猫,我的心情也从最初的担心难受到了现在只剩平静的想念。大黄猫去哪儿了?是发生了意外,还是它把领地留给了两个孩子?

我努力地还原着之前的细节,想起大黄猫失踪前的那几天,总是把小猫领到我跟前,虽然小猫不肯靠近我,但大黄猫一直在我跟前绕来绕去。那时候大黄猫大概已经有了要走的打算,只是我不知道罢了。

我极力地回忆大黄猫的点点滴滴,我想不明白它为什么那么狠心地离开了自己的两个孩子。突然地，我想起了大前天的一幕，小猫照旧去找大黄猫吃奶，这让我感到好笑，因为它们的身量看起来已经和母亲一样大了，还趴在母亲那里找奶吃。那应该也是大黄猫最后一次给孩子们吃奶。后来我渐渐明白过来，大黄猫总是带着两个孩子接近我，在我的裤脚上蹭来蹭去，是引导孩子们来熟悉它的气味，从而接近我。小猫若能接近我，它就是走了，大概也放心了。

大黄猫是有所寄托地离开了我。它有它的人生，而我呢？尽管不知道我今后会经历怎样的人生，但我的人生也是要继续下去的。小猫也是。

动物要把孩子托付给谁，它心里是很清楚的。

从那以后就是两只小猫陪伴着我，它们看上去似乎已经是大猫了，但我知道，它们成了两个没妈的孩子，我得好好地照顾它们。

记不清是哪一天，又来了一只黄猫，白肚皮白鼻梁，它有时来有时不来，估计也是一只流浪猫，为了和之前的两只猫区分开，我喊它"白鼻梁"。两只小黄猫总是打它，有时候就把"白鼻梁"打跑了，它们是在捍卫自己的领地，或是不想让任何人分享它们的"主人"。它们终于像它们的妈妈一样开始黏着我，我走到哪儿它们就跟到哪儿。有时候，我坐在一个地方休息，它们也坐在离我不远的地方默默地注视着我，好像两个孤独的人在跟另一个孤独的人对话。

卡夫卡说："生命之所以有意义，是因为它会停止。"那么，我们会在什么时候以什么方式停止我们的往来呢？我经历了太多的世事无常，不可能不产生忧患意识。

曾经的小猫，在它们的母亲离开以后，好像什么都学会了，一下子长成了大猫。有时候我看见小黄猫捉住了老鼠，并不急着去吃，而是先玩一阵子。它们让老鼠往这边跑，往那边跑，又突然地用爪子摁住老鼠，把老鼠拨来拨去；有时候，它们还要把老鼠抛向空中，就像是要去逮一只飞鸟。那样的玩法，真是玩得人心里着急。这让我联想起玩权术的人。那么，猫有思想吗？如果猫没有思想，可能就不会害怕人了。

这里有好几棵大杨树，有一棵树上有个喜鹊窝，"白肚皮"经常在那棵树上待着。看到我去了，"白肚皮"就像一道闪电从树上唰一下蹿下来。有一天，我刚过去，"白肚皮"和小黄猫就颠颠颠地跟在我的后边向我跑来，就在这时，两只喜鹊喳喳地叫着，从天空俯冲而下，直奔"白肚皮"，吓得它忽然竖起尾巴，掉转头沿着墙根往回跑，嗖一下跳到窗台上，又嗖一下跳进窗户里，藏了起来。"白肚皮"被突然而至的喜鹊吓坏了，尾巴直立膨胀，就像小孩的胳膊那样粗，据说这也是猫的本能反应。说也奇怪，两只喜鹊从不攻击小黄猫，只攻击"白肚皮"，看样子它们之间一定有过冤仇。很显然，喜鹊能记住仇人，并且要对仇人实施最强烈的报复行为。这和人没有差别。鸟和猫，其实是世仇，即便是猫没有祸害喜鹊窝，喜鹊对猫也是非常有敌意的。很多天，两只喜鹊一直都在攻击"白肚皮"。"白肚皮"似乎也知道自己做了什么事情，一直躲在地下室里不敢出来。我把猫食放到窗台上，"咪咪"地喊叫它，"白肚皮"才鬼鬼祟祟地跳到窗台上吃饭，一副惊魂不定的样子。我笑着说："你看你那点儿胆子。就那么小点儿胆子，还敢惹祸？"之后好多天，只要天上有鸟飞过，"白肚皮"就吓得沿着墙根往地下室拼命地逃跑。不知过了多久，喜鹊不再袭击"白肚皮"，它才过上了正常的日子。大概喜鹊又有了自己的孩子，对"白肚皮"既往不咎了。

两只猫很懂事，尽管它们还是不让我抚摸，但却依赖我。每到傍晚时分，我要走了，不是这只就是那只跟在我身后，一直把我送到大门口，然后坐在大门那儿望着我，好像在说："怎么又要撇下我了啊？"

它们懂得别离的滋味，哪怕是暂时的别离。看着猫送我的样子，还是挺揪心的，我也就站一会儿，一边向它摆手一边说："回去吧，明天我就又来了。"

跟猫在一起的时候，让我常常想到要跟猫离散的时候，假使有一天，我见不到猫了，猫也见不到我了，我的心情会怎么样？猫的心情会怎么样？也许这就是一种悲剧意识吧。

两只猫都是公猫，吃饱喝足了，就找个阴凉地儿，头挨头睡在一起，还相互搂着脖子，一睡就是一两个小时，睡得特别恬静。过去，它们的母亲经常用舌头给它俩梳理皮毛，现在没有母亲了，它俩就互相梳理。在没有母亲的日子里，弟兄俩越来越亲了。

　　转眼间两年过去，两只猫长成了真正的大猫，尽管它们不离不弃地跟着我，但绝不让我碰触，只要我一伸手，它们忽一下就跑开了，总是跟我保持着一定的距离。我想，这就是野猫和家养猫的区别吧，野猫始终保持着野性，保持着对人类的警惕。猫把人不放在眼里的淡然态度，会更吸引人去接近猫、了解猫。据说猫是唐三藏从国外带回来的动物，是要让猫来守护庙宇、捕捉老鼠、保护经书的。也难怪庙宇里的猫往往很多，也许那些猫还真的是在忠于职守。

　　那只被它们欺负的流浪猫——"白鼻梁"——也在这里定居了。"白鼻梁"初来时，两只黄猫总是打它，并且在那道白鼻梁上挠出许多伤痕，我总是喊喝那两只猫，它们似乎能听懂我的意思，渐渐地也就不打它了。但我喂食的时候，"白鼻梁"不敢靠近，只有等到人家哥俩儿吃饱后才敢靠近吃食。"白鼻梁"的内心大概很悲凉，想到那两只黄猫有主人，而自己却是一个来讨食的外人，它那种寄人篱下的样子，真是可怜。从行为上看，三只猫都是野猫，我喂了它们两年多，可它们都不叫我摸一下，仍旧保持着它们的生存习性。有时候，我会在猫的身上见到人的复刻；在猫的身上，我会看到人的悲伤和无奈以及敏感和警觉。猫不像狗，不能被人完全操控，狗可以被人完全获得、彻底支配，因而人有时会对狗不太在意，不顾及狗的存在和感受。由此来看，人应该向猫学习，学习猫的独立意识，不能放弃独立意识而被别人彻底操控,这或许是我喜欢猫的一个重要原因。

　　秋冬交替的时候,三只猫都吃成了大肚子,就像小猪娃,我以为它们肚子里长了东西,准备捉一只带到宠物医院去看看,但我一只都捉不住。我心里犯嘀咕,不可能三只猫突然都得了"大肚子病"吧?冬天过去以后,我发现三只猫的肚子又都小了,我才明白它们是在过冬前要储存大量的脂肪准备过冬,这也是动物的一种本能。

　　我从没有忘记那只大黄猫,经常有意识地观察这里观察那里,盼望它会突然地出现,来看它的两个孩子,看看它们生活得怎么样。假使大黄猫能看见两个孩子生活得很好,并且非常亲密,它该有多么高兴。遗憾的是,大黄猫一直没有回来,它大概在另一个地方又开始下一个孕育生命的轮回了,它决绝地离去,竟然成了永久。有时候,我会忍不住问那两只小猫:"你们想你们的母亲吗?"

　　我想我的母亲。我的母亲前年去世了,她活到九十岁。照理说,母亲的岁数已经不算小了,但我还是觉得她离开我离开得太早了,我总是觉得母亲不应该离开我,那种思念,让我总是走不出痛苦的心境。我来这里种地,不敢休息,因为一闲下来,就会想起逝去的母亲而心里难受。我总是强迫自己不停地劳动,想累得没有一点精力去思念母亲,劳累可以减轻内心痛苦。我熟悉我种下的每一颗种子,并且熟悉它们渐渐长大的样子,我会清晰地回忆起每一棵庄稼的生长姿态,也会记得我是怎么锄掉了庄稼旁边的一株什么样的草;不锄去那样的草,它们就会争夺走庄稼的养分,就像母亲要养护孩子,不能有丝毫的偷闲和偷懒。当我看见庄稼苗壮成长时,心情是非常欣喜的。我不知道人的这种欣喜,猫是不是也会有,但大黄猫对孩子的爱,我是亲眼看到了。两年前的大黄猫,舍不得吃完香肠而呼唤孩子来吃的情景,正是我们没有记住的母亲抚养我们的情景。那一刻,真是令我感动。也许大黄猫已经走远了,也许并没有走远,不管它在新的地方挨饿或不挨饿,都不会再来了,它给了孩子们生命,并且将其养大成人,孩子们今后要怎么生活,就得靠孩子们自己了。这块地方,毕竟是孩子的家啊。猫的这种生命形式,是不是要比人类的生命形式更理性、更成熟呢?

我跟土地、野草、庄稼还有动物在一起很快乐,这种快乐是因为相互之间没有伤害。

猫是可怜的。野猫没人喂,可怜;家猫有人喂,但大部分被人做了绝育手术,更是可怜,是一种被灭绝了天性的可怜。那些被绝育的猫,它们出不了楼房,不能自己去捕食,主人喂什么它们就吃什么,它们已经变得毫无个性,就像一台台机器。其实人没有个性也是很讨厌的,是已经退化的人。猫和人,都应该活出个性来,这才是猫,才是人。人们说起猫来,都说猫是招财动物,很多人是怀着发财的心理开始养猫的,但养着养着,就养出了感情,也就不重视招不招财的事情了。猫能知道自己的死期,临死前,它会跟主人来一次几乎是反常的亲近,亲近完最后一次,主人就再也见不到那只猫了。

那种失去猫的伤感,有可能会陪伴人的一生。而疼爱猫,其实就是疼爱我们自己。

黄静泉,在《长城》《黄河》《雨花》《小说选刊》等发表作品多篇。出版长篇小说《繁星闪耀地层》、小说集《一夜长于百年》等三部。获赵树理文学奖等。

（《黄河文学》2023 年第 9 期）

鸟儿不生恨

◎ 孙善文

有人说，一对异性信天翁可以保持二十年的爱侣关系，即使中间一年不见面，它们的交配权也不会轻易交给别人。它们从海风中飘来的呼唤，就能感知对方的忠贞与期待。

如此刻骨铭心的爱意，洗新了我最初的认知，故而，当我想到与"爱"所对应的"恨"，便心生惶恐。假如一只鸟憎恨一个人，它又会仇恨到何等程度呢？

我生在农村，认识的第一种野生动物应该就是鸟儿。村子有许多硕大葱郁的榕树，一棵便可独立成林，这里是麻雀、喜鹊，还有暗绿绣眼鸟们的家园。那时，睡在窗内摇篮里的我，就这样与窗外鸟雀们，用人类最初的语言开启对话……母亲说起这些往事，都会忍不住在唇边溢出一痕笑意；而人到中年的我，也从中觅出关于故乡的印影，品出童年的味道。

麻雀是离我们童年最近的鸟类之一。这是一种再普通不过的鸟了，没有华丽的羽毛，没有甜美的嗓音，它们在人类聚居之地，找一处屋檐、墙洞、树洞、草堆安下家。我们雷州有个俗语"鸟夜赶新屋"，"鸟夜"说的就是麻雀，其意为"麻雀喜欢新房子"。从中也可以看出，小小的麻雀对人的追随。只是"蚊子再小也是肉"，麻雀或许都没有想到，在那饥肠辘辘的年代，自己身上纤细骨头所撑着的那薄薄的一点肉，也早被人盯上了。一些不幸被捕获的麻雀，就这样最终以炒或烤的方式进入了我们的口腹。村里的老人现在还在说，任何一个被当年年少顽劣的我们盯上的鸟窝，最终都会疮痍弥目。就连村子里最高的那棵木麻黄树上，由喜鹊筑在树尖上的鸟窝，我们几个毛孩也能捅下来。听着这话，我心里不免内疚，就在想着：在这样一群鸟的心中，当年的我们是怎么样的一群人呢？

故乡雷州位于雷州半岛中部，属于热带季风气候，这里是南飞的候鸟迁徙线路中重要的落脚点之一。每年八月左右，一批批候鸟千里迢迢来到这里，在农田、湿地短暂停留后，继续振翅南飞。它们会在第二年三月从南方归来，再一次路经此地，经一番休整后飞回北方去。

我们村口对着一大片平坦宽阔的农田，这里被称为"半岛粮仓"。秋日的雷州大地，变成了金黄色的海洋，风吹过，稻浪滚滚而来，便会看到成群的候鸟从稻田低处腾空而起，素淡的羽毛、秀气细长的脖子、警觉的眼神、有力的翅膀，飞行在高处的它们总会让人想到一片片洁净如素的云。它们是风的点缀，是天的修辞，一次次地渲染着我们的视野。相比于麻雀，我自小对于这些缭绕于故乡土地上、被当地人称为"北风鸟"的精灵，更多了几分喜爱。只是现在看来，当年对候鸟的爱，却是那样的虚情假意。十岁那年，有邻居送给我一只受伤的鹭鸟，我将它养在竹笼中。开始曾想着，帮它养好伤，让它重归蓝天，但在伙伴们的怂恿下，仅十多天，这只小鸟便变成了我们的盘中菜。它死前无助而焦灼的叫声，至今想起仍让我愧疚不已。

二十世纪九十年代初，我二十岁，跟随一位朋友来到了当时雷州最火爆的纪家镇鸟市。当时对鸟的买卖尚未明文禁止，媒体也曾将其作为市场繁荣的标志广泛宣传。改革开放解决温饱问题后，因野生而被鼓吹更富含营养的候鸟，刺激着食客们的好奇心和疯狂的味蕾，从而被逼上了险境。也是在这里，我第一次看到了农田、盐田、湿地上那一张接着一张几近铺天盖地的捕鸟网。捕鸟网高十多米，可以想象，途经的候鸟必定插翅难飞，难逃一死。我曾暗地里为自己村前那些自由飞翔的候鸟感到庆幸，却不忘以每只三块的价钱，收购了二百多只白胸苦恶鸟（当地人叫"白面鸟"），拉到百里之外的湛江市霞山农批市场，以每只五块的价钱卖掉，从而成全了自己人生的第一笔买卖。这一批鸟儿没有死于漫漫征途，没有死于疾病饥寒，却死于人的欲望。在我将手伸进鸟笼中把白面鸟一只只取出交付出去的时候，耳边充斥着不绝于耳的悲鸣，现在想来，那是何等令人汗毛直竖的场面啊！对于这段经历，当时的我显然还为自己的能干沾沾自喜，而无半点羞愧之意。

因为候鸟这一共同话题，去年年底，在新闻界朋友吴兄的牵线下,我与家住雷州市纪家镇的徐粤心有了联系。徐粤心是知名生态环境保护志愿者和护鸟人,曾获得过国家林业和草原局颁发的"生态保护先进志愿者奖"等荣誉称号。他三十多岁,已有二十多年的护鸟经历。我与徐粤心没有见过面,原计划春节聚一聚,但最终因故失之交臂。从他微信朋友圈里的相片看出,他身材较瘦,朴素如我邻家兄弟,但眼光执着有神。他说自己最大的梦想就是把身边的"候鸟地狱"都变成"鸟的天堂"。吴兄告诉我,徐粤心作为民间爱鸟人,积极为保护候鸟多方呼吁、宣传,曾无数次冒险巡查护鸟,与盗猎者和鸟贩子斗智斗勇,他家的窗玻璃都被人用石头砸烂了好几次。这让我想到,假如时光回转到二十多年前,我们就是一对冤家啊,在他的心目中,当年的我当数他最憎恨的那一类人,他定然会紧紧攥着我收鸟的笼子,谴责我的贪婪,要求我放飞那一笼笼白面鸟。二〇一三年十一月,中央电视台在《新闻调查》栏目播出《让候鸟飞》的专题采访,这一期专题采访给了我极大的震撼。短短四十五分钟的节目,让我看到了家乡的鸟影之美,也看清了人心之恶,更让我意想不到的是,在自己生活的地方,每年竟然有不计其数的候鸟成为食客的菜肴。徐粤心告诉我,他就是片子中背对镜头接受采访的"知情人"之一,如果换到现在,自己一定会勇敢面对镜头,侃侃而谈,为候鸟发声。事实上,保护候鸟,不仅需要个人的勇气,更需要当地政府的高度重视和公正严明的法律武器,以及来自民间的力量。目前,越来越多的人自觉参与保护生态环境的行动,护鸟行动的参与者从一个人、几个人，变为一群人、无数人，这让我感到非常欣慰。雷州南渡河口，是我往年春节回家必去的地方。这里有约两千亩连成一片的红树林，红树林在绵长的海岸线上筑起了一道绿色长城，更重要的一点，此处也是百鸟的乐园。据湛江市爱鸟协会的日常监测记录，每年有近七十种约十万只鸟在这一带停栖、越冬，无论是红树林下的鱼虾、海贝、沙蟹，还是南渡河两岸的稻田，都可以为鸟类提供充足的口粮，为它们补充迁徙途中需要的能量。坐在临时借用的渔船上，穿行于红树林间，一股股夹杂着腥味的海风扑面而来，一只只海鸟有意无意地从我们头顶上滑翔而过，似乎触手可及。在退潮后露出海面的滩涂上，一群群候鸟嬉闹着，就连远处的红树林也被装饰成开满了密密白花的风景树。对于我们的路过，小鸟们开始露出好奇的神色，很快便旁若无人地玩自个儿的去了。开船的渔民林叔说："现在捕鸟、吃鸟可都是要坐牢的，没有这样的管理力度，你们今天可真的没有机会看到这样的人间美景了。"我将这一幕通过相片、视频记录下来，发到微信朋友圈，引来了数百人点赞。大家都说："你们家乡对生态的保护太给力了，什么时候也带上我啊！"这让我甚是自豪。是的，在这些风景的背后，有太多的人在默默付出，他们站在我们看不到的地方，成为一道道风景坚定的守护者。但我做了什么呢？

徐粤心对我说，雷州观鸟还可以到纪家镇北仔草滩湿地、恬神废弃盐田湿地、豪郎村，还有英利镇潭典村、调风镇九龙山等地。他还如数家珍地在微信中给我发来了勺嘴鹬、小青脚鹬、中华凤头燕鸥、家八哥、寿带、黑卷尾、棕背伯劳、鹊鸲、白鹭、苍鹭、黑脸琵鹭、蓝矶鸫等雷州地区停留的候鸟和一些珍稀鸟类的相片，鹊鹞、白腹鹞、黑翅鸢、黑耳鸢、松雀鹰、日本松雀鹰、凤头蜂鹰、褐耳鹰、赤腹鹰、阿穆尔隼、红隼、游隼、燕隼、东方角鸮、领角鸮、草鸮、仓鸮、白腹海雕、乌雕、蛇雕、靴隼雕等鹰雕类猛禽，是他们团队近期重点观察保护的对象。这些名字对我来说是那样的陌生，有的甚至闻所未闻，其中勺嘴鹬、黑脸琵鹭、中华凤头燕鸥等更是濒危鸟类。

　　这个春节，我选择带着小孩来到调风镇的九龙山国家湿地公园。九龙山国家湿地公园是国内首个以红树林命名的湿地公园，面积约两万亩。我们到达园区，已是下午两点多，此时潮水已退去。我们沿着木板铺设的栈道，登上了高处的观鸟台。远处，一群群候鸟的身影翩然出现在我们眼前，它们或低空飞翔，或在红树林间绕枝起舞、打闹，或在枝头栖息，或在河滩上觅食，一阵阵鸣叫声隐隐传来。据有关资料显示，在这里生活的鸟类有一百四十多种，一些候鸟甚至在这里产卵、育雏，变成留鸟了。就在栈道的两边，还可以看到一个个装满清水的胶盆，想来是提供给鸟类饮水用的吧。这里的鸟儿在早些年同样也曾受到无情的杀戮和伤害，但现在却愿意将家安在这里，变他乡为故乡，这是何等的情谊！一名路过的当地人告诉我，到这里看鸟，最好的时刻是下午六点左右，那时，万鸟归巢，如乌云蔽日，煞是壮观。他希望我们留下来好好感受这万鸟齐飞的美景，我因有急事办理而错过了，这也是我下回所期待完成的旅行目标之一。

不过，对鸟儿的保护，徐粤心似乎还是不满意。于他而言，对任何一只候鸟的保护，都是对他内心的滋养。他说，在自己所居住的村庄，在他幼年时，常有候鸟飞到家里做客，现在这种情形几乎看不到了。前些年人们伤害鸟，估计要用二十来年来修补留下的伤痕。每一道伤口，就一定会留下伤疤吗？我曾掏过鸟窝、扒过鸟皮、吃过鸟肉，甚至还当过鸟贩，把它们送进餐馆满足世人的口腹之欲，我无情地伤害过它们，鸟儿果真还会恨我吗？事实上，我这二十多年来再也没有伤害过一只鸟了。

在我所居住的村庄，清风送暖，乡情依旧。每次回家，依然可以看到村口树枝上几只喜鹊欢畅地落在枝头，清点着村庄的炊烟，神态自若。就是那些小麻雀，肯定也会在我未曾回家的日子里，像亲友一样不时来到我家的屋顶，啾啾而鸣，看看我是否回家，抑或在等待我修自远方、发自肺腑的家书。春节时正值农闲，站在村口，总可以看到一群群候鸟在天地间喧嚷着，它们一年接一年地来到这里，与我一次次从他乡回到故乡，又是何等的相似呢？

在我现在居住的深圳，屋子对着一棵大榕树，每天清晨五点多，就会有三三两两的鸟儿落在我的窗台上，甩开歌喉，唤我早起，活像好邻里，这让我不由得想起了年少时的那一幕。去年十月，我到千里之外的西安学习，我们几人在一条临街的大排档吃饭,甚至还有麻雀飞到我的桌椅边,像小鸡一样觅食,一点儿都不怕生,它们似乎直接把我当成了西安人。听着耳际不时传来的鸟鸣,我就像喝了几味老火熬出的草药,唤回寂寥的乡愁,撞触心底的柔软,敞开灵魂的角落忏悔。

想来,对于任何一个屡屡伤害它们的人,其实鸟儿从来就没有怨恨过。它们一直渴望得到包容,它们愿意与孩子分享天真,与老人分享淡泊,与春风分享呢喃,与高山分享回音,与大海分享博大,与险壑分享无畏,与我们分享蓝天下的安详,愿意一直翔行于我们的身边。我们投过去的每一个眼神、伸出去的每一双手,它们都看得一清二楚,自然也心底清明。

人,有时还真不如一只鸟。

孙善文,广东雷州人。作品散见于《人民日报》《光明日报》《天涯》《散文》《散文选刊》《湖南文学》《山花》等报刊,入选多种年度选本。出版作品集《行走的树》《在隧洞中穿行》。

(《黄河文学》2023 年第 9 期)

流溢与绵延

◎ 罗张琴

池塘

抵达钓源樟林时，好好的天，下起瓢泼大雨来。

"山势西来断，江流北去平。万家深树里，闻是吉州城。"（李东阳《吉安》）钓源坐落在吉安市吉州区，是一座始建于唐末的古村，由渭溪、庄山两个自然村组成，至清咸丰年间达到鼎盛，有六十余家店铺，居民一千三百户近万人，还有戏园、钱庄、跑马场等场所，世称"小南京"。

无人机视角俯瞰下的钓源，被植满樟树的 S 形长安岭（岭上有条古驿道）自东向西隔开，状若太极图。渭溪、庄山恰好分别落在阳鱼、阴鱼的鱼眼上。我猜想，钓源的一世祖欧阳万，必定是个深谙周易之道之人。唐僖宗年间，在安福做县令的他，每经此古驿道前往辖区，一定无数次地脑补过族人到此开枝散叶、生生不息的画面。奈何彼时战乱频频，世事动荡，他至死也未能一了定居之凤愿。念念不忘，总有回响，其五世孙欧阳弘后来遵照祖训，终抵此地开基建村。

只是，婆娑世界，小满为常态，缺憾是真相，自然界从来不会赐予人类十分理想的居住地。细观钓源地势，东高西低，虽有山岭环护，西面山岭海拔却只高出村落约九米，实在不足为屏。欧阳氏族决定顺应自然之势对此进行改造，他们代代接力，先后在长安岭上手植了近两万株香樟。成林的香樟慢慢长高，高出村落二十余米，俨然一道天然绿色屏障。此后，东、南、北三面的风，要么从村落上空掠过，使钓源成为藏风聚气的理想之地；要么顺着樟林从西南坳口绕进，让钓源似乎凭空一下多出许多台天然巨型风扇来。"风扇"不停作用，使得风从各个角度涌进村，配以村中池塘、沼泽地等环境要件，形成"冬暖夏凉"的小气候，居住十分舒适。

钓源的所有房屋，均依 S 形山势起建，东南西北各个朝向都有，完全不理会"坐北朝南"的所谓规矩。街巷道路也是有宽有窄，通断无常。反正，目之所及，我没能找到任何一条笔直的路，也没能寻到一幢四边皆直的屋。这里的人，似乎连大头小尾"棺材形"的忌讳也完全不在乎，整个村子看上去就像一个撒开脚丫欢跑于山野的孩子，怎么自在怎么来。这种自在欢喜，我曾在家乡吉水一个名叫"燕坊"的古村深刻感受过。作家江子总结出的"做至情率性的大地之子，在天地时光中、清风明月间仰天大睡"的燕坊哲学，似乎也同样适用于钓源。钓源也好，燕坊也罢，都属于吉安这个古称庐陵的地方，两村的文化性格分别脉承于文宗欧阳修、诗宗杨万里,村中所有景致怕都是他们无拘心性的真切流露吧。

钓源人说"歪门斜道"是他们村独有的建筑风格。我不懂建筑理论,但我相信"人宅相扶,感通天地"一说。在我心里,天、地、人、宅,从来都是自然界的一个有机整体;而"一阴一阳之谓道",不论哪个朝向,应该都会有吉凶好坏之分。如此,钓源总结出来的"歪门斜道",其实可以用"顺其自然"四字来代替,从某种意义而言,是真得了中国文化"天人合一"生态观精髓的。

珍珠般的春雨从伞檐跌落,浇砸在庄山村青石板铺就的巷道上。一些水光濡湿了青石板上经年累月的车辙足印,一些沁润了门前明沟的郁草野花,更多的则被两边暗渠吸纳接引,与开在各式天井里的水花汇在一起,淙淙流向村中央的数口大池塘。

雨果小说《悲惨世界》里有句"下水道是城市的良心"。世人皆知赣州福寿沟是一颗跳动千年的"城市良心",殊不知,钓源较福寿沟更早,已然捧出一颗"村落良心"。钓源先民经由天井、明沟、暗渠、池塘、田园、樟林、河流等,构建出了四通八达的村庄排水系统,呵护古往今来每一个有着丁香情结的女子,"雨天撑伞过,绣花鞋不湿"。池塘,正是村落良心跳动最为强劲的那个部位。

村中央,从东到西呈不规整"一"字形排列的七口池塘与上边一口圆形古井合在一起,组成"七星伴月",据说是历代村民口口相传下来的景致称呼。在中国人的观念里,太阳炽热、激昂,象征阳;月亮清和、素雅,象征阴。二者被等同于道,一并崇拜。古井位于东方，而东方是太阳升起的地方。一轮红日跃出水面，霞光万丈，其道大光，以太阳去命名，寓意不是更好？为什么钓源先民选择了月亮？许是建村之初，从唐末乱世走来的欧阳族人，深深领教了战争的残酷与动荡的艰辛，本能排斥一切如太阳般太过猛烈、刚硬的东西，比如强权，比如杀伐；他们认为月亮更符合中国人善良、平和、中庸的性格特点，无比渴望能有一块如月光般和平、安宁的土地，让村舍、祠堂、书院、寺庙、商铺等事物挨个儿成长。当离乱的人群从各个角落向村中池边聚拢时，微兴的水波能抚慰紧张的神经，抚平心灵的伤痛，坚定他们好好活下去的勇气。

按时间维度，池塘应与村庄一样古老。可站在塘边上下打量，我竟一点儿也不觉得它们古老，只觉有个意趣鲜活的小小生命体在我眼前蹦跳，展露出活跃的无穷活力。粼粼波光承接雨露，小生命体中有白鹅、彩蛙，有红莲、绿柳、青苔、繁花，还有无数如鱼儿一般的人影，在水里、岸上明暗交错，真可谓是万物分得颜色，各有生机乐趣。此刻，它与杨万里笔下的"小池"合二为一。

"泉眼无声惜细流，树阴照水爱晴柔。小荷才露尖尖角，早有蜻蜓立上头。"《小池》用近乎白描的手法，呈现出属于池塘的蓬勃生命力，以呼应诗人"师法自然"之道的浩荡心宇宙，无疑是"诚斋体"最具代表性的诗作之一。按《诚斋集·江湖集》诗歌排列先后及联系前后诗中所反映的时序推断，《小池》的创作时间应是南宋淳熙三年（一一七六年）端午节前后，创作地点就在诗人家乡吉水县涴塘村。绍熙三年（一一九二年）秋，六十五岁的杨万里辞官回乡。南溪两岸梅花未开,数口小池,荷虽凋落,却依然发挥着如中天朗月般的心理调适作用。

明月千载,南溪之水依然在涩塘的正南面蜿蜒流淌;村与溪之间,东西方向,亦如钓源,依然一字排开着十多口生机无限的池塘。石块堆池岸,蛙鸣铺绿草;碧叶喜翻风,樟露滴清响。这些池塘与掩映于燕坊樟树下、杨万里曾垂钓过的谷塘声息相通,与燕坊隔壁卧虎岭"莲虾共作"的千亩池塘心性无二。每年"五一"前,无数虾苗在千亩莲塘成长;之后,把水位降低,池塘变身莲蓬世界;待莲蓬采摘完,再把水位抬高,到了春节又可收获下一季虾苗……在循环往复的道法自然中,孩子跃上小船享受钓龙虾、摘莲蓬的乐趣,老人搬张小凳赚得收莲蓬、剥莲子的快活钱,好日子的喜悦,年年岁岁在乡村音乐节、啤酒狂欢节的鼓点里不断绵延发散。

我承认,对于池塘,我始终怀有一种乳燕归巢的情感。明明是白天,我却仿佛正身处月色皎洁之夜,有点点荧光从草丛弹起,墙角有蛐蛐开始弹琴,一阵风吹来,天上如银之盆跌落水中,我与蛐蛐潜入池底,从一个月亮走向另外一个月亮。

禅溪

阳光饱含清汁,经由青原山密密匝匝的林木漏照,从左而右环拥着净居寺向前流淌的禅溪,宛若一条洁净银蛇。

净居寺内,诵经声、木鱼声、劝解声,如莲盛开。一千多年前,禅宗七祖行思禅师揖别六祖慧能,从广东曹溪山南华寺出发,行至江西吉安,当是沿此溪而上青原山顶的吧。

"一径溪声满,四山天影圆。"(文天祥《游青源》)一枚新生的桑叶在风的鼓动下,挣脱枝丫的牵绊,开始在禅溪中沉浮出没。没有人知道,它的目的地是哪儿。只有不远处的赣江,如母亲般张开双臂,微笑着,在等待什么。

蜿蜒往北的赣江,流经吉安时,遇青原山脉阻挡,江水折向西面,绕过山体后再向北去。江水潆洄处,距青原山七八里地远,有一座名叫"永和"的千年古镇,创烧于晚唐、兴于五代、极盛于南宋、衰于元末的吉州窑遗址,就坐落在古镇西侧一块约两平方公里的平地上。

时光深处,宋朝的那片桑叶是否也是顺禅溪而下而漂入吉州窑的?我想,大概率是的。江西是禅宗"一花五叶"生根建基之地,亦是禅宗"五宗七派"的发源地。宋时,仅吉州境内的禅宗寺庙就多过五十座,而净居寺所在的青原山是行思禅师的道场。

那片漂入吉州窑的桑叶,当是在青原山参禅修炼过,经禅溪之水一遍遍洗礼过的。在青原山待过的桑叶,感悟出了夜昼、枯荣、阴晴、死生是万物的规律,也是万物无法抗拒的宿命——所谓鲜活,无比短暂,譬如朝露。它观心自问:要以怎样的方式,抵御命运的无常以及破除死亡对生命的限制?山下,吉州窑窑火通明。高处冥想的桑叶瞬间顿悟,义无反顾离开枝头,以问道的仪态,飞身入吉州窑,择一只泥碗静穆栖存。

桑叶泥碗,与它的上千族类一起,被窑工依次装进长五六十米、呈斜坡状的"龙窑"里。如果窑工有心,一定能留意到它的与众不同。水与泥、木与火,十几个小时在约一千三百摄氏度的高温里淬炼。

四野深邃的漆黑釉色、满目青山的桑叶纹理,泥碗火中涅槃,木叶纹盏横空出窑,惊艳了时空。从此,繁华的、沉默的、得意的、失意的,富裕的、潦倒的,和平的、战乱的,历史的所有表情,似乎都可以在拙中藏巧的一碗茶水中,全体松弛下来。

火中发酵、水中重生的美,如宋朝文人画,看着静气怡人,实有万千张力。喝茶的人,端着这具木叶纹盏,慢慢品悟。热闹表面的寻常人生,不断堆叠追求,生怕繁叶落尽。殊不知,各类繁叶,确确乎都是会落尽的;所有关于追求的堆叠,铺到最后,只怕都成了那缠身的蔓藤。而静水流深的思悟体察,才知那其实是一味减法,且是最彻底的减法,如盏中桑叶般向死而生,才能体露金风。看看,只需一注水,死去的生命便立马能在碗中鲜活如初,似光游动。

在兴斗茶、尚禅学的宋代,美学核心就是文学和禅。向死而生的桑叶有文学气质,木叶纹盏之美接近禅的味道。瓷器出窑,拉至码头装船,溯赣江而上,入珠江水系,过南海进入太平洋、印度洋,顺赣江而下,经鄱阳湖入长江,入太平洋,吉州窑"器走天下"。

"宋时江西瓷器,出庐陵之永和市。"(施润章《矩斋杂记》)六街三市七十二条花街,几万窑工从四面八方合聚于永和,以诚信仁义为本,赚下千金万银。事实上,两宋时期,行政区划只有州郡县,并无市,为什么史书上会把永和镇称为永和市呢?思来想去,这"市",当是交易市场的意思,也就是说,宋时的永和是一个商业化程度很高的城镇。不过,世事兴衰,所谓繁华,到头都是过眼烟云。眼前的永和,七十二花街早已淹埋地底,二十四座吉州窑古窑包如冈似岭,仿佛古老的寓言。只有用匣钵镶嵌出的"金钱花"图案,透过路面青苔依稀可辨;只有当年陶工采挖陶土形成的大小土坑,以蓄水池的模样,指认过往。

关于吉州窑衰落的缘由,学术上有几种说法:一种说赋税太重;一种说瓷土资源枯竭;一种说元代国人审美发生变化,宋代尚黑、崇写意的审美不复盛行,朝廷强行关了吉州窑,开始全力扶持景德镇窑;还有一种说法与文天祥有关,说他带走数千窑工,起兵勤王。

历史的谜团自有历史学家去破译,作为庐陵后裔,我从心底更愿意相信窑工是被文天祥的民族大义所激荡而出吉州的,就像我坚持相信那片向死而生的桑叶,是出自青原山、顺禅溪而入吉州窑一样。

罗张琴,作品散见于《中国作家》《上海文学》《天涯》《散文》等刊,入选各种选本。出版散文集《鄱湖生灵》《山河故里》等。获奖若干。

早春野花开

◎ 赵连伟

　　春天的长白山大森林,犹如一切就绪的舞台。春风拉开冰封雪织的帷幕,最先出场的,并不是树木枝头的嫩芽,而是藏在林下落叶中的那些早春开花的植物。

　　山林是属于树木的王国,林下花草是依从于它们的臣民,一旦树木发芽吐绿,开始施展它们的统治力,林下花草们的生存空间将变得越来越逼仄。长白山区早春开花的植物,是植物王国中的一个独特类群,它们趁着高大乔木和灌木仍在酣睡,早春的阳光尚能照临到自己的有限时间段,毫不迟疑地抓紧时机发芽、开花。只要给它们些阳光,短短几天,林下就会变成花的海洋。

　　在二十天左右的时间里,它们便匆匆走完开花、传粉、受精、发育、成熟的生活史。当树木葱茏、满山翠绿的时候,它们已进入休眠状态,开始在长长的梦里,孕育下一个生命周期。所有的行动似乎都是悄悄进行的,它们开出绚丽迷人的花,只为感恩太阳和大地,并不是为了取悦你我。

敢和冰雪亲吻

"侧金盏花"是学界的称谓，而"冰凌花"这个俗名，长白山区几乎家喻户晓。因为它是入春后长白山里开得最早的花，是"花中先锋"。

在通化地区，二〇二三年有人在二月二十六日就看到冰凌花开了，花朵呈黄色，直径约三厘米，十枚左右的花瓣呈浅碟状展开，鲜亮扎眼。

冰凌花的花蕾在前一年秋天已形成，鳞片包裹着花芽，隐藏在枯草落叶覆盖下的土壤里。被层层覆盖和包裹着的冰凌花，早已适应长白山区的极寒天气，可以从容越冬。春分将至的东北，气温逐渐回升，阳光普照着雪被下沉睡的长白山。阴坡上的冰雪反应迟钝，纹丝不动；阳坡上的冰雪开始融化，枯枝落叶如底片渐渐显影，直至露出黑黑的泥土。解冻的仅是薄薄的表层泥土，地下冰冻的土还没化透，即使这样，先知先觉的冰凌花已感受到春的召唤，花蕾急不可耐地冲出泥土的束缚，拨开枯草落叶，拱破紧裹着的鳞片，开出明艳的黄花。一朵朵黄黄的、具蜡质光泽的小花，宛如襁褓中的婴儿露出娇嫩的笑脸。

春季长白山区气候不稳定，由于冰凌花开得早且花期较长，时常会赶上飘雪把花盖住。勇敢的冰凌花一点儿也不怕雪，它见了雪会欢喜，就像冬天在雪地滚雪球、堆雪人的顽童，心中只有快乐，哪有什么寒冷。赶早的人们会看到它在雪中开放，品味花中先锋独有的那种冷艳与顽强。

常有摄影爱好者为了博人眼球，故意将远处的雪捧过来，洒在冰凌花周围，虚构出一种冰凌花探雪绽放的场景。

早春气候寒冷，如果失去温暖的阳光，气温会很快跌至冰点。冰凌花只有在阳光照射时才会开放，每当阳光透过稀疏的林枝落在冰凌花花蕾上时，它才会欣然地张开花瓣。它明黄的呈浅碟状的花朵，可以充分聚集阳光的热量，让花朵中心的温度升高，用自己的美艳和柔情，打动早春为数不多的传粉昆虫。冰凌花的单花花期有七八天，昼开夜合，初开的花朵雌蕊最先成熟，继而再开放时，雄蕊和蜜脉才开始释放花粉和花蜜。这样的时间差，可优先保证雌蕊经由昆虫带来的花粉受精。而花粉和花蜜的释放，能让喜欢躲在花朵里御寒的昆虫们补充体能并带走花粉。憧憬而来，满意而归。此番精巧的设计已足够完善，但冰凌花不想受制于以昆虫为媒介的传粉方式，它似乎明白早春如自己一样勇敢的昆虫终究比较少，它也需要自力更生、繁衍生息。据观察研究发现，冰凌花在没有昆虫光顾的情况下，靠自花授粉，仍能保证过半的结实率。

冰凌花是长白山区春天的使者，只要它开花了，恰如总指挥官打出发令信号弹，催促猫冬的山民，该准备春耕生产了。冰凌花深受长白山区百姓喜爱，人们为它起了不少吉祥好听的名字：福寿草、冰凉花、冰里花、冰郎花、顶冰花、雪莲花。有人喜欢把它摘回家里栽种观赏；还有人在春天踏青时，采一束冰凌花回家，插在装水的瓶中,让家人也感受一下冰凌花带来的春的气息。

二〇一九年三月三十一日上午,我和几位诗友相约,专程去白山市青山湖里面的一片山坡上赏冰凌花。那天阳光明丽,冰凌花开得自由奔放,许多休眠的蜜蜂被温暖的太阳唤醒,我用手机拍了不少蜜蜂在冰凌花花蕊上欢跳着采蜜的照片。

二〇二三年四月二十三日,我随几位植物爱好者,在通化县湾湾川镇的一个山沟里,见到了辽吉侧金盏花,它是冰凌花的一种,与一般的侧金盏花的花形相似,只是花朵明显大一些。一般的侧金盏花先开花后长叶,萼片较多;辽吉侧金盏花边开花边长叶,萼片明显少且短于花瓣,花期比前者晚十天左右。

冰凌花全草可入药,用于治疗心悸、心脏性水肿、充血性心力衰竭、癫痫等。但用药时一定要按剂量使用,因为它全草有毒,特别是根部,毒性最强,中毒后会出现恶心、呕吐、多汗、腹痛、头昏目眩、视物不清、心慌等症状,严重时可致死亡。它在花期好鉴别,但进入果实期后,整个植株形态和一种叫“山胡萝卜缨子”(学名“峨参”)的山菜很像,采山菜经验少的人很容易采错,所以要格外小心。区别在于冰凌花的叶子墨绿有光泽,发亮,没有叶鞘;山胡萝卜缨子的叶子嫩绿,有叶鞘。

二十三枚花被片

一朵直径三厘米左右的白花,单生在细长的花梗上,线状长圆形的花被片明显比较多,通常有九到十六枚,这就是多被银莲花。周繇教授喜欢在花丛中找花被片数目不同的多被银莲花,曾经从九枚的一直找到最多有二十三枚的,宛如找到了头上发辫最多的那位藏族小女孩。

多被银莲花开花也比较早,只比冰凌花稍晚一周左右。它的花白得出奇,不但花被片是洁白的,花蕊也是洁白的,再加上纤细高挑的花莛,恍如大森林中的白衣仙女。不少山区老百姓都说"我们认识两种冰凌花,一种是黄色的,一种是白色的",那"白色的"多指的是多被银莲花。

多被银莲花的根状茎可入药。它的根状茎呈纺锤形,中间稍粗两头尖,因此,老百姓又叫它"两头尖"。有种治心脏病的中药,叫"大活络丹",主要成分就是两头尖。多被银莲花全草有毒,用药时须十分严谨。

我在白山市四方山上观察到,多被银莲花常和黑水银莲花开在一起,它身边不时会有猪牙花、堇叶延胡索的身影,看来多被银莲花是一种既高雅又随和的野花。

五六七八九

黑水银莲花开花比多被银莲花稍晚,花被片白色,长圆形,比多被银莲花的花被片明显少且短。周教授同样观察过黑水银莲花的花被片,有五枚的、六枚的,最多找到九枚的。今春去通化市白鸡腰子山考察时,我注意到它的花蕊、花药呈淡黄色。

它和多被银莲花就像意趣相投的姐妹,你见到了"黑水",在它身边很容易找到"多被",反之亦然。有时它情愿将自己隐没在其他花的海洋里,有时也会长出属于自己的小群落。在临江市火绒沟村一社与三社之间的一处山坡,我见到几小片集中分布的黑水银莲花,也壮观可人。

银莲花属植物的花都是高颜值。考察期间,我们还见到了开花时花萼向下反折的反萼银莲花。

在延边汪清地区,植株高、花瓣大的乌德银莲花分布较广。

长白山区还有阴地银莲花、毛果银莲花、细茎银莲花。还有一种新发现的垂萼银莲花,萼片下垂,花形奇特。

银莲花属植物正如它们名字中的"银",大都开白花。人们一见到白色景物时,总习惯联想到白雪,或用白雪作比喻。事实上,银莲花们的"白",要胜过白雪的"白",只是它们没有雪的雄心和气势。

溪畔花神

驴蹄草因叶片形状像驴蹄子而得名。驴蹄草都是一簇一簇地生长,驴蹄形的绿叶环拥着中间一朵朵浓艳的大黄花,我每次见到它们都会心涌喜悦。多地考察后,我发现只要是山中有泉眼、溪水的地方,就能见到驴蹄草的身影;或者说,只要见到了驴蹄草，它的近旁一定有或明或暗、或大或小的溪流。驴蹄草对水质十分敏感，水质好，它就静心生长；如果水质遭到污染，它会退化，直至消失。

难怪它的叶那么绿，花瓣那么艳。

驴蹄草花蕊中蜜腺特别丰富，深受蜜蜂喜爱。蜜蜂采了驴蹄草高质量的花蜜，会促进蜂群分蜂，一群分成两群。驴蹄草和蜜蜂之间构成了局部的小生态链。

长白山有的地区有采食驴蹄草的习俗，连叶带花采回，用开水焯完后食用。但驴蹄草属凉性食物，一次不宜多吃，吃多了会引起腹泻。

驴蹄草入药后，可用于治疗头昏目眩、头风疼痛、风湿关节痛、气管炎、瘰疬、化脓性创伤、皮肤病、痛经、周身疼痛、烫伤烧伤、毒蛇咬伤等病症。

花萼像兔子的耳朵

菟葵开花很早，几乎跟冰凌花同步，也有人叫它"白冰凌花"。在人们赏拍冰凌花的时候，它俩经常会同框开花。而此时，山坡上的青草没有几棵，一些有想法的早春植物刚刚冒出嫩芽。

菟葵的白花朵虽然娇小，但整个花朵的造型有些像葵花，而花萼酷似小白兔漂亮的耳郭，所以它叫菟葵。

菟葵通常只有十到二十厘米高，茎呈紫红色，初长出的叶子也是紫红色,慢慢变成绿色,而枝顶的花萼与花瓣却白亮胜雪。

由于同期开的冰凌花鲜艳夺目名气大，人们往往会忽视菟葵花的存在。其实细观察,一枚三全裂的绿叶,在花萼的下方向四周平展开,把菟葵的花朵衬托得娇艳欲滴。

菟葵的茎极似绿豆芽,鲜嫩饱满。正是有了这样的茎,菟葵的花才那么洁白水灵。

菟葵的果实是蓇葖果,中间膨胀,两端尖锐。五月份,成熟的果实沿一侧开裂,开裂的果实如聚在一起的一条条小船,小船的船尾都锚在一点,船头向外呈放射状展开,船舱里装着一粒粒暗紫色的圆圆的小种子。

雪割草

獐耳细辛的名称,李时珍在《本草纲目》第十三卷草部二的《及己》中说得很清楚:"二月生苗,先开白花,后方生叶三片,状如獐耳,根如细辛,故名獐耳细辛。"

獐耳细辛一般生长在长白山区海拔四百至八百米的山地杂木林下,或草坡石缝阴湿处。它四月初就开花了,花小巧可爱,以白色为主,也有淡粉、粉色、粉紫色的。花蕊与花瓣的颜色迥异。它开花时气温较低,为保护自己,花莛、叶柄、苞片、子房都密被长柔毛。獐耳细辛先开花后长叶,花期叶柄上没有叶子。这些另类的特征,尤其是花朵色彩艳丽多变,令人赏心悦目,心生流连。

獐耳细辛广布于欧亚大陆，中国和日本是獐耳细辛属的另一个分布中心和多样化中心。獐耳细辛在日本深受推崇，被称为"雪割草"，因为它们在初春割开雪的棉被，开出鲜艳的花朵。

獐耳细辛已流传到世界各地，成为园艺家们珍爱的昂贵花卉。园艺家们还在其基础上不断培育出更多拥有美艳花朵的园艺品种，吸引越来越多的追花族。

害羞的花

东北扁果草三月底四月初就开花了。它开乳白色花，花朵袖珍漂亮，植株相对矮小，显得有些柔弱。能看到它的花朵完全打开的机会很少，需要在无风的情况下，强光持续照射，它的花朵才会放心地张开笑脸。它越是不轻易示人，越吸引人们想看到它开花的样子。二〇二三年四月二十二日，我在靖宇县四方顶子的半山腰，见到它的植株已结果。

东北扁果草喜欢成片生长，它们用群居的方式来为弱小的个体壮胆。

拟扁果草与东北扁果草同为毛茛科植物，花期稍晚。拟扁果草植株比东北扁果草高大，分布较多，花瓣纯白色；而东北扁果草相对稀少，花瓣乳白色，椭圆形的花瓣边缘向内微卷成浅杯状，更显俏丽妩媚。前者叶子鲜绿；后者叶子灰褐色，有些暗淡。

毛骨朵花

二〇二三年四月十五日，我和马全教授在白山市东郊河口村的一个小山坡上，见到了几株朝鲜白头翁。有的钟形总苞刚刚打开，露出紫红色的萼片；还有的是尚未打开的花骨朵，花萼片的外面都覆着一层浓密的白柔毛。

仔细看，不光是萼片处，它全身都是或长或短的白柔毛，用手一摸，感觉如摸小动物的毛皮。用手机拍的照片，感觉像拍虚了，实则是它全身的毛毛给人的一种错觉。

朝鲜白头翁花开之后，外侧三枚紫红色的萼片与内侧三枚紫红色的花瓣片构成钟形花朵，大都下垂，一副彬彬有礼的模样。

白头翁属植物的果实是聚合瘦果，就是很多个坚硬的小瘦果长在一起。朝鲜白头翁的聚合瘦果有点儿与众不同，在每个小瘦果的顶端都有一根灰白色长柔毛，这在植物学上叫花柱宿存。宿存的灰白色长柔毛聚在一起，如同一位蓬头乱发的白头老翁。

白头翁属植物生活史大同小异，一般都是早春时节从地下萌出幼叶和花朵，等到炎热的夏季到来，白发苍苍的瘦果早已飘飞到四面八方，新生命开启新生活。而原来的茎叶全都枯萎，只留存地下的根茎在休眠，等待来年春天梦醒重发芽。

朝鲜白头翁在长白山区民间很传奇。过去，出现拉肚子挺严重的症状，就用它的根煮鸡蛋。吃煮过的鸡蛋，喝熬过的汤，腹泻很快会止住。它对月经不调、经闭也有一定疗效。把它的根捣碎后与面和在一起,贴在头上,能治偏头痛。用它的根熬水喝,虽然特别苦,但治疗咽喉肿痛效果明显。

是药三分毒,朝鲜白头翁全草有一定毒性,用药时要格外谨慎,不能过量。正因为这种毒性,人们也用它做植物性杀虫剂。

花瓣闪着金属光泽

深山毛茛是我见过的花瓣最亮的花。它开花时,常会形成或大或小的群落。二○二三年四月二十二日,我在靖宇县四方顶子见到了成片正在开花的深山毛茛,朵朵黄花,灿然炫目。

毛茛的英文"buttercup"直译过来是"黄油杯",正好符合毛茛属植物花瓣的特征, 都是油光锃亮的。深山毛茛虽然植株不高,十五厘米左右,花瓣也不大,只有一厘米长,却是早春林中光鲜夺目的花卉之一。花瓣犹如打了层蜡一般, 在阳光下闪闪发亮,很容易让人记住它、爱上它,早春的蜜蜂也喜爱它。

深山毛茛的基生叶有长柄,叶缘分裂;茎上部的叶没有叶柄,花单生各分支末端。区分它和毛茛本种,要看花朵以外的特征。

可以赞美我,不能触碰我

鲜黄连从粗短的根状茎上丛生出许多基生叶, 每片叶子都被一个细长柄支撑着,形成一簇由叶子组成的小群落。小群落的整体长相，尤其是叶柄上近圆形的叶片，都酷似细辛，所以老百姓又管它叫"细辛幌子"。它的花和叶子一样，从基生叶间抽出，花莛顶端生一朵天蓝色的花，花瓣六至八枚，异常艳丽。

春天，鲜黄连破土而出的幼苗，宛如刚刚出生的婴儿，都是粉红粉红的，尚未舒展的嫩叶呈对折状。花莛高出叶丛一头，花朵发育得明显比叶子早，显得很急迫，似必须抓紧利用早春林下宝贵的阳光，完成自己开花、传粉、结果的使命。

今年春，我第一次见到它的花，是在临江去火绒沟村的路旁林下，一堆鲜黄连正开着蓝紫色的花，一下就惊艳了我，也勾起了我的回忆，小时候上山采山菜，常见到它。它的花还有蓝色的、淡白色的。

有植物专家观察发现，鲜黄连的花期只有一两天。"你不能碰我，碰我就死给你看。"鲜黄连只要一被碰触，哪怕是轻轻地，花瓣马上就会掉落。因此，制作鲜黄连的植物标本一直是个难题，你再小心，它的花瓣也会掉。制作标本时，只能"先分后合"，把掉下的花瓣按花的形态、结构单独压好，把植株的其他部分压好，再将各部分粘在一块。

民间有这样一种说法：鲜黄连，治肠炎。鲜黄连的根入药，还可治疗痢疾、结膜炎、扁桃体炎、消化不良、食欲减退、恶心呕吐、口舌生疮、咽喉肿痛、发热烦躁、吐血、衄血、头晕、目赤、泄泻、痈疽、疖肿、外伤感染、腹泻等病症。

它有属于自己的野花园

牡丹草是早春长白山区林下草本植物群落的重要成员，是早春开花植物的典型代表。四月初积雪融化时，牡丹草顶雪萌发，生长发育迅速，萌发后第二天就能开花，花期长约一个月。五月末六月初，林冠层郁闭时，植株地上部分即将枯萎，以发达的球形根状茎度过漫长的夏季和冬眠期。

牡丹草的花是顶生或近顶生的总状花序，花序轴上通常分布着十余朵淡黄色花朵，鲜艳芬芳，尤其是它们常大片地聚生。我在大架子山、四方山都见到了几十亩、上百亩正盛开的牡丹草，那是真正的野花园，绿色海洋中翻滚着层层叠叠的金色浪花。

牡丹草与牡丹的叶子神似，故名"牡丹草"。它株高三十厘米左右，较粗壮，地下球形的根状茎直径约两厘米，有的更小，如小土豆似的，所以老百姓还叫它"山地豆"。

山地豆富含淀粉，可食用。不过挖取完整的根状茎可不是件容易的事，因为与深埋土里二十厘米处的山地豆相连的地上茎细长如线，极易挖断。有一次，周教授挖一棵牡丹草的根状茎，用了半个小时，才挖出两个球形根状茎。

春季，长白山区气候多变，今年临近"五一"，有些高山上又下了场雪，不少人拍到了牡丹草雪中绽放的场景。牡丹草也借此向人们展示了自己不惧寒冷的美。

四块瓦

银线草长得简单有趣，一根直立的茎上，只长着四片两两对称的绿叶，四片叶子围拢着它的花，所以民间叫它"四块瓦"。

四片绿叶中央升起一根独立的花茎，密密匝匝的白色线状花蕊，如丝丝银线，装点在花茎上。

在含苞待放的时候，四片叶子将小花包裹在里面，呵护有加，也显得有几分神秘。随着气温和阳光的助力，四片叶子犹如母亲怀抱着婴儿的手，缓缓张开，将自己的孩子完整地交给太阳，小花向阳盛开。

我今春第一次见到它，是在临江苇沙河去三道沟途中，鸭绿江边的一片树林里，一簇银线草正值花期，我恍若见到了老相识，兴奋起来。在我老家辽东山区，春天是把它作为山菜采食的，都管它叫"灯笼花""灯笼菜"。它的茎富有韧性，采它的时候，得多用点儿力才能拽断；焯水之后蘸酱吃，有股淡淡的清苦味道。味蕾的记忆是那么奇妙，隐藏在幽深的时光里，无影无形，它并不担心携带者的遗忘，当某天某种味道一旦被唤醒，就会串起你一串长长的回忆。

或观赏或食用或药用，每种早春植物都有其存在的价值。当然，这些都是人类的看法，在植物们的眼里，人类和动物或许都属于它们永远供养的子孙。银线草除了好看好吃，还有药用价值，尤其是治疗毒蛇咬伤效果好。

它的花格外香

那天，我和剑波在四方山的一个山坡上赏花。有只大山雀落在离我十来米远的树枝上，一边欢快地跳上跳下，一边不停地唱着似乎是赞美野花的歌。忽然，一阵微风吹来，我闻到一股浓浓的香气，依香寻主人，原来是角瓣延胡索开的花。采一束放在鼻子前闻，香味馥郁醉人。

后来随着考察的深入，我发现角瓣延胡索是花香最浓的早春野花，尽管其他几种延胡索的花也有香味，但都不如它浓重。它还有个区别于其他几种延胡索的明显特征，它的内花瓣上向前伸出两只小角，令它的花朵看起来有种小动物般俏皮可爱的神韵。

我喜爱各种延胡索的花，不只是因为它们花香四溢，还因为它们花的色彩有别于大多数早春野花的黄色调、粉色调，它们选择深浅不一的蓝，也有蓝紫色的，为早春林下的花世界增添了一种柔弱淡雅的美。延胡索的花呈总状花序，每朵小花都是造型别致的唇形，密集生在总状花序的顶部，宛如小鸟们在枝头鸣唱。齿瓣延胡索的花序更密集，它的外轮花瓣宽展，边缘有明显的浅齿，上瓣顶端微凹，中间有一明显的凸尖。

长白山区常见的是堇叶延胡索、角瓣延胡索,临江延胡索分布比较少,很难见到。

赵连伟,满族,辽宁新宾人。作品见于《作家》《解放军文艺》《草原》《北方文学》《草地》等刊。著有散文集《我见青山》。

(《黄河文学》2023 年第 9 期)

在水一方

◎ 周华诚

这些天,我们沿黄河行走,感受大河的脉动和土地的生机,体会到万物和谐共生的场景。我们的走访,就好像步入时光的切片:满目疮痍的矿山正被修复,重新生长绿色的生命;污水正在变得清澈,飞鸟与鱼翔集;芦苇和花朵被赋予新的使命,它们收集水流中那些看不见的物质,吸纳和沉淀,交出清流与绿意。宁夏这片大地上,上天赋予它好的与坏的——大河奔流,孕育不息的生命;荒漠烈焰,考验人类的生存。今日,山水江河林草沙,万物与人成为共同体,生态文明成为最重要的共识。

植物的使命

穿过芦苇地的时候,工作人员说当心,这些芦苇的叶片边缘有锯齿,不小心会伤到皮肤。于是我们小心翼翼,在这些叶片当中行走。如此宽阔的芦苇荡,在黄河边的湿地里,在沙漠的边缘,简直让人感到惊讶。粗壮的芦苇挺直,比人还高,其叶狭长飘逸,随风摆动,为陆地和水域画出一道界线。

此时刚过立秋,古城湾湿地依然是一片翠绿。再过一段时间,入秋之后,芦苇将抽出金黄的穗,起初如抱,及至秋深,芦穗如芒绽放,洁白如絮。这些芦苇在风中摆动,逆光时有着极为温柔的质地。

这样的美景,是古城湾人工湿地里的一帧小照,因为一年四季,这里都有漂亮的景致。可是芦苇并不是只用来拍照的,它们承担着更加重要的职责。芦苇的根系发达,可以紧紧伸入泥沙之中,吸收并存储水中的重金属和其他有害物质。它们内部有发达的管道,可以把根系里吸收的水分送到身体的各个角落。那么,重金属最后去哪里了呢?

解说员说,最后,都留了在芦苇的身体里。

我对芦苇肃然起敬。

这边是黄菖蒲。我以为是菖蒲,但是解说员说不是。她还介绍了黄菖蒲和菖蒲的区别,一个叶片的边缘会有卷曲,叶片上像是波浪状,另一个叶片非常平滑光洁;它们的花序也有些不同。然后,我就忽略了这件事,好像这件事并不重要。黄菖蒲栽种得密密麻麻,在这片人工湿地里,它们规模浩大。此时显然花期已过,黄菖蒲已经结出了累累的果荚。黄菖蒲开黄花,盛花期时,在一片翠绿之上开出连绵的黄色花朵,花朵高高地擎起,像"幸福的黄手帕"。

此地的黄菖蒲,根系也很发达,与芦苇一样承担水质净化职责。它负责吸引水中的氮、磷等营养物质,将这些东西转化为其自身的能量,从而防止水体富营养化。同时也吸收重金属和有毒有害物质,为水质净化发挥作用。

这是一片潜流湿地。种在这里的每一种植物都肩负使命。

黄河之水天上来。黄河穿吴忠城而过,人谓之"水韵吴忠"。黄河在生态治理中尤为重要。在吴忠,有四条主要的入黄排水沟,分别是清水沟、南干沟、罗家河、苦水河。四水入黄,如果四水都是污水,黄河自然就不能清了。

位于吴忠的古城湾人工湿地,处在第一污水处理厂的入黄口末端,它是为解决污水处理厂所排放的尾水而实施的水质提升工程。污水厂处理完的水,流入这片浩荡的植物王国,对水质做深层洁净。这片人工湿地,就如同一片绿色的滤网,把入黄的水再"洗"一遍。

芦苇、菖蒲、黄菖蒲、香蒲、千屈菜、水葱等水生植物,都生长在这片潜流湿地。古城湾人工湿地占地二百四十亩,一百八十七亩的潜流湿地是核心。潜流,就是你看不见的水流。这片湿地里,填充了河卵石、砾石、火山岩等物料,上层则种植了一望无际的植物。

青纱帐里逞英豪。生态滞留塘,一道;潜流湿地,二道;表面流湿地,三道。

潜流湿地种什么植物?首要条件,是其对污水中有机物、氨氮、磷酸盐及重金属的消化功能,而不是开什么颜色的花,结什么形状的果。花和果,在我们行走湿地时,所见皆有。黄菖蒲的果实硕大而骄傲，千屈菜的紫色花穗团聚着众多的碎花，密密匝匝，花簇如旗，举在风中，就像薰衣草——用一种植物形容另一种植物，这显然是一个蹩脚的比喻。这里的千屈菜，比薰衣草更令人瞩目：除了花穗很长、姿态优雅，千屈菜能够吸附并在其体内积累一些重金属离子，如铅、镉、铜、锌等，由此让水体中的重金属浓度降低，也吸收水体中的氮、磷。

此刻，我多么希望能遇到一位植物学家，或者说，应该是一位环境植物学家。我想翻一翻他们的工作笔记，看看他们做实验的一行行数据，以便我能更好地了解这些默默无闻的植物朋友。除了显而易见的特点，比如，它们都耐盐碱、耐寒，水葱遇大风容易倒伏，千屈菜叶子容易脱落，我更想知道：黄菖蒲怎么样昼夜不息地吞噬重金属，仿佛是一头吞金兽；芦苇如何转化它体内的金属，让自己在深秋和初冬的时候绽放那般温柔的白；千屈菜，典型的水生植物，别名"水柳"的植物，又是如何把花开出那样浪漫的紫色；而对于水葱，我只想问一个问题，它们是如何在完美完成净化水质任务的同时，做到让自己的内心如此中空而谦虚的。

自然的耳语

在一个荷池前，我们驻足。此时正午，阳光热烈。嘘——我忽然听到了一阵极是轻微细碎的声音——像是风吹过树林，林梢上叶子沙沙作响;又像是许多蝴蝶会集,在一片花朵之上扇动翅膀;或者,像是夏日清晨浅浅的梦中,一阵微雨洒过窗外草叶。

这声音太轻了,太细了。

这是一片表面流人工湿地。如果说潜流其实看不见水流的话,那么表面流就是水在眼前,在池中。池水清澈见底,水面有藻类、浮萍,以及睡莲、龙须眼子菜,各自娴静,彼此自在。表面流,是这座古城湾人工湿地的最后一道工序。所谓人工湿地,就是利用人工的技术,模拟出自然的平衡,再利用自然的力量,消解人类对大自然的污染。

这个表面流人工湿地,看起来就像是自然形成的一个沼泽地。水面的藻类、浮萍能通过光合作用释放氧气,提高水体中的溶解氧含量,促进微生物的活性。我们在沼泽旁观察了一会儿,发现藻类、浮萍和睡莲之下,真的有许多小鱼儿穿行其间。

莫非,那水面上细微的声音,是水中小鱼儿在说话?

这块二百多亩的人工湿地,是会呼吸的生态系统。鱼儿在水中自由地游动,它们的身影随着阳光的照射变得模糊又清晰。它们自由又灵动,如果不集中注意力,你都发现不了它们。水面上一阵"布噜布噜"的声音,那么,是不是这些鱼儿在说话,或者在吹泡泡?古人形容鱼吃东西的声音,叫作"唼喋",那么,一定是鱼儿唼喋,甚至也有可能是相濡以沫。这么美的地方,它们当然可以相濡以沫,繁衍生息。

或者,莫非是绿色丛林之中鸟儿的声音?

仔细观察,湿地里果然偶尔有水鸟掠过,它们的翅膀划过水面,荡出小小的涟漪。在这绿色之中,白鹭、苍鹭、白琵鹭、普通鸬鹚等鸟类都栖息于此。因生态的改善,生物多样性大大丰富,过去一些没出现过的鸟类也飞来了。或许,真是鸟儿藏在绿色的阴影里打盹儿,在梦中窃窃私语呢。

　　又或许是花开的声音?

　　湿地解说员告诉我们,每天大约有几万吨的清水流向这一片湿地。经过湿地绿色植物们的劳作,其呼吸吐纳之间,可洗去六成以上的污染物。水质大幅提升后,再经过两个提升泵输送管道,将水输送到城市周边。这纯净后的水,一半淌入支流进入黄河,另一半则成为城市绿化用水,循环再利用。也正是这些水,浇灌出了无尽的花朵。大地花开,岂不是也会发出纷纷繁繁的美妙乐音?

　　我闭上眼睛,感受这片沼泽地的声音。那声音微小、细密,毕剥毕剥,啪啪嗒嗒,叽叽啾啾,无尽无止,它们交织、重叠,编织出夏日的交响曲。

　　你听,你细听,每一种声音,都像是大自然的耳语。

　　周华诚,著有《春山慢》《寻花帖》《廿四声》《陪花再坐一会儿》《素履以往》《一日不作一日不食》《草木滋味》《一饭一世界》《下田:写给城市的稻米书》《造物之美》等书。获三毛散文奖、中国百本自然好书奖等。

(《黄河文学》2024 年第 2/3 期合刊)

春山可望

◎ 白莹

拾虫记

百度天气预报：泾源，小雨，气温四到十五摄氏度，东南风三到四级，湿度 95%。

可晨起看天，却晴得格外好，不像要下雨的样子。

自三月下旬以来，雨雾就开始唱主角，雪隔三岔五也来登一下门，或者就是灰头土脸地清冷着，难得有这样的晴天，就像连绵的阴冷天气不小心打了个盹儿，被早已等得心焦的春天趁机挤开了一道缝，阳光这才很难得地出来露一下脸。这样的天气，自然是采集叶蜂虫茧的好天气。

车一直开到我们去年采集叶蜂虫茧的落叶松林畔。落叶松已经开始绿了，淡淡的绿。这份绿色终于使山林有了春的景象，但因为还没有完全冲破冬的羁绊，还带着寒冬残留的暗淡与灰萎，所以这春色看起来便有那么几分怯懦与畏缩。当然，这也是六盘山一贯的样子，要等到那个热烈奔放的春天，差不多得到春末夏初时节。

林下的小草也开始绿了，尤其在林畔，能率先沐浴到阳光和春风，一层淡淡的绿从土里渗了出来。阳光照进林子，给一棵棵树投下了长长的影子，会让人恍然觉得，这些树原本是躺在这里的，天亮之后它们跟人要起床一样，都纷纷站了起来，于是，便把许多躺卧的印痕留在了脚下。

我是满心欢喜来拾虫茧的，一边拾虫茧，一边晒晒难得一见的太阳，比坐在阴冷浸骨的办公室里要惬意得多。但是，当我们翻开枯枝落叶层翻捡了一会儿，就有点傻眼了，今年的叶蜂虫茧远没有去年多。去年，这片林区是叶蜂虫害的重灾区，林下的虫茧就跟种下的洋芋蛋蛋一样，翻开枯叶层，只管拾就是。去年大概用了两个小时，我们就完成了五百枚的采集任务，而且还多捡出来很多。今年全场四万五千枚采集任务，人均一千两百枚，看今年这虫情，势必成了一项艰巨的任务。

因为虫茧少，我们就捡得格外细致，将枯叶一把一把抖落开来，椭圆形的老鼠屎一样的虫茧，就会落在下面。捡了一会儿，大家都有点不耐烦起来，开始沮丧，开始抱怨："今年虫茧这么少，这要捡到啥时候？这跟捡宝似的，好半天捡一粒，把人眼都看花了……"

"虫茧少，这不是好事吗？说明今年咱们林子里叶蜂少了，虫害轻了。"田文这么一说，大家就又安静下来。其实，每个人心里都是这么想的，每个人心里也都高兴着，只是这样捡虫子，太考

279

验一个人的耐心了。蹲的时间一长，都有点受不住，腿麻眼花。尤其我这人，心急手慢不出活儿，便更多出一份焦躁来；蹲的时间长了受不了，便像只癞蛤蟆似的趴下来。趴下来就看清了近旁的一棵棵小草，绿的草莓叶和深红色的不知名的肉肉小草，静静地舒展在厚厚的松针上，把林地点缀得格外好看，但这些草刚从土里钻出来，所以这细微的景儿不留意几乎都看不到。我趴在地上给这些小草拍照，拍着拍着，心里就舒展开来，于是安慰大家也安慰自己："就是，田文说得对着呢，虫少了是好事。实在捡不够，咱们可以向局里反映，反正已经上山了，尽力捡就是了。"

风从林畔一阵阵吹来，天气虽好，林下却并不十分温暖。一只煤山雀在林子里啁啾不停，声声清亮。啄木鸟"嗒嗒嗒"地在工作，感觉像是机关枪发射子弹似的，不知道它以这样的频率啄树，会不会从树上晕倒下来。

我站起身张望了一下，支部书记陈凯、场长李宏生也蒙头在土里认真地翻翻捡捡，面对这份工作，没有任何人搞特殊，每个人都觉得，这是自己必须要承担的一份责任。看到有人侧身躺在地上捡虫，我也躺下来。其实，要不是林地太过潮湿，这样躺着还真是一种享受，厚厚的落叶层，软绵绵的，像床一样舒服。躺了一会儿，受不了身下的寒凉，又起身蹲下。

虫茧真的少，少到我一次次失去耐心，不停地换地方。田文又说："假设一只叶蜂繁殖成十只，那这四万多虫茧就等于四十多万只叶蜂，如果咱们这次捡够，那咱这活儿也是个了不起的活儿。"

以前总以为，偌大的林子，这么多的虫茧，靠我们捡，能捡多少？局里之所以下达这样一份工作任务，也就是为了提高我们对森林病虫害的思想认识，使大家能够时刻牢记自己的职责和使命。但听田文这么一说，掐指一算：一只叶蜂一生产卵四十多枚到七十多枚，卵孵化率达95%左右，所以繁殖十只已经是个很保守的算法了。一下子就觉得，这项工作还真不能小瞧了。或许，今年这里虫茧这么少，就是我们去年捡拾的结果。既然如此，那就尽量地完成这份任务吧。

我决定换个地方，往山上再走走。我们今天分了两拨，我准备去找找那拨人，说不定他们那里虫子多。我从林子里出来，走到了路上，站在这里望对面，那些天然林依然是一派冬日的景象，灌木林就像弥漫在山谷里的灰白的雾，顺着山腰缥缥缈缈缠绕着；阳光暖暖地照耀着大地，两只早醒的小小的黑蝴蝶和黄蝴蝶，在枯草丛里翩翩飞着。沿路往西而去，路边一朵堇堇菜花儿淡雅地绽放着，我蹲下来细细打量，白里透着淡紫的花朵被枯草簇拥着，仿佛叶子要胆小得多，把花儿支使出来试探春天，自己却怯怯懦懦地蜷缩着叶芽儿。花已经开败了一朵，枯萎的花儿依然被托举在花茎上。一棵鳞叶龙胆也开出了星星一样璀璨的湛蓝色碎小的花儿。我总觉得，这花儿不但像星星，更像亮晶晶的眼睛——一只只在春天里率先睁开的眼睛，一只只能够望得到春风的眼睛。

一路向西，还在路上，但也进了林子。林内的风吹送着一股股温热的气息，要不是有活儿要干，真想在这里多站一会儿，让这风把人全身都给吹透了，吹热了。

说实在的，我真的不想违心地去赞美泾源的春天，尤其是这个春天。自从停暖之后，我们几乎每天都在难以忍受的春寒中煎熬，期盼天气暖和起来几乎期盼到绝望，有时，真想大吼几声，然后对着天气解气地来一顿跳脚骂娘。冻得受不了，我们甚至开玩笑说想给政府打报告，考虑给泾源常年供暖，看这架势，说不定就给冻死在夏天了。但是，所有的怨气与不满，最终都化作了隐忍，化作了看着彼此被冻成狗的模样然后相互之间调侃的苦笑。"春雨贵如油"的说法，对泾源早成了老皇历，雨季一年比一年来得早，直接续到了冬天的尾巴上，而且这雨一来，就像爱回娘家的小媳妇，再也不想走了。这样的天气，熟悉、亲切而又让人生厌。可这天猛地晴了，就常常格外地好，阳光格外地灿烂着，天也格外地蓝着，多日来被阴雨天积攒在心里的愤懑与不满，也像浓雾一样，在阳光里逐渐消散殆尽。这样的日子，就像穿过缝隙的光，格外让人珍视，也格外能疗愈。被太阳晒上那么两天，就又觉出了泾源万般的好。就好比这一刻，虽然春色浅浅，但阳光与风却又是这样不温不燥恰到好处。

往山上走了不远，站住侧耳细听，听不到人说话的声音，不知道离那拨人有多远，也不知道他们具体在哪里。到近旁的树下去找虫茧，翻腾了一会儿，还不如刚才那块。一个人待在这林子里有点儿胆怯，于是又折身走了回去。

　　大家依然很认真仔细地捡虫，而我已经在转转悠悠中耽误了活儿也浪费了时间。这次吃了定心丸，决定尽着一块好好捡，再不胡跑了。可渐渐天开始阴了，林子里的光线逐渐暗下来，以我的视力，捡虫也变得越来越困难。

　　山上那拨人下来了，说上面虫茧多。果然，看他们手里的瓶子，比我们的收获要多得多。他们说看天气不好了，担心下雨，只好提前下来了。问了他们捡拾虫茧的位置，我们这拨人又一溜烟执着地往山上而去，越往山上走光线越暗，但大家心里都着急着，想跟天气抢时间。到了印象中他们所说的地方，发现虫子依然不多，应该是还没有走到去年他们捡虫的地方。打眼望过去，林内野猪拱过的地方和人刨过的没啥太大的区别，所以也没法确定他们说的地方到底在哪儿。林深天暗，我基本上在土里啥都看不见，感觉夜影子都下来了。有人说："咱们这样把林子翻了一遍，夜里野猪来会不会被吓着？一看，这林场的人怎么比我们还能毁。"大家都笑起来，一瞬间好像都灰了心，也泄了气，抬头试天，都觉出了细小的雨点落在脸上的冰凉。

　　于是有人嚷一声："快回快回！雨来了！"我们又一溜烟往山下而去。

　　回到场里一会儿，雨就下大了。

　　雨下了两天。第三天，我们前往洪沟。天气预报晴天，可泾源县城大雾弥漫。过了大庄护林点，就看到了阳光；到了大南沟口，浓雾已经被我们甩在身后，沟里阳光灿烂。

洪沟与二台不同，二台林区地势较为平缓，所以地名里才有个"台"字，洪沟基本上一律是深谷幽峡。这里和二台林区一样，此时，除了落叶松，并无其他春色，而且因为这里比二台阴冷，落叶松的绿要更浅淡一些。夏日里顺着这河谷娉婷连绵的野荷，此时还未露头，但河湾里的几丛水中苔藓却鲜绿得极为夺目，映衬着河心里一粒粒沉静庄素的石子，让人觉得，里面再有几条游鱼，这河简直就生机无限了。

之所以来洪沟，是因为鄢治国说，洪沟的虫子，他一窝可以刨出七八十个来，半天时间就在这里捡够任务了。鄢治国这时也进山来了，叫我们去他捡虫的那片林地。经他一示范，我才惊讶地发现，虫子原来根本不像我们惯常以为的那样，只在枯枝落叶层下作茧休眠，而是钻进了土层下有半拃深。但是这样捡虫全在运气，偶尔刨出一窝，再半天就没了动静，而且这样刨土，对林下植被破坏也严重，这里都是陡洼，这样做极易造成水土流失。短暂的灰心丧气之后，我们进到小洪沟。

这次，我们找了一处窄窄的台地。人喜欢平坦的地方，虫子也一样，越平坦的地方，枯枝落叶层越厚，虫子也就住得越舒服、安全。我一边刨着松针一边羡慕着虫子，住在这松松软软的阳坡地，下了雪等于加了一层棉被，天晴了，被太阳晒着就更惬意，若不是被我们一粒一粒地捉出来，这该是多么幸福的生活啊！风从山谷里呼呼地吹过，顺便也把我们吹了个透心凉。原以为穿厚了,可到了山里才知道,天气依然异常清冷。

在土里,不时会刨出一粒松子,或一只还未睡醒的不知名的小虫子。被刨出来的虫子都是一副迷迷瞪瞪的憨态,轻轻微微地蠕动着,半梦半醒的样子,我于是又把它赶紧埋进土里。时常也会把那些刚刚返青的小草连根刨出来,我总是满怀歉疚,但我知道,在这阴湿的山谷里,它们很快又会扎下根去,只不过要另费一番生存的周折与挣扎。林地上顺地爬着一根根细细的红毛五加藤,且都朝南而爬,不知道它们是在追赶阳光还是准备顺势往山下而去。别看那小小的细藤,一点儿也不好惹,不注意碰到它,就会刺你几根小刺,虽然不是很疼,但也会让你不舒服上好一阵子。偶有一株泽漆幼苗,像被大地擎起的一支深红色的火炬,在清冷的春日里燃烧成了一抹暖色。

清风和河流,一起从这个日子不停歇地走过,涤荡着春天里浓重的寒意。这山谷是香水河的发源地,一条清涧喧响了整座山谷。平日里人间喧闹,有飞机飞过时,总是注意不到,到了这远离人迹的山林,才发现,天空原来也是如此繁忙,不时有飞机轰隆隆飞过。抬眼望对面,山上一丛丛的红瑞木,不是春色却胜似春色,在满山的枯灰中,悦目地暄红着。抬头望天,天变成了窄窄的一绺,一朵云脚挂在林际,被风轻轻扯了扯,又悠悠地飘走了。

翻捡完这一片,我再往山谷里走,和田文、小任会合。这儿是这山谷里难得的一片缓坡林地,这次进到林子深处,没有了风,也听不到了风声,感觉格外暖和起来,在林下一刨,呀——虫子不少呢。原来这里有这么一片好地方，我真后悔进来得迟了。他们体谅地把最好的地方让给我，又给了我一只蛇皮袋子让我垫着坐在上面捡，阳光暖暖地晒下来，林子里静谧、安稳，我不由得感叹："原来拾虫茧也可以是这么幸福的事啊！"小任说："这会儿有点冷了，那会儿还美，躺在这里，边拾着虫边晒着太阳，别提有多舒服了。"我一听，就更加后悔了。

美好的时光总是很短暂，很快，天就暗下来，林子里也越来越冷。看时间尚早，可夜幕仿佛要提前降临了。田文说："再不能这样躺着了，地上太潮湿，这样躺一天会少活几年。"他的话一下子警醒了我，想起了我的腰疾，我赶紧坐了起来。万一腰受凉，再疼起来就麻烦了。

我说今年虫少，说明这捡虫子还是很管用呢。小任说："这不是主要原因，六盘山林海茫茫，这样捡根本起不了多大作用。今年叶蜂之所以少了，是因为鞘蛾来了，争夺了它们的口粮。"他这话让我听得很惊讶。他说："鞘蛾出蛰早，落叶松新芽一长出来，就被鞘蛾抢了先机，等叶蜂羽化上树，嫩叶已被鞘蛾吃光了，所以，叶蜂只能打饥荒了。"

我不知道他这说法到底有没有科学依据，当然，这只能有待技术人员来考证。不过，假若真是这样，这鞘蛾反倒间接变成叶蜂的天敌了。看来，连虫子在这世上都这么不好混，更何况人。心下思索良久，顿觉释然不少。

林内越来越暗也越来越冷，大家都有点受不住了。看看手里的瓶子，我们的任务也基本上完成了。从沟里越往出走，雾就越大，说是晴天，可这两头却不见天。看天气这架势，雨已经到了眼睫毛上了，眨眼就要落下来了。

跑山

打开车门，脚刚一落地，差点儿就踩着了一朵金灿灿的毛茛，在这车偶尔会来一次的草滩上，它正毫无戒备地盛开着。往前走了几步，又看到了几颗红红的草莓，再向草丛里望过去，一颗颗草莓像繁星一样散落其间，连绵向草丛的更深处。大家都带着小小的喜悦，蹲下身摘起来。我本来都要走过去了，可低头一看，这些草莓长得实在是好，又红又大，也弯下腰顺手摘了几颗，边走边放一颗到嘴里。山野里汲足了阳光的草莓，味道真是好，又酸又甜。

今年夏季阴雨天气较少，气温也就较往年偏高，二十多分钟的车程，就被薄薄的迷彩服捂出一身大汗来。进到山里，顿觉凉爽不少。进入了炎炎盛夏，草木差不多已生长到了极致，山林褪去了初夏的嫩绿，显得丰荣苍郁。草深了，前段时间常走的小路就变得逼仄甚至隐匿不见了，我们都提醒走在前面的老李，小心脚下有蛇。

在深草夹道的小路上走了一会儿才忽然发现，七月，换成野豌豆在山上唱主角了。野豌豆一丛丛的蓝色花序，层层叠叠地盛开着,蜜蜂们正在花丛里飞来飞去地忙碌着。这山上已来了很多次了,从没发现野豌豆居然会有这么多,多得让我吃惊。它们平时隐身于密密层层的草木间,根本看不出来,看来只有到了花季,它们才会从众多的植物中挺身而出,用柔韧有力的茎蔓托举起无数美丽的花朵,高调宣告它们的存在。

今年夏天,是个最像夏天的夏天。立夏之后,天气一改春天里阴雨连绵的做派,开始日日晴朗。这样的状态持续了近两个月,使六盘山区日渐呈现出近几年这个时节少见的干旱,一直到六月下旬,才开始零零星星地下了几场雷阵雨。旱情虽得缓解,可在生长旺季缺了水分的滋养,许多植物难免显得疏瘦。但这山林却一如既往的丰茂葱郁,一点儿也看不出旱象,各种花儿都在竞相开放,细细看去,有白色的卷耳、紫色的马先蒿和魁蓟、淡蓝的地胡椒、粉色的球序韭、深红色的剪春罗、艳红色的山丹丹、黄色的草木樨、白色的银露梅、深蓝色的翠雀花、粉白色的小苦菜……你会发现,七月,才是六盘山百花盛开的季节。

但盛夏的花不同于春天的花,春天的花开得热闹,仿佛一夜春风惊醒了万朵花蕾,以乔灌木为主,花事如潮水席卷而来,桃花、杏花、李子花、枸子花等你方唱罢我登场,一茬一茬地把晚春开成了花的世界。但到了夏天,花儿们绝不抢绿叶的风头,只做绿叶的点缀,星星点点,漫山遍野,好多花需要你用心去看才能发现。春天的花香,纯粹而浓烈,总是带着某一种花独特的香气,而夏天,走进了大山,依然是鼻翼盈香,可你却常常不知道这些香味来自何处、来自哪一种花。到了这个时节,许多成熟的青草也会散发出特有的香味,丝丝缕缕,缠缠绕绕,时浓时淡。总之,走进了大山,你闻到的就是大山的气息。吐纳之间,这气息便已融入了你的血液,于是这一花一草,常常都带着一种血脉相通的亲近,你无须刻意示好,无须猜度揣摩,只要伸出手去,便能与它们友好地相握。

虽然天上有淡淡的云,可依然不影响阳光的灿烂,在这通透澄澈的天地之间,仿佛一嗓子吼出去,声音便能直上云霄。我试试探探地想唱几嗓子,可声音刚一挣脱胸腔,立马就被阳光杀蔫儿了似的,变得软塌塌、有气无力,我这才想起,好久没在山上放开嗓子吼过了,那些年幼林抚育时在山上练出来的底气,逐渐隐于岁月的流光。于是,我快快地对着山野,涩涩噎噎地喊了几声,反倒喊得胸腔里堵堵的。

阔叶荚蒾、野山楂早已挂果,野山楂的果实尚显青涩,阔叶荚蒾的果实已经开始变色发红。一丛丛的野棉花,高擎着圆圆的花苞,偶有一两株,仰脸向着阳光,已经绽开了粉白色的花朵。一路上都在警惕蛇,还真就碰到了蛇,一条灰色的花纹蛇突然出现在窄窄的小路上,让我们惊了一下。老李挥动手里的木棍,敲打了一下路边的草,那条蛇便很快隐没在了路边的草丛里。我在这里已不止一次碰到蛇了,估计附近有个蛇窝。见惯了蛇,也就不觉得有多可怕,蛇比人怕它还要怕人,除非你猝不及防间过分逼近,一般情况下,它不会主动攻击人。所以,见它溜进了草丛,我们也就放心地继续赶路。

南台林缘地带的落叶松,五月份都被我们缠上了三十厘米宽的黏虫胶带,远远望去像是为每棵树系了一条黄色的腰带,走近了看,才发现胶带上已经密密麻麻地粘满了虫子,上面有叶蜂成虫、鞘蛾成虫,以及少许其他不知名的小虫子。技术员马玉萍说:"叶蜂羽化破茧后,尚不能立即起飞,多数会顺着树干慢慢往上爬行,只要爬到黏虫胶带上,就算完了,基本上就不会再有传宗接代的机会了。"从黏虫胶带上虫子的数量来看,这还真是个物理防治的好办法,相较之下,比拾虫茧更省时省力。

进了林子,感觉更加凉爽了,再往林子深处走,我们找到了前段时间挂在树上的鞘蛾诱捕器。马玉萍抽出诱芯来查看,诱芯上面的虫子远远没有黏虫胶带上的多,基本上都是鞘蛾,偶有一只淡黄色的蝴蝶被粘在上面,像标本一样,保持着生前的自然姿态。这些诱芯都要带回去,对虫口基数进行统计后上报局里,这些数据将为六盘山区有害生物分布状况和危害情况的分析提供重要依据。

返回到林缘地带后,我们到树下去查看叶蜂虫茧。从六月下旬开始,叶蜂就已陆续下树,此时,大部分叶蜂幼虫已下树结茧。翻开枯枝落叶层后,我们发现虫茧很多,一瞬间,大家心里都沉重起来。这一片林子,四月份可是被我们仔细地翻了一遍,是拾虫茧拾得最扎实的一片林地。当时发现这一带叶蜂虫茧相较去年要少,还以为今年虫口密度会相应小一些,没想到几个月时间,叶蜂会泛滥成这样。

我们开始尽着在一棵树下捡拾虫茧。已经完成结茧的虫茧,显出惯常见到的褐色,而有些虫子正在结茧,虫茧颜色发白,处于半透明状,里面的虫子隐约可见。一只小杜鹃在林子里啼叫,再就是柳莺的叫声,听起来,林子里的鸟并不是很多。可这里到处都是肥嘟嘟的虫子,随便溜达一圈,就能吃个肚儿圆,鸟怎么就是不够多呢?马玉萍说:"现在可好多了,前几年用农药防虫,这林子里根本就听不到鸟叫声。"我又想起了他们说过二类调查时在墁坪看到的乌云一般的麻雀阵,据说那成千上万只麻雀飞了好一会儿,才从他们头顶的天空飞过。说起那次奇遇,他们至今都感叹不已。于是,我也无数次地憧憬:某一天在山上,它们也从我的世界里,隆重而震撼地飞过。可显然,那是一种可遇不可求的奢望。我们在那棵树下绕树半径一米,捡拾了大半个小时,共捡拾到五百四十枚虫茧,然后,往北台大洼而去。

越往林子深处走,感觉就越凉爽,炎夏的暑热被层层绿色阻隔在了山外。漫长春天里我们所受的寒凉之苦,在这舒爽的夏天,都得到了逾倍的补偿。路上及路两边依然是繁密的红红的草莓,碰到特别大的,我总是忍不住要停下来摘几颗,不然,内心就会生出几分负罪感来。我总觉得这些草莓是身负着使命,勤勉地生长、开花、结果,而且大都生长在路边或地埂,就是期待有朝一日被谁采摘了去,让某个味蕾充分享受到大自然赐予的美味后,化作那个温热躯体里汩汩流淌的血液,方不负它一生的努力,以及大自然对它的造化。小时候，大人们劳动回来手里拿一把草莓，会让我们高兴得跳起来，那把草莓总是用细细的冰草茎秆扎缠得紧紧的，要解开得费一番周折。一圈一圈解开的过程，常常让我觉得充满了仪式感，那是大自然对我们慷慨的馈赠。所以，我觉得这个过程值得这样庄重。如今，我也想采一大把红红的草莓回去，可想想实在没有个孩子会兴高采烈地来接过我手里的草莓，然后满脸幸福地一颗一颗很珍惜地放进嘴里慢慢品尝。如今的孩子，已不屑于吃这山野里的小草莓了。这样想着，我就把摘下来的草莓都吃掉了。

北台大洼有点儿远，走了好一阵子才到。这里林缘地带的树上也都缠了黏虫胶带，而且比南台缠得还要多。同时，这里的一些树上还挂置了赤眼蜂卡。赤眼蜂为卵寄生蜂，是多种农林害虫重要的卵寄生性天敌，利用赤眼蜂防治落叶松叶蜂毛虫，是采取以虫治虫的方式来消灭害虫。经过温度的变化，蜂卵就会在一定时间内出蜂，七月是六盘山红腹叶蜂的产卵期，赤眼蜂最喜欢找产下来的新鲜卵寄生，成蜂后的赤眼蜂会寄生到叶蜂虫卵体内，把卵产在其中，被寄生的虫卵不能发育孵化，从而达到消灭害虫的目的。释放赤眼蜂属于无公害防治，不污染环境，有效期长、成本低、危害小、作用显著，可以有效控制落叶松害虫的种群密度。

但是，当我们走到缠有黏虫胶带的树下时，我还是有点儿愣怔。刚才在南台看到的黏虫胶带上基本上都是叶蜂成虫，树干上基本上没有虫子，而在这里看到的，是成虫幼虫混杂。在黏虫胶带的边缘,有些虫子爬不过去,便聚集成一堆一堆的,甚至相互吊着,大有生死与共的架势;实在吊不住的,便一团一团地掉了下去,树干上,满是浩浩荡荡往上爬的叶蜂幼虫。我问马玉萍:"它们不是该下树结茧了吗,怎么又往树上爬去了?"马玉萍说:"这些都不是五龄虫,还没做好结茧准备,能量还没攒足,肚子还饿着呢,多数都是被风吹下来或者没扒牢从树上掉下来的,现在要爬上树去继续吃松叶。"抬头望望高高的树干,我觉得它们要爬上树梢,何其艰难,估计多半爬不到树梢就精疲力竭了。可它们这么多,多得简直让人触目惊心,而我们在树干上看到的,只不过是一棵树上的虫子中极少的一部分。我突然觉得灰心起来,觉得我们所做的一切努力,在这庞大得惊人的虫族面前,是那样的苍白无力。想起同事小任之前说的话,我问马玉萍:"小任之前说,去年叶蜂少,是因为鞘蛾抢了叶蜂的口粮,这说法有道理吗?"马玉萍说:"这种情况多少是存在的,但对叶蜂的影响不大。不然你看,叶蜂咋会泛滥成这样?"老李听到这儿,抬脚使劲蹬了一下树,树下瞬间噼里啪啦下起一阵"虫雨"。

　　以前一直对林区叶蜂进行农药防治,虫害也就没这么严重。近几年已不允许再对林区投放农药,首先,这里的林区是水源涵养林,我们所在的这片林区就是拜家河的发源地,而洪沟一带是香水河的发源地,农药的使用,势必会对水源造成污染;其次,泾源县近几年大力发展中蜂养殖,蜜蜂对农药特别敏感,在林区投放农药,不但会严重影响蜜蜂访花数量,同时会对蜜蜂生存造成严重威胁。然而，面对这茫茫林海，我们采取的所有这些物理、生物以及人工防治的方法及举措，都无异于蚍蜉撼树。

马玉萍说："要想从根本上解决问题，就得加大间伐力度，增加林分透光度。"对于这个问题，同事们每到山上都会说起。多年来，落叶松叶蜂虫害、油松落针病在六盘山区的盘桓肆踞，加之去年鞘蛾新虫族的悍然来袭，已将人工纯林的弊端力证无遗，人工林病虫害的防治成了一大难题。造林之初，受当时经济社会发展和科技条件等因素所限，为保证产量，大面积采用落叶松单一种植，如今，这些树都有了三四十年的树龄。而且，随着树龄的增长，这些人工林必将迎来林分退化的衰落期，随之而来的将是森林防护功能下降、病虫害进一步加重等一系列问题。

在一次有害生物调查时，我曾问同事："为啥不考虑在林内适度地进行开天窗式或条带状的间伐，让林间植被自然恢复或人工植入乡土树种，逐步更新？"同事说："没有上面的文件，谁有那么大的胆子？"是啊，在历年的中幼林抚育工作中，场领导因"开天窗"被问责的事例不止一次发生过，"开天窗"成了抚育工作中的雷区红线。更何况，这样大的山林，这样浩大的工程，要是实施起来，绝非一件容易的事，没有上级部门的指导意见，没有周密科学的作业设计，谁敢斗胆向森林抢起第一斧？造林难，人工针叶林成活后的经营管理，更是一条艰难而漫长的道路。个中况味，大概只有我们最能体会了。

我们又开始在这里的树下捡拾叶蜂虫茧。这里的虫茧，自然比南台更多,同样面积内,在这棵树下,共捡拾到了八百多枚虫茧。

前往洪沟时, 中国林科院驻六盘山森林生态国家定位观测站的北京林业大学博士生于松平和我们同行。他说, 和我们一起进山的目的, 是与场里联合监测一下虫害对树木生长及森林生态水文的影响。到达他们的监测样地后, 在一棵装置了树干液流探针的树下, 于博士对叶蜂在六盘山这一块的发生规律进行了详细的询问及了解。他说, 虫害已经对他们的监测工作造成了很大的影响, 因为虫子每天会往他们装置的枯落物承接网里掉, 而他们要按时对降水截留量进行称重, 数值的变化本来就比较细微, 虫子掉进去后会严重影响到数值的准确性。正说着话, 一只虫子就掉进了他的后脖颈, 他赶紧抖动身上的衣服, 虫子没有抖出来, 他又把手伸进后背, 才把那只虫子抓了出来。

于博士有着不同于我们六盘山区人的白皙干净的皮肤,戴着眼镜,面容清秀,一副中学生的模样,可看样子早已习惯了在山里的这种境况。了解完叶蜂的情况后,他和同伴到各处去采集数据,我们又开始在这棵树下捡拾虫茧。打眼望过去,林内一派枯败之相, 每一棵树干上, 都有叶蜂幼虫正在浩浩荡荡地爬行着,抬头望树冠,透过阳光,我看到了树的疲惫和憔悴。而在一些落叶松稀疏的地方, 野蔷薇、山梅花等各种灌木正长得郁郁葱葱,阳光照进来,枝枝叶叶绿得格外柔嫩鲜亮。

这片林地的叶蜂虫茧更多,在这棵树下,我们捡了满满一矿泉水瓶子,数量估计在一千枚。还有相当一部分叶蜂幼虫尚未下树结茧，等到它们全部下树，自然不止这个数。面对这样严重的虫害，我再次感到了我们的微茫和渺小。

于博士他们继续在山上忙碌，他采集数据，然后向做记录的同伴大声报数，说是采集完这里的数据，他们还要到山顶去。我们从小洪沟出来，遥遥看去，西山上十八盘一带一片萎黄。我说："那里叶蜂好像更严重。"马玉萍接话："那里，已经相当严重了。"此刻，山谷里阳光灿烂明媚，在这连天碧色中，远处的十八盘仿佛提前进入了深秋。

春山可望

大家都有点儿发愁地说，雾这么大，到山上去怎么看得清。我是跟着去看春天的，雾大雾小我并不太在意，阴阴晴晴才应该是六盘山区春天的常态，前段时间反常的持续晴热天气反倒让人觉得心焦不安。更何况，我从今天浓浓的雾里看到的，是将要放晴的天。

直至下了车我们徒步往沟里走的时候，我才有机会向和我们一起来的局营林科的郭志文打听今天要开展的这项工作的具体情况。虽然之前在车上大家已做了说明，但我还是没完全了解今天林分调查的目的和具体内容。郭志文向我做了概述性的解释，我这才完全明白过来。

山里的雾比泾源县城小多了，视野比大家预料的要开阔得多。凝霜的枯草在阳光的照耀下闪耀着无数细碎晶亮的光,树梢上也凝着白白一层凌霜,夜里冻结的地皮开始解冻,被太阳晒到的地方都湿津津的。山谷里雾气蒸腾,浓雾正顺着山谷向山外散去,我们常常认为只有天空才是白云的家,直到这一刻我才恍然想起,大地才是它们的故乡。

暖水沟山谷开阔,两边山上基本上都是天然林。暖水河从山谷里一路向东奔流喧响,河水并不大,但极为清澈。清风徐徐,带着春日的寒凉。郭志文说,这次林分调查主要是自然保护地生态修复工程的前期摸底调查,他和苏卫斌负责对各场退化及需修复的林地进行实地踏查、定位及面积的落实。场里几个人主要是配合他们完成这项工作。进到山谷深处,大家都去做林分调查,我顺着北边一片坡地往山脚下走去。这里原本是一片开阔的草滩,每到夏季,缓缓起伏的地势,绿意融融的青草,让这儿颇有点儿小草原的阔然之美。因此,我几乎每次都不放过来这里的机会,无论站在对面远望还是坐在这片草滩上歇息,都是一种极美的享受。然而,去年春天来时,这里已经变成了精准造林地,心里失落了好一阵子。这里山上两边都是密密的林子,这山谷原本就是天然的隔离带兼防火通道,现在都栽了树,这种见缝插针式的造林规划是否合理,我一时感到有些茫然。

阳面的林子里,远远望去,有一棵树浅浅淡淡地嫩黄着,在三月凋枯苍暗的山林中很是醒目。什么树?我很好奇,向着那团嫩黄而去。还没走进林子里,不知惊扰了什么动物,林子里突然间响起窸窸窣窣跑动的声音,我驻足,直接坐下来。身边,有草芽正在钻出地面,极隐秘地绿着;一块苍黑的石头,横亘在小草旁边,大部分嵌进土里,周边已经被枯草覆盖。石头仿佛被大火烧过,身上有圆圆的石窝,表面已经风化。我轻轻摸了摸它,摸到了春日阳光的温度,但终究没有探究出来,它到底经历过什么。

大家正聚在一起勾图、打坐标。山里的大雾已经散尽,远远望去,山谷外面的雾依然在磅礴地蒸腾着,使山外的世界看起来若隐若现。阳光照下来,山林里又生出一层淡淡的雾气,只有逆着光才能看得见。好长时间没有下雪了,但山谷里依然有一坨坨未曾消融的冰雪,耀眼地白着,昭示着冬天尚未完全离去。山谷下,被太阳刚刚晒到的草坡上,雾气缭绕,仿佛有一口隐秘的大锅,正在烹煮着春天的盛宴。

山林里橙翅噪鹛和鹰鹃婉转悦耳的啼叫声声声相和,且声声喉清韵雅,像两位极敬业而又资深的歌手,只是我不知道它们到底是在二重唱还是在对歌。不过单从这叫声里你就会明白,鸟儿们也在极用心地活着。

泾源的春天,似乎是四季里最漫长难挨的一个季节。这里的春天,常常像一场"埋伏"。当一场又一场的春风唤醒了大地,小草开始返绿,树木开始爆芽,阳光开始温暖得让人有点不知所措,桃花探春再也忍不住地斗胆开放时,一场春寒便会骤然而至,冰雪不容分说,蛮霸地拥裹了满枝的繁花。在冬与春的较量中,被逼命的花儿也会长出尖利的牙齿来,被咬疼的雪团常常抖落成无声的叹息。或许,泾源的春天,就是一场情难自禁的虐恋。经历了一场又一场这样的春天,久而久之,这里的一草一木也都渐渐长了本事,都学会了内敛、隐忍,学会了不动声色的蓄发。所以,立春已过了一月有余,却总是望不到春天的模样,尤其这深山垴里,山林灰暗萧索得像是再也不打算在春风里醒来了似的。

但脚下的大地显然是不一样了,泥土已没有了冬日的坚硬,地气回升,蒸腾的雾气已烘热了大地的胸膛,开始松软的泥土深处草木正放胆向下生长。大地的柔软,从脚底直达人的心灵深处。

大家完成这里的工作后,我们沿着来路返回。有人遥遥一指对面稀疏的灌木丛,我心里瞬间紧了一下。我实在不希望那里被规划为有待改造的林地,因为那里是"消冰花"的家园,只是不知道,那些花是不是已经快要开了。想到这里,我赶紧朝对面跑去。越过了山谷,进到灌木林内,却发现"消冰花"毫无踪影。蹲下来细细查看,竟然连一棵嫩芽都没有看到。往年过不了多久,它们就要开放了,可现在到了这个时候,居然还隐匿不发,可见它们在这片土地上生存得是何等的小心翼翼。我思索良久,想象着它们是如何遵守着严密的纪律,听不到指令,绝不破土,只待时候一到,便凝聚起蓄积已久的力量,从土里噌噌地拔节,然后相约着一齐开放,成为这山谷里最早盛放,却又是最隐秘的一片花海。

最先知道这里,是从外村一个村民的口中得知的。她来这片山谷里干活儿,小解时偶然发现了这里。听说暖水沟里有一片

"消冰花"的花海，我心里便开始惦记上了。二○一六年春天，我和两个朋友特意赶来这里，我从来都没有见过开得这样低调而又小心翼翼的花，它们一律依偎在一丛丛的灌木下，抱着团，低垂着头，似乎只在阳光灿烂时，才偶尔抬头张望一下，向天空展颜一笑。可能正因为如此，它们才能躲过一场场残冬为春天设下的"骗局"，在早春里安然绽放，生生不息。它们是一种极美的花，高三四十厘米，单瓣花型，粉红色花瓣，深粉色纹理，白色花蕊。这种花学名筷子花，是六盘山区的春天最早开放的一种花，而且一般都生长在阴湿寒冷的山谷深处，因为开放在冰雪消融的时节，所以人们称之为"消冰花"。这片灌木林几年来一直都是这个样子，似乎没有其他植物可以跻身到它们的地盘上来，这里是它们和"消冰花"的领地，二者相依相生，遗世而居，自是不希望受到任何打扰。我真的希望，我们不要强行地去改变它们的生存环境，毕竟六盘山不缺这一小片森林。

这道山谷是暖水河的发源地，一路上，水从两边山脚下源源不断地渗出，最后汇聚成一条清澈喧响的河流。走出山谷后，我们缠山绕到了五十洼。我问暖水林区的管护人员鄢红军，为啥要叫"五十洼"。他说村里人都这么叫，他也就跟着叫。我望望这片山洼，觉得这地名一定有来由，但却无法佐证这奇怪名字的由来并探究和它相关的故事。经过多年人为改造及自然修复，西峡林区有待修复的低质林地面积并不大，且呈碎片化分布。五十洼属于自然恢复并不理想的疏林地，山洼上有零星乔木，灌木也稀稀拉拉,是最符合改造条件的林地。这里的面积被落实后,我们又进入落叶松林子里,往青石崖沟而去。

　　阴湿的林内,人走过时两脚便会蹚出一道泥泞。落叶松正在萌动,顶着一树细碎的苞芽,满枝的春色只有凑近了才能看得见。走出落叶松林,又钻进一片灌木林,大家都猫着腰,相互保持距离,绕过了一道山弯,进入一片较为开阔的山沟,这里四面环山,我环顾四野,没有看到哪里有青石崖。在这片山谷里,西面大山上的山水将谷底切割出深深的裂痕,深沟及两边土壤裸露,这一片的植被若不尽快恢复起来,雨季来临后,将会造成更严重的水土流失。一只鹞鹰在天空盘旋,寻找着猎物。鹰是天空之王,似乎也是最孤傲的鸟类,我见到过的在天空里翱翔的鹰,似乎永远只有那么一两只。一辆蹦蹦车的残骸卧在草滩上,这是精准造林时被强行开进这里的,下山时被摔成了一堆废铁。显然,要想在这里进行补造,苗木的运输是个大问题,一旦这项工程要实施,那都是亟待解决的问题。

　　勾图、定位、林下植被记录,是他们一路上反复要做的事。从这片山谷里出来一直到了河谷地带,回头一望,西山上巨大的青石崖赫然呈现,就仿佛大山的一块青灰的胎记,我这才知道,"青石崖沟"一名原来出自这里。一条山涧从山谷里涓涓而下,大雾散尽后的天空格外地蓝,现在才算走在一条真正的路上,脚步一下子轻快起来。

　　不知道怎么话赶话的,王保军副场长就说起了他在东山坡林场收养一只小鹿的事。说那时正值初秋，场里正在开展幼林抚育工作，那天他是最早到达山顶的。站在梁鼻子上感觉有点冷，他便往避风处走，谁知突然间就惊扰了山洼上的几只鹿，他看到了大小三只。在迟疑了几秒钟之后，鹿妈妈带着小鹿快速地逃走了，他很清楚地看到，鹿妈妈的身后只跟着一只小鹿。那么，另外一只呢？他在鹿刚才所在的地方迂回寻找，终于在一个造林坑里看到了那只被落下的、比兔子大不了多少的瑟缩的小鹿。等到他们中午下山时，小鹿依然蜷缩在树坑里，被山上到处走动的人惊扰得不敢出来。看得出这只小鹿出生没有几天，还不具备逃生的能力。他担心鹿妈妈找不回来，小鹿就被其他动物给祸害了，于是把它揣进怀里，抱回了场里。他每天用奶粉喂养，几天之后，小鹿认下了他，每天他上山回来，小鹿就撵前撵后地跟着他，别提有多乖了。

他这一番话，听得我的心都要被融化了。一直以来，我想近距离看看鹿都是一种奢望，可他居然能幸运地成为被一只小鹿黏腻着的"奶爸"，真是让我羡慕得不知道说啥好了。他说，后来他养鹿的事被局里知道了，那只小鹿就被带走收养到鹿场去了。那时他心里真是舍不得，但想想自己经常养着也不是个办法，只好把小鹿交了出去。

他神情里的那份惆怅一瞬间漫进我的心里，成为更深的惆怅。一只小鹿与人的缘分，是多么可遇而不可求啊。也不知道经历了离断之苦的小鹿，后来怎么样了。

清清浅浅的山涧,与路交错并行,悄无声息。一粒粒石子躺在河心,安然、安静,一任流水日夜打磨,仿佛它们生来就是为了这条溪流而存在。

我们沿着阳山上的一条路返回,站在这里回望之前经过的五十洼,整片山洼尽收眼底。突然,两只鹿在阳山洼上现身,不知谁眼尖看到了,惊喜地嚷叫起来,我急忙拿出手机调整焦距捕捉鹿的身影。这时,性情一向有点清冷的场长李宏生突然用极宠溺温柔的语气轻声喊道:"快过来!过这边来!过来呀——哎呀!真的过来了!"我这时也看到了它们,它们真的冲着我们过来了。大家都惊喜不已,以为那两只鹿真的听懂了李场长示好的善意和真诚,可马上就发现,原来它们是顺着山势迂回往山谷下面去了。我和王副场长又往回追赶了一程,希望能拍张它们的照片,可它们很快就跑得无踪无影。

怅怅然站了一会儿,我们只好继续赶路。突然,林子里一大群太平鸟丁丁零零地飞过,像是被风摇动的一串极细碎的风铃。在温暖的阳光里,盎然的春意骤然间扑面而来。

白莹,回族,一九七一年生,宁夏泾源县人。作品散见于《朔方》《黄河文学》《六盘山》等,散文被多地作为高考语文文学类文本选用。

(《黄河文学》2021年第5期)